VIRGINIA EVANS

Die Briefeschreiberin

GOLDMANN

Virginia Evans

DIE BRIEFESCHREIBERIN

ROMAN

Aus dem Englischen
von Regina Rawlinson

GOLDMANN

Die amerikanische Originalausgabe erschien 2025 unter dem Titel »The Correspondent« bei Crown, an imprint of the Crown Publishing Group, a division of Penguin Random House LLC, New York.

Die Übersetzerin dankt dem Deutschen Übersetzerfonds e. V. für die Förderung ihrer Arbeit.

Das Motto auf S. 7 und S. 354 f. wird zitiert nach: Joan Didion, »Am Morgen nach den 60er-Jahren« aus: *Das weiße Album*; Joan Didion, Das weiße Album. Aus dem Amerikanischen übersetzt von Antje Rávik Strubel © der deutschsprachigen Ausgabe: 2022 by Ullstein Buchverlage GmbH, Berlin

1. Auflage
Deutsche Erstveröffentlichung August 2025

Neumarkter Straße 28, 81673 München
produktsicherheit@penguinrandomhouse.de
(Vorstehende Angaben sind zugleich Pflichtinformationen nach GPSR.)

Umschlaggestaltung: semper smile, München
Umschlagmotive: © Blakely Made, BlakelyMade.com
Redaktion: Claudia Alt
Th · Herstellung: ik
Satz: Uhl + Massopust, Aalen
Druck und Bindung: GGP Media GmbH, Pößneck
Printed in Germany
ISBN: 978-3-442-31784-4

www.goldmann-verlag.de

Für Mark, in Liebe

Am Ende des Buches findet sich ein Personenverzeichnis, das einen Überblick über die verschiedenen Adressaten und gegebenenfalls Absender der Briefe gibt.

Was ich mir geschaffen habe, ist persönlich,
aber nicht gerade ein Frieden.
Die meisten von uns leben weniger
theatralisch, bleiben aber doch die
Überlebenden einer merkwürdigen, nach
innen gerichteten Zeit.

Joan Didion, »Am Morgen nach den 60er-Jahren«,
Das weiße Album

EINLEITUNG

Am Montagmorgen gegen zehn, halb elf ist es endlich so weit: Sybil van Antwerp stellt eine große Henkeltasse Irish Breakfast Tea (mit Milch) auf ihren Schreibtisch. Das Bett ist gemacht, das Frühstücksgedeck trocknet auf einem Geschirrtuch neben der Spüle, die Topfpflanzen sind gegossen, das Regal ist abgestaubt. Sie setzt sich. Akkurat ruckelt sie sich den Stuhl zurecht und sieht aus dem Fenster, lässt den Blick durch den Garten hinunter zum Fluss wandern, zu den dreieckigen weißen Segeln in der Ferne, zu der weiten Wasserfläche, in der sich der Himmel spiegelt, bis hinüber zu den würfelförmigen Villen am Annapolis-Ufer. Zufrieden ordnet sie das Briefpapier und den sich fortwährend umschichtenden kleinen Stapel mit den Büchern, die sie als nächste lesen will. Sie arrangiert die Stifte im Becher, zählt die Briefmarken. Sie sortiert die Korrespondenz aus, die sie noch beantworten muss, konsultiert die Liste der Briefe, die zu schreiben sie sich vorgenommen hat, sieht nach den mit der Schrift nach unten in der Schublade liegenden Bögen des langen, langen Briefs, an dem sie seit Jahren sitzt und den sie seit Jahren nicht abschickt. Sybil van Antwerp, Mutter und Großmutter, eine geschiedene Frau, nach einer glanzvollen juristischen Karriere im Ruhestand, geborgen inmitten der Sachen, die sie umgeben, doch was sie wirklich ausmacht, ist die Korrespondenz …

Der Mittwoch nimmt den gleichen Verlauf.

Genau wie der Freitag.

Und der Samstag.

Am Montagmorgen gegen zehn, halb elf setzt Sybil van Antwerp sich wieder an den Schreibtisch. Sie lebt in ihren Briefen.

Felix Stone
7 Rue de la Papillon
84220 Gordes
FRANKREICH

2. Juni 2012

Felix, liebes Bruderherz,
vielen Dank für die Geburtstagskarte, den Füller und das Buch. Es kam am Donnerstag an, und ich habe mich gleich reingestürzt. Heute hatte ich es durch. Es war genauso, wie Du es beschrieben hast. Überraschend, spannend und originell – also ganz nach meinem Geschmack. 73 ist auch nicht anders als 72: Arthritis, Verstopfung, Schlafstörungen. Aber ich habe beschlossen, mir die Haare nicht mehr zu färben. Wie Du weißt, sind mir meine Geburtstage herzlich egal, auch wenn es lieb von Dir ist, jedes Mal wieder daran zu denken. Natürlich hatte ich Trudy und Millie da; es gab Häppchen, und wir haben Karten gespielt. Und die Kinder haben sich gemeldet, beide. Bruce hat mir von einer Bäckerei eine Erdbeertorte liefern lassen. (Er kommt nächste Woche sowieso vorbei, um die Regenrinne zu reinigen.) Die Torte war so grauenvoll, dass ich sie in den Müll geworfen habe. Hat ihn wahrscheinlich ein Vermögen gekostet. Fiona hat aus London angerufen. Sie sagt, sie kommt erst Weihnachten wieder nach Hause, weil sie beruflich so eingespannt ist. Nicht zu fassen: Jetzt muss sie auch noch wegen eines Projekts nach Sydney. Einen ganzen Monat Australien. Obwohl es Walt ja angeblich nichts ausmacht, dass sie

so oft weg ist, kann ich mir ehrlich gesagt nicht vorstellen, wie ihre Ehe das aushalten soll. Wenn Fiona so weitermacht, ist jedenfalls ans Kinderkriegen nicht zu denken. (Anscheinend haben sie die Familienplanung noch nicht mal in Angriff genommen. Zumindest nicht, dass ich wüsste. Sobald ich sie darauf anspreche, macht sie mich zur Schnecke.) Mein Nachbar Theodore Lübeck hat mir wie in jedem Jahr einen Strauß Rosen aus seinem Garten geschenkt – sehr aufmerksam für einen rebellischen Alt-68er von der Westküste.

Wie sieht's in Frankreich aus? Wie geht es Stewart? Woran schreibst Du gerade? Vielen Dank für die Einladung, Du lässt einfach nicht locker, was? Sicher, ich war begeistert von William Maxwells »Chateau«, aber ein Roman ist ein Roman. So gern ich Euer neues Haus auch sehen würde – ich komme Euch nicht besuchen. In einem klimatisierten Gebäude ist ein Sommernachmittag etwas Herrliches, doch sobald man vor die Tür tritt, schlägt einem die elende klebrige Hitze entgegen. Genauso ist es mit Frankreich. Eine Ansichtskarte mit Lavendelfeldern und Sonnenblumen reicht mir völlig. Das Fliegen ist doch heutzutage eine einzige Quälerei. Dieses Security-Theater und die Bestimmungen für die Größe des Handgepäcks – oder dass man seine Cremes und die Kontaktlinsenflüssigkeit in kleine Fläschchen umfüllen muss. Ehrlich, ich kann der Idee überhaupt nichts abgewinnen, und als Du über den großen Teich gezogen bist, habe ich Dich gleich gewarnt, dass ich Dich nicht besuchen werde.

Beim Kramen in alten Kisten bin ich auf das Foto gestoßen, das ich Dir hier dazulege. Es ist von dem Tag, als sie Dich bei den Nonnen abgeholt haben. Kurze Hose, kahler

Schädel: Der Kreis schließt sich. Sieht Mutter nicht umwerfend aus? Obwohl ich kein anderes Bild von ihr kenne, auf dem sie das grüne Kostüm anhat, sehe ich es noch deutlich vor mir. An den Tag damals erinnere ich mich, als wäre es gestern gewesen. Wir hatten einen schlimmen Sturm gehabt, aber keinen Regen; es war seltsam warm und sehr windig. Im Garten war ein Baum umgefallen, überall Äste und Zweige, und ich weiß noch, dass es zum Abendessen einen Schmorbraten von unserer Nachbarin Mrs Curry geben sollte, die uns auch noch einen Schokoladenkuchen gebacken hatte. Ich habe den ganzen Nachmittag so gespannt darauf gewartet, dass das Auto endlich kommt, mit Dir an Bord. Weil der Sturm die Stromleitungen auf der Canton Bridge heruntergerissen hatte und Mitsy, das Hausmädchen, deshalb nicht zu uns durchgekommen ist, hatte ich an dem Tag Staub gewischt, die Betten gemacht, die Vorhänge aufgezogen. Hast Du eine Ahnung, wer das Foto geknipst haben könnte? Mutters Schwester Heloise war da, um auf mich aufzupassen, aber ich kann sie mir nicht beim Fotografieren vorstellen. Im Grunde ist es unser erstes Familienporträt. Ich schenke es Dir. Von dem Tag, an dem ich abgeholt wurde, habe ich auch ein Bild.

Viele Grüße auch an Stewart von
Deiner Dich liebenden Schwester
Sybil

Postskriptum: Felix, ich hatte gestern Abend einen kleinen Unfall. Mir ist weiter nichts passiert, aber der Cadillac musste in die Werkstatt. Nicht schlimm, sondern vor allem lästig.

2. Juni 2012

Lieber Mr Lübeck,

vielen Dank für die herrlichen weißen Rosen, die Sie mir an meinem Geburtstag am 29. Mai auf die Veranda gestellt haben. Heute Morgen habe ich Ihre Sprachnachricht erhalten. Ich bin gestern Abend mit dem Taxi nach Hause gekommen, weil ich einen leichten Autounfall hatte. Mir ist weiter nichts passiert, und ich habe bereits alles Notwendige veranlasst.

Mit freundlichen Grüßen,

Sybil van Antwerp

Ms Ann Patchett,
c/o Parnassus Books
3900 Hillsboro Pike #14
Nashville, TN 37215

2. Juni 2012

Liebe Ann,
ich möchte Sie zu Ihrem neuen Buch beglückwünschen. Ich habe »Fluss der Wunder«, ein Geburtstagsgeschenk meines Bruders, in einem Rutsch gelesen. Es kam am Donnerstag bei mir an, und heute, am Samstag, habe ich es schon durch. Das will etwas heißen, aber woher sollten Sie das wissen? Wir kennen uns ja gar nicht. Obwohl … gänzlich fremd sind wir uns eigentlich auch nicht, nachdem wir schon früher einmal miteinander korrespondiert haben – in den Anfangsjahren des neuen Millenniums, nachdem ich damals »Bel Canto« gelesen hatte, Ihren ersten großen Bestseller. Sie fanden meine Handschrift schön und haben mir angeboten, Sie mit dem Vornamen anzusprechen. Je nachdem welche Mengen von Briefen Sie in der Regel bekommen, werden Sie sich vielleicht daran erinnern, dass ich Ihnen damals schrieb, wie sehr mir »Bel Canto« gefallen habe. Ihr neuer Roman ist sogar noch besser! (Auf meinen Leserbrief zu Ihrem letzten Buch »Familienangelegenheiten« habe ich dann keine Antwort mehr bekommen, was aber vollkommen in Ordnung ist, machen Sie sich deswegen bloß keinen Kopf.)

Für ein durchschnittlich langes Buch brauche ich normalerweise vier Tage, aber »Fluss der Wunder« habe ich regelrecht verschlungen – die exotische Amazonas-Kulisse, die so facettenreich ausgestalteten Frauenfiguren Dr. Singh und Dr. Swenson. Wie kommt es, dass Sie sich mit der Materie so gut auskennen? Die vielen Details über den Amazonas, den naturwissenschaftlichen Hintergrund? Waren Sie vielleicht sogar selbst einmal dort? Das Thema »Baumrinde« hat mich nachdenklich gemacht. Wie viel davon mag erfunden, wie viel wahr sein? Die Szene, wo die Riesenschlange aus dem Wasser schießt und sich mit ihrem muskulösen Leib um den kleinen Easter schlingt, vor den Augen der entsetzten Amerikaner an Bord, strahlt eine beinahe cineastische Stille aus. Ich habe die ganze Zeit den Atem angehalten – bestimmt über fünf Buchseiten. Und dann natürlich die Handlung rings um Dr. Swenson, die in ihrem Alter (in meinem Alter! Dr. Swenson ist 73, genauso alt wie ich!) schwanger wird. Unfassbar! Oder auch die Stelle am Schluss, wenn die beiden Frauen das Kind auf die Welt holen … Die Szene hat mir kalte Schauer über den Rücken gejagt, aber insgesamt empfinde ich die komplexe Darstellung einer Frau ihres Alters als sehr gelungen, dieser bei all ihren Fehlern so unendlich vielschichtigen Persönlichkeit mit dem scharfen Verstand und der großen Würde. Obwohl ich keine Naturwissenschaftlerin bin, sondern zu meiner Zeit auf juristischem Gebiet tätig war, habe ich mich bis zu einem gewissen Grad in ihr wiedererkannt. Die quälenden ethischen Fragen, die der Leser ihr zur Last legt. Das Staunen, das man in diesem Lebensabschnitt empfindet. Ein Staunen, das gleichzeitig Verwirrung ist, aus der ihrerseits wiederum Besorgnis erwächst – und wohl auch Angst. Wie sind wir hierhergekommen? An diesen Punkt? Wie ist das möglich?

Ich bin überzeugt, dass Ihr Roman auch meiner Schwägerin Rosalie Boyd gefallen wird, mit der ich regelmäßig Bücher tausche. Sehr schön!

Falls es Sie jemals nach Annapolis verschlagen sollte, betrachten Sie sich bitte unbedingt als eingeladen. Ich würde mich freuen! Ich besitze ein kleines Haus in einer charmanten Wohngegend mit weitläufigen Grundstücken und uraltem Baumbestand, auf einer Landzunge mit Blick aufs Wasser. Das schöne große Gästezimmer im ersten Stock hat ein eigenes Bad, und durch das Mansardenfenster kann man die Aussicht auf den Severn River genießen, mit den Schiffen und den großen Villen am anderen Ufer. Unter dem Fenster blickt man in meinen Garten, den ich hingebungsvoll pflege. Ich lebe allein und betrete den ersten Stock nur, um zu putzen, wenn ich Besuch hatte. Sie wären vollkommen ungestört, und ich denke, Sie hätten es dort oben sehr bequem. Ich bin keine Schriftstellerin, aber ich könnte mir vorstellen, dass sich das Zimmer ideal dafür eignen würde, ein Buch zu schreiben. Deshalb noch einmal: Sie wären mir sehr willkommen. Es ist nur einen Katzensprung von DC entfernt.

Bis zu Ihrem nächsten Buch –
oder Ihrem Besuch.

Mit herzlichen Grüßen,
Sybil van Antwerp

(2. Juni 2012 – Fortsetzung. Die vorherigen Seiten wurden NICHT abgeschickt)

Ich hatte einen Autounfall. Es war in der Nacht, ich kam von einem Vortrag in der Stadtbibliothek und bin gegen eine niedrige Betonmauer gefahren. In der Werkstatt sagen sie, der Wagen lässt sich wahrscheinlich nicht mehr reparieren. Körperlich bin ich unversehrt, aber innerlich hat es mich doch tüchtig durchgeschüttelt. Ein böser Schock. Einerseits natürlich der Unfall selbst – das Scheppern und dass der Cadillac nur noch Schrottwert hat. Andererseits aber auch, weil … hm. Also weil … ich gar nicht sicher sagen könnte, was genau überhaupt passiert ist. Wenn ich das nur wüsste … Tja.

Ich meine, ich wäre vom Parkplatz der Bibliothek auf die Straße gefahren, aus dem Licht ins Dunkle, und dann … ja, dann ist es geschehen. Aber *wie*? Ich war wie immer schön langsam und vorsichtig unterwegs, bis es … ja, bis es passiert ist. Ich glaube – aber es ist eher eine Vermutung –, dass ich von einer Sekunde auf die andere nichts mehr sehen konnte! <u>Ich konnte nichts mehr sehen!</u> Aber wie ist das möglich? Und wie lange hat es gedauert, einen Augenblick nur oder mehrere Minuten? Als wäre mein Leben ein Kinofilm, der plötzlich schwarz geworden ist, so in etwa. Dabei bin ich mir nicht einmal sicher, dass es so war, und das beunruhigt mich. War wirklich nur mein Sehvermögen getrübt, als ich in den schwarzen Abgrund geblickt habe? Es hat sich nicht so angefühlt, als hätte ich bloß kurz die Augen zugemacht, sondern vielmehr, als wäre der Zeitabschnitt vollständig aus meinem Gedächtnis getilgt worden, die Zeit bis zu dem

Aufprall, und es war auch nicht das erste Mal, es hat mich schon öfter überkommen, dieses Gefühl der Auslöschung. Und das macht mir Angst. Wie kann es dazu kommen? Es scheint ganz so, als hätte es nun angefangen, Pferdchen – dass ich mein Augenlicht verliere. Anders kann ich es mir nicht erklären. Vom Kopf her ist mir klar, dass ich erblinden werde, aber noch nicht jetzt, sondern irgendwann, als Eventualität! Doch nun hat das Blindwerden offenbar begonnen. Und das ist erst der Anfang, ich hatte es mir ganz anders vorgestellt. Nicht als solche Verwirrtheit.

Der Wagen wurde abgeschleppt, ich bin mit dem Taxi nach Hause gefahren und habe aus Angst vor der Dunkelheit die ganze Nacht wach gesessen. Ich hatte Angst, das Licht auszuknipsen.

Ich habe Albträume. Das habe ich Dir bestimmt schon geschrieben. In den Albträumen kann ich noch sehen, obwohl ich gleichzeitig weiß, dass ich blind bin. Ich schaue aus dem Fenster, sehe die Segelschiffe. Sie sind entweder verschwommen, oder es sieht so aus, als wäre es Nacht, dabei ist es doch Tag. Oder ich bin im Garten und erkenne die Blumen nicht mehr – Was ist das?, denke ich. Oder ich beuge mich über einen Roman, werde aber aus den Buchstaben und Wörtern nicht mehr schlau. In meinem schlimmsten Traum, der immer wiederkehrt, setze ich mich an den Schreibtisch, vor mir einen Stoß Briefpapier, meine Stifte, die Kuverts. Wie eine Katze tappe ich danach, doch ich kann nichts greifen. Oder es gelingt mir, den Füller in die Hand zu nehmen, aber dann kippt er zur Seite weg wie eine weiche Nudel, und ich kann nichts schreiben. Sobald ich das schlabbrige Ding aufs Blatt senke, löst es sich in seine Bestandteile auf.

In einer anderen Version schaffe ich es immerhin, die Tinte aufs Papier zu bringen, doch mir will nichts Sinnvolles gelingen, kein einziger verständlicher Satz, nur Gekrakel. So stellt sich meine Angst das Blindsein vor. Dabei sollte man meinen, die Träume würden nur eine schwarze Leere abbilden, und so wird es ja vermutlich auch enden. Aber wenn ich dann von einer schwarzen Leere träumte ... wäre es gar kein Traum, sondern einfach nur Schlaf. Ich glaube allerdings nicht, dass ich in meinem Alter traumlos schlafe, dafür ist der Verstand viel zu voll. Zu viele Geister spuken mir im Kopf herum.

Laut meinem Augenarzt Dr. Jameson könne es bei meinem Leiden bis zur vollständigen Erblindung zwischen einem und zehn Jahren dauern. Ich solle mich darauf einstellen, dass die Beschwerden mal stärker, mal schwächer ausfallen. Ich muss unbedingt einen Termin bei ihm machen. Noch heute. Ich habe bis jetzt keinem davon erzählt, nur Rosalie und Harry, dem Jungen, mit dem ich mich einmal im Monat schreibe. Sicher habe ich ihn schon mal erwähnt. Er ist der Sohn meines ehemaligen Kollegen, Richter James Landy. Ach ja, und der Autorin Joan Didion habe ich es auch gesagt. Aber weder Bruce noch Fiona.

AN: grandmaalicelivingston@yahoo.com
VON: sybilvanantwerp@aol.com
DATUM: 02.06.2012, 13:00
BETREFF: Gartenclubtreffen am 4. Juni

Liebe Alice,

hiermit möchte ich mich für das Treffen des Gartenclubs am kommenden Montag, den 4. Juni, abmelden. So leid es mir tut, dass ich mir den Vortrag über Boden-pH und die Wirkung des Säuregehalts auf das Hortensienwachstum entgehen lassen muss, bin ich leider wegen einer unaufschiebbaren anderweitigen Verpflichtung verhindert. Ich freue mich schon auf den Juli.
Falls am Montag (4.6.) auch über die Raumänderung abgestimmt wird, also über die Verlegung unserer Treffen aus dem Sonntagsschulraum in den Keller der Kirche, um einer größeren Anzahl von Mitgliedern die Teilnahme zu ermöglichen, votiere ich mit Nachdruck DAGEGEN. Der Verein ist schon jetzt viel zu groß und unübersichtlich. Während der geselligen Viertelstunde kann man sein eigenes Wort kaum verstehen. Außerdem ist der Keller muffig und feucht, wahrscheinlich auch von Schimmel befallen. Erst wenn der Gemeinderat die Durchführung der dringend notwendigen Renovierungsarbeiten genehmigt, wären die Räumlichkeiten überhaupt nutzbar.

Mit herzlichen Grüßen,
Sybil van Antwerp

AN: sybilvanantwerp@aol.com
VON: Fiona.VanAntwerpBeau@cgemarchitects.com
DATUM: 25.06.2012, 03:31
BETREFF: Grüße aus Sydney

Mom, ich hab gestern Abend mit Bruce telefoniert, und er hat erzählt, dass du den Cadillac geschrottet hast. Wieso weiß ich davon nichts? Wir haben uns doch gerade erst geschrieben. Bruce sagt, du bist irgendwo (??) gegengefahren, aber dir ist nichts passiert (??). Konntest du das Hindernis nicht sehen, oder warst du vielleicht verwirrt? Sieht dir so gar nicht ähnlich. Er sagt, es geht dir gut und du musst noch nicht mal zum Arzt. Aber Walt und ich fänden es trotzdem besser, wenn du dich durchchecken lassen würdest. Ich will dir wirklich nichts vorschreiben, ich mache mir bloß Sorgen.

Und was ist mit Bruce' Vorschlag, in seine Nähe zu ziehen? Hast du darüber mal nachgedacht? Du könntest ihn, Marie und die Kids viel öfter sehen, worüber er sich sehr freuen würde. Ich hab mich ein bisschen kundig gemacht. Keine zwei Meilen von ihm entfernt gibt es eine richtig schöne Seniorenresidenz – Happy Hills (du kannst den Link anklicken). Da haben sie Wohneinheiten frei, sowohl kleine Bungalows (mit Garten) als auch Eigentumswohnungen (ohne Garten). Zwar sind die Zahlungsmodalitäten etwas kompliziert, aber wenn du verkaufst, kriegst du ja auf jeden Fall einen Spitzenpreis für dein Haus, obwohl schon so lange nichts mehr daran gemacht worden ist. Grundstücke in Ufernähe sind sehr gefragt. Wenn du möchtest, kann ich mich gern für dich umhören. Wäre sicher nicht verkehrt. Vielleicht überlegst du es dir.

Ab Ende Juli bin ich wieder in London. Wollen wir dann mal telefonieren? Ich hab hier einen supervollen Terminkalender, und die Zeitverschiebung macht es auch nicht gerade leichter. Bis dann,

Fiona

Ms van Antwerp
17 Farney Road
Arnold, MD
21012

1.7.2012

Liebe Ms van Antwerp
vielen Dank für Ihren letzten Brief und das Rätselheft mit den richtig harten Nüssen. Es ist toll, und ich habe schon fast alle Codes geknackt. Bis auf drei. Wie geht es Ihnen? Haben Sie sich nach Ihrem Unfall ein neues Auto gekauft? Mir geht es nicht schlecht.

Was im Juni alles passiert ist:

1. Nach neun Jahren Bettelei haben mir meine Eltern (ENDLICH) einen Hund gekauft, einen Welpen. Es ist eine Golden-Retriever-Hündin, und sie heißt Thor, nach meinem griechischen Lieblingsgott, dem Gott des Krieges.
2. In den Thanksgiving-Ferien fliegen wir nach Botswana und machen eine Safari, weil meine Schwester Susannah da beim Friedenskorps arbeitet.
3. Mit meinem naturwissenschaftlichen Schulprojekt bin ich Zweiter geworden. Danke, dass Sie mir bei der schriftlichen Ausarbeitung geholfen haben. Die Jury fand meine Forschungsergebnisse fachlich fundiert, aber da hat auch ein Mädchen mitgemacht. Jünger als ich (sechste Klasse. Wow!), die hat einen kompletten

Roboterwal gebaut, der im Wasser schwimmen kann. Mom meint, ihre Eltern hätten ihr garantiert dabei geholfen, weil ihr Vater nämlich Ingenieur ist, und weil mir meine Eltern nicht geholfen haben, sollte ich stolz sein und mich als Sieger fühlen, was Quatsch ist, weil ich doch gar nicht gewonnen habe, aber irgendwie hat sie ja auch wieder recht.

4. Meine Psychiaterin Dr. Laura musste nach Alaska umziehen, weil ihr Mann bei einer Ölfirma arbeitet. Echt ätzend! Das habe ich ihr auch gesagt. Er ist versetzt worden. Jetzt habe ich einen neuen Psychiater, Dr. Oliver, den ich überhaupt nicht ausstehen kann. Er hat Mundgeruch und Schuppen und eine eklige schorfige Stelle auf dem Kopf, und wenn er nach unten sieht, um sich auf seinem Block was aufzuschreiben, muss ich genau auf den Schorf gucken, und davon könnte ich kotzen. Ich gebe mir alle Mühe, ihn nicht darauf anzusprechen, und Mom sagt, wenn ich es mir verkneifen kann, spendiert sie mir nach jeder Sitzung zur Belohnung einen Schokoriegel aus dem 7–11. Den ersten Termin hab ich locker geschafft – mit links – und hinterher ein Twix bekommen. Lecker! Bei Dr. Laura kam ich mir nicht halb so seltsam vor, wie ich tatsächlich bin, aber bei Dr. Oliver fühle ich mich sogar noch um Längen seltsamer als sowieso schon. (Glaube ich zumindest).

Ich freue mich schon sehr auf Ihren Brief am 15. Juli. Außerdem wollte ich Sie noch fragen, ob Sie in Ihrem Antiquariat noch mal nach älteren Science-Fiction-Büchern suchen können, so was wie den H.G. Wells, den Sie mir zu Weihnachten geschenkt haben.

Herzliche Grüße,

Harry Landy

PS: Bei mir sind Ihre Steine sicher. Das Codewort für Geheimnisse. Ich bin ein sehr guter Steinebewahrer. Ich habe es keinem Menschen verraten, auch nicht Dad oder sonst wem, dass Sie blind werden. Wieso ist das eigentlich geheim?

PS 2: Glauben Sie, Präsident Obama wird wiedergewählt?

Sybil van Antwerp
17 Farney Rd.
Arnold, MD 21012
USA

18. Juli 2012

Hallo, Syb,
Frankreich ist herrlich! Du verpasst etwas. Stewart lümmelt den ganzen Tag in der Badehose rum und liest Illustrierte. Abends kocht er. Ein Traum. Ich schreibe ein bisschen an einer Serie für die *Times* und radle jeden Tag (aber ganz gemächlich, glaub bloß nicht, dass ich mich überanstrenge). Nachmittags gehe ich einkaufen: Brot und Käse. Ich bin wieder rank und schlank, trotz des guten Essens und des Weins.

Die grauen Haare stehen Dir bestimmt (hoffentlich wirst Du noch richtig silbern). Aber lass sie Dir bitte nicht auch noch kurz schneiden. Das wäre zu viel des Schocks. Ich plädiere für schulterlang.

Sag Deiner Tochter lieber nicht, was für eine Meinung Du von ihrer Ehe hast; Euer Verhältnis ist doch sowieso nicht das beste. Außerdem war ja in Deiner Ehe auch nicht immer alles eitel Sonnenschein, obwohl Du jeden Abend pünktlich um sechs aus dem Büro gekommen bist. Die Zeiten haben sich geändert. Viele Frauen kriegen noch mit Anfang, Mitte vierzig Kinder.

Das Foto ist wunderbar. Danke Dir! Ich habe es gerahmt und ins Wohnzimmer gestellt. Alle Freunde hier sind hingerissen. Sie fassen es nicht, dass ich – mit meinem

Akzent – eigentlich Ire bin. Und wenn ich darüber nachdenke, muss ich zugeben, dass es tatsächlich etwas Besonderes hat: Zwei Waisenkinder wie wir, die bei den Stones gelandet sind, einem Ehepaar mit Hausmädchen! Eine Geschichte wie aus dem Märchen. Du siehst weise aus für eine Neunjährige, aber schon genauso ernst, wie ich Dich bis heute kenne. Der schicke Pagenkopf, die Halbschuhe und der niedliche Pullover, wie ein Püppchen. Und dazu dieser Gesichtsausdruck! Zum Schießen. Der argwöhnische Blick, der entschlossene Zug um den Mund. Mir ist so, als könnte ich mich ganz deutlich an Dich als Kind erinnern, dabei ist das doch gar nicht möglich. Ich kenne Dich ja aus der Zeit nur von Fotos.

Nächste Woche geht's rauf nach
Paris, wir wollen uns ein paar
Shows ansehen.

Küsschen, Felix

Was ich noch fragen wollte: Alles okay mit dem Wagen?

Rosalie van Antwerp
33 Orange Lane
Goshen, CT 06756

10. August 2012

Liebe Rosalie,
ich habe lange nichts von Dir gehört. Ich warte immer noch auf Deine Antwort, aber irgendwann muss es mit der Warterei auch ein Ende haben. Du hast wahrlich mehr um die Ohren als ich in meiner stillen Klause, deshalb gebe ich mir einen Ruck und schreibe einfach ein zweites Mal. Hat Paul seinen neuen Rollstuhl schon? Und wie geht es Lars?

Hier das Neueste von meiner undankbaren Brut. Du erinnerst Dich an meinen kleinen Unfall? Das ist inzwischen alles geregelt, und ich wollte mir sowieso längst ein anderes Auto zulegen. Jetzt fahre ich einen modernen VW-Beetle (sieht aus wie ein Käfer aus der Zukunft, leuchtend rot). Da bekomme ich fast einen Monat nach meinem Missgeschick doch tatsächlich eine Mail von meiner Tochter! Weil sie ja zurzeit nicht in London, sondern in Sydney weilt, landet die Mail um vier Uhr morgens in meinem Postfach. Der Inhalt? Pass auf: Nachdem ihr Bruder sie AM ANDEREN ENDE DER WELT mit der Nachricht erschreckt hat, dass ich den Cadillac »geschrottet« habe, möchte sie mir jede Menge gute Ratschläge erteilen. Nicht zuletzt den, dass ich mein Haus verkaufen (in ihren Augen eine alte Bruchbude) und in ein Altersheim umsiedeln soll. Ergeht sich in Andeutungen über meine finanzielle Lage (was HAARGENAU der Grund dafür ist, dass ich den Kindern nie verraten habe, wie vermögend ich wirklich bin). Sie scheinen sich hinter meinem Rücken darüber ausgetauscht zu haben. Ich sag Dir was: Guy und ich hatten mal einen Fall … wann war das noch? Ende der Achtziger, glaube ich. Da hat eine Frau, die kaum älter war als ich heute, ihre EIGENEN KINDER VERKLAGT, weil die sie beschwatzt hatten, ihr Haus zu verkaufen, um sie anschließend in ein Heim zu stecken, das eher einem Gefängnis oder einer Irrenanstalt glich. Zustände herrschten da! Ratten in der Toilette und Ähnliches. Für die Frau war es die reine Hölle. Ich sehe sie noch vor mir, Elizabeth Franklin, ein kleines Persönchen. Wie sie im Zeugenstand ihre nachts von den Ratten angenagte Handtasche in die Höhe hält. Furchtbar. Niemals – nie und nimmer – hätte ich es für möglich gehalten, dass es mir mit meinen Kindern genauso ergehen könnte. Du möchtest wissen, was ich Fiona geantwortet habe? Nichts, gar nichts! Sie ist inzwischen aus Sydney zurück und hat mich letzte Woche angerufen. Ich habe den Anruf direkt auf den AB gehen lassen. Das Kind traut sich was, das muss man ihr lassen. Frech wie Oskar. Kannst Du Dir das vorstellen? Sie hat nicht das Geringste mit meinem Leben zu tun, könnte genauso gut auf einem anderen Planeten wohnen, besucht mich, wenn es hoch kommt, einmal im Jahr und findet, dass es Zeit wird, mich nach Falls Church zu verpflanzen, in ein nagelneues Altersheim! Tja. Da hat sie sich aber geschnitten.

Rasanter Schwenk: Nachdem ich »Fluss der Wunder« gelesen hatte, habe ich Ann Patchett einen Brief geschrieben, und gestern Morgen lag doch tatsächlich eine Antwort im Kasten! Ein hinreißendes Kärtchen, mit einem Hund darauf.

Ich freue mich immer über eine Rückmeldung. Zurzeit lese ich »Rückkehr nach Missing« von Abraham Verghese. (Musste gerade erst mal nachgucken, wie der sich schreibt.) Das Buch ist sehr dick. Was liest Du?

Liebe Grüße,

Sybil

An Richter James Landy
98 Dumbarton St. NW
Washington, DC 20007

3. September 2012 (Labor Day)

Lieber James,
das Wichtigste zuerst. Wie geht es Harry? In seinem letzten Brief machte er einen zutiefst melancholischen Eindruck auf mich. Gut, dass Ihr dem Jungen doch noch einen Hund gekauft habt. Ich finde aber auch, Ihr solltet ihm einen anderen Therapeuten suchen. Dieser Dr. Oliver hört sich übel an. Weißt Du genau, dass er nicht pädophil ist? Und wo wir gerade beim Thema sind: Ich glaube eigentlich nicht, dass Harry überhaupt einen Psychotherapeuten braucht. Aber das muss wohl eine Generationenfrage sein – ein Genie wie ihn zum Problemkind zu machen.

Du hast es bestimmt schon gehört, aber für den Fall, dass es Dir entgangen ist – oder Du wie alle anderen auch klein beigegeben und Deine Tageszeitung abbestellt hast (DIE DRUCKAUSGABE, redaktionell bearbeitet, ohne lästige Werbung) und es nur aus dem Internet weißt, lege ich Dir hier den Nachruf bei. (Guy ist am Wochenende gestorben.) Der Artikel ist eher dünn und nichtssagend, auffallend um eine möglichst neutrale Wortwahl bemüht, um nirgendwo politisch anzuecken, aber das Foto ist schön, mit dem Gerichtsgebäude im Hintergrund. Ich glaube, das Bild haben die Zeitungen schon bei seiner Pensionierung gebracht; er wirkt darauf sehr distinguiert. Wenn man sich das mal vorstellt, zu der Zeit hielt ich ihn für altersschwach, Ha! Und heute bin ich fast genauso alt wie er damals.

Ich hatte ihn erst noch besucht, es ist schon ein paar Monate her. Dabei wage ich mich eigentlich nicht mehr gern auf die Straße. Sicher, ich fahre schon noch die eine oder andere Strecke, aber große Reisen unternehme ich keine mehr. Bruce hat mir letztes Jahr ein Navigationssystem fürs Auto geschenkt. Das kann sogar sprechen. Hast Du auch eins? Tolle Sache. Man gibt eine Adresse ein und klebt das Ding mit einem Saugnapf an die Windschutzscheibe. Die Landkarte bewegt sich mit einem mit, und eine Stimme mit englischem Akzent sagt: »Links abbiegen; in dreißig Metern rechts abbiegen.« Obwohl es sehr praktisch für mich wäre, benutze ich es nicht. Warum nicht? Wenn ich das wüsste! Na, jedenfalls habe ich ihn besucht. (Guy, meine ich. Er hat sein Haus in der Bucht in den letzten Jahren nicht mehr verlassen.) Musste über die Bay Bridge fahren. Das ist mir ein Graus. Schon immer gewesen. Vier Meilen – und in einer Höhe, dass einem schlecht werden kann. Ich hab mich regelrecht am Lenkrad festgeklammert. Wenn wir früher mal für einen Tag rübergefahren sind, fanden meine Söhne es immer wahnsinnig komisch, dass ich auf der Brücke kein Wort rausgebracht habe. Jedenfalls hat Guy eine halbe Stunde bei mir gesessen, dann war er erschöpft. Ehrlich gesagt, hatte er geistig stark abgebaut. Böse Sache, seine geistigen Kräfte zu verlieren. Bis zu den Schlaganfällen und dem Herzinfarkt im letzten Jahr hatte er im Kopf immer noch alle Fälle parat. So viele gemeinsame Jahre, so viele gemeinsame Verfahren und Erinnerungen. Furchtbar, man darf gar nicht daran denken. Der Besuch ist mir schwergefallen, er hat mich sehr mitgenommen. Am Anfang hat Guy mich wie eine Prostituierte behandelt, aber irgendwann lichtete sich der Nebel. Aus einigen Sätzen habe ich herausgehört, dass er in Gedanken wieder im Gericht war. Eigentlich bin ich ja wegen Liz hingefahren. Ich habe seitdem nicht mehr mit ihr gesprochen, aber man konnte damals schon sehen, dass er nicht mehr lange unter uns sein würde. Hoffentlich werde ich keine 93. Ein Albtraum.

Die *Sun* hat gestern einen großen Artikel über ihn gebracht, und ob Du es glaubst oder nicht, Alex Toole hat in ihrer Kolumne »Was wurde eigentlich aus …« über MICH geschrieben (*Was wurde eigentlich aus Sybil van Antwerp?*). Als ich das schwarz auf weiß vor mir gesehen habe, musste ich erst mal schlucken. Absurder geht es wirklich nicht. Kannst Du Dir das vorstellen? (Ich selbst wäre nie darauf gekommen. Im Leben nicht. Abwegiger Gedanke.) Die Journalistin schreibt, sie habe versucht, sich mit mir in Verbindung zu setzen. Was ganz und gar nicht der Wahrheit entspricht. Und selbst wenn es stimmte, hätte ich die Person keiner Antwort gewürdigt. So etwas ist natürlich blanker Unsinn. Ich habe trotzdem ein paar Exemplare der Zeitung mehr gekauft, um den Kindern den Nachruf usw. zu schicken. Und meinem Bruder Felix. Dir lege ich die Kolumne ebenfalls bei. Ich weiß doch, dass DU Deine helle Freude daran haben wirst.

Wie geht es Marly? Was machen die Mädchen? Harry schreibt, Ihr wollt eine Reise nach Afrika unternehmen? Ihr müsst unbedingt darauf achten, dass alle die richtigen Impfungen bekommen. Wie sieht es in Washington aus? (Von meiner Warte aus gleicht Washington einem lichterloh brennenden Rummelplatz, aber das ist ja nun wirklich nichts Neues. Ich muss gestehen, dass ich selbst nur staunen kann, wie gut mir Präsident Obama gefällt. Er ist ein wunderbarer Redner, von dem ich mir sogar das Telefonbuch vorlesen lassen würde.) Mir geht es gut. Wir hatten einen schönen Sommer. Meine Dahlien blühen und gedeihen, dass es eine Freude ist. Ist schon ein Ding – da sitze ich nun, ich alte Frau, und schreibe Gartenberichte, während Du im Auge des Sturms stehst und versuchst, das Schiff auf Kurs zu halten.

Ich gehe davon aus, wir sehen uns auf der Beerdigung? Das wäre schön. In der Zeitung steht, dass die Trauerfeier auf später verschoben wird. Ich finde das ganz unmöglich. Den Toten so in der Luft hängen zu lassen. Aber mich fragt ja keiner.

Herzliche Grüße,

Sybil

Beiliegend:

Was wurde eigentlich aus Sybil van Antwerp?

Baltimore Sun

von Alex Toole, Kolumnistin

Nach 28 Dienstjahren am Bezirksgericht Maryland in Frederick County (1971–1999) dürfte der kürzlich verstorbene Ehrenwerte Richter Guy D. Donnelly aus Frederick, Maryland, und St. Michaels, Maryland, vielen von uns kein

Unbekannter sein. Ein Mann weniger Worte, nüchtern und abgeklärt, mit unbestechlichem Gerechtigkeitssinn, von der Staatsanwaltschaft wie von der Verteidigung gleichermaßen respektiert, ausgewiesener Frauenrechtler. Mit anderen Worten, ein selten gewordenes Exemplar der Gattung Jurist. Er verstarb im Kreise seiner Familie – mit zwei Frauen an seiner Seite, Gattin Elizabeth und Tochter Nancy Louise Young. Was aber wurde eigentlich aus der dritten Frau in seinem Leben?

Bei meinen Recherchen über Donnellys Leben und Wirken bin ich immer wieder auf sie gestoßen. In jedem Interview ihr Name, auf jedem Dokument ihr Kürzel, auf jeder Gerichtszeichnung ihr Gesicht. Einmal taucht ihre kleine Gestalt auch auf einem Foto auf, als sie nach dem Abschluss des brisanten Verfahrens *State of Maryland vs. James Ross,* eines Mordfalls, der es 1982 bis auf die ganz große nationale Bühne schaffte, zusammen mit Donnelly den Gerichtssaal verlässt. Sybil van Antwerp, Richter Donnellys persönliche Referentin und Bürovorsteherin, fast dreißig Jahre lang seine rechte Hand, die 1999 am selben Tag wie er in den Ruhestand trat. Doch wer war diese Frau? Abgesehen von ihrer Rolle in der Beziehung zum Richter finden sich kaum Informationen über sie. Und nach dem Ausscheiden aus dem Dienst? Scheint sie komplett von der Bildfläche verschwunden zu sein.

Die Details, soweit bekannt: 1967 schloss van Antwerp an der University of Virginia (UVA) das Jurastudium als Jahrgangsbeste ab, ein Jahr nach dem Ende der erbitterten, öffentlich ausgetragenen Gerichtsschlacht *Thackery Materials vs. Harold Boyne,* bei der Guy Donnelly (damals noch privat praktizierender Anwalt) die Geschädigten vertrat. Zur Erinnerung: In diesem Prozess ging es um die Verwendung von Asbest zum Brandschutz auf Navy-Schiffen, eine Praxis, die bei Hunderten von Marineangehörigen noch Jahrzehnte nach dem Ende ihrer Dienstzeit eine Asbestose auslöste. Donnelly suchte damals einen Sozius, woraufhin ihm ein enger Freund, ehemaliger Anwalt und Dozent an der juristischen Fakultät der UVA, Sybil van Antwerp vorschlug, als Frau von scharfem Verstand, einer ausgeglichenen Persönlichkeit und strenger Arbeitsmoral.

So kam es zur Gründung der Kanzlei Donnelly und van Antwerp. Von den Zeitzeugen, die ich gesprochen habe, merkten nicht wenige an, wie sehr die beiden auf Anhieb harmonierten. Sybil van Antwerp, zwanzig Jahre jünger als ihr Kollege, mauserte sich rasch zur gleichberechtigten Partnerin. Bei allen Fällen arbeiteten sie Hand in Hand. »Sie waren Geschwister im Geiste«, sagt Elizabeth Donnelly. »Sybil war seine Ratgeberin, seine Stimme der Vernunft – mit ihm auf Augenhöhe. Guy war quasi beruflich mit ihr verheiratet; seine ›Kanzlei-Gattin‹ spottete so mancher. Mich hat es nie gestört. Er brauchte sie.«

1971 wird Guy Donnelly zum Richter am Bezirksgericht Maryland ernannt. Vor die Wahl gestellt, die Kanzlei allein weiterzuführen, die sie zusammen betrieben haben, sich einen neuen Sozius zu suchen oder als Mutter von drei kleinen Kindern in eine andere Anwaltspraxis zu wechseln, entscheidet sich Sybil van Antwerp für eine vierte Option. Sie folgt Donnelly. Sie verzichtet auf Ruhm und Geld und reiht sich als einfache Referentin hinter ihm ein. In einem *Washington Post*-Artikel von damals schildert der Journalist, wie er bei van Antwerp mit seiner Bitte um einen Kommentar auf Granit beißt. Bald darauf wird die Kanzlei geschlossen, und sie geht mit ihrem früheren Partner ans Bezirksgericht, als seine Bürovorsteherin.

»Das war ein ziemlicher Schock«, erinnert sich Watts Doyle, Seniorpartner der Kanzlei Ridley, Doyle, Mack & Loughlin und gemeinsamer Freund von Donnelly und van Antwerp, als ich ihn telefonisch in Key Largo erreiche, wo er seinen Ruhestand verlebt. »So etwas war noch nie da gewesen. Als Referentin verdiente man nichts, dabei war sie damals als Anwältin bereits überaus erfolgreich. Wir waren wirklich überrascht, und zwar durch die Bank. Einerseits … Andererseits aber auch wieder nicht. Es war einfach unvorstellbar, dass die beiden jemals getrennte Wege gehen würden. Butch Cassidy und Sundance Kid.« Und weiter: »Ihre Urteilsbegründungen waren absolut hieb- und stichfest. Wer ihnen begegnete, wusste sofort, dass sie sich intellektuell perfekt ergänzten. Sie waren ein geschlossenes System. Ein kongeniales Duo. Er hat niemanden mehr respektiert als sie. Es hieß immer, als Mann wäre *sie* die Richterin gewesen. Die Frau war brillant.«

Während wir das Leben und Wirken von Richter Guy D. Donnelly in ganzer Fülle Revue passieren lassen, will mir seine hochgelobte Referentin nicht aus dem Sinn. Wie weit ging die Partnerschaft der beiden wirklich? Denn bei aller Idylle und allem Charme, die der perfekten Zusammenarbeit scheinbar innewohnen, stellt sich doch die Frage, inwiefern sich das Richteramt tatsächlich dazu eignet, geteilt zu werden. Müsste die Rechtsprechung nicht einer gewählten, beziehungsweise ernannten *Einzelperson* vorbehalten bleiben?

Nach der Pensionierung verschwindet Sybil van Antwerp aus dem Blick der Öffentlichkeit. Wie gerüchteweise verlautet, soll sie in oder bei Annapolis, Maryland, wohnen. Obwohl ich mit allen mir zu Verfügung stehenden Mitteln versucht habe, sie zu kontaktieren, konnte ich weder ihre Telefonnummer noch ihre Mailadresse ausfindig machen.

Alex Toole
c/o The Baltimore Sun
300 East Cromwell Street
Baltimore, MD 21230

7. September 2012

An: Alex Toole
Von: Sybil Stone van Antwerp, betr. Ihre aktuelle Kolumne
NICHT ZUR VERÖFFENTLICHUNG BESTIMMT

Sehr geehrte Ms Toole,
lassen Sie mich als Erstes klarstellen, dass es sich bei dieser Mail um ein rein privates Schreiben handelt, das nicht zur Veröffentlichung bestimmt ist. Kommen Sie ja nicht auf die Idee, es für Ihre Kolumne auszuschlachten! Als journalistisches Thema hat sich meine Wenigkeit ohnehin längst erschöpft. Ich kann Ihnen versichern, dass kein Hahn nach mir kräht.

Zweitens kommt es mir unwahrscheinlich vor, dass Sie mit allen Ihnen »zur Verfügung stehenden Mitteln« versucht haben, mich zu »kontaktieren«. Ich habe keine Geheimadresse und bin schon seit Jahren nicht mehr umgezogen. Aber es stimmt, ich stehe tatsächlich nicht im Telefonbuch, und meine E-Mail-Adresse wird vermutlich auch nirgendwo verzeichnet sein. Man kann sich also leicht denken, wie gründlich Sie Ihre Nachforschungen betrieben haben.

Drittens – und nun kommen wir zum Kern der Sache: Obwohl Sie mit den Vermutungen, in denen Sie sich ergehen, kaum die Erste sein dürften, müssten Sie es als Journalistin besser wissen. Die Welt heute ist eine andere als zur Zeit meiner Berufstätigkeit, weshalb Sie in Ihrer neumodischen Naivität vielleicht gar nicht begreifen können, was ich Ihnen jetzt zu erklären versuche. Als ich mit Guy ans Gericht ging, habe ich mich nicht »als einfache Referentin hinter ihm eingereiht«. Guy und ich pflegten beruflich eine perfekte Symbiose. Wir haben uns bei der Arbeit symmetrisch ergänzt; es war ein beinahe nahtloses Miteinander. Missverstehen Sie mich nicht: Wir konnten uns über die Fälle auch in die Haare geraten und haben unsere Standpunkte bis aufs Messer ausgefochten, aber ohne dass wir es uns gegenseitig übel genommen hätten. Denn letzten Endes ging es uns beiden nur darum, das Recht hochzuhalten, beinahe radikal in unserem Eifer. Im Kontext unserer Beziehung waren Guy und ich einander ebenbürtig. Ich kenne keine andere Frau meines Alters, der ein solches Maß an beruflicher Parität vergönnt war. In den 70er-Jahren, als ich meine ersten Schritte als Anwältin machte, waren Frauen als Sekretärinnen tätig, und wenn es ihnen doch einmal gelang, sich aus dieser Position emporzuarbeiten, konnten sie in einer Männerdomäne bestenfalls auf eine untergeordnete Stellung hoffen. Dabei unausgesetzt mit dem Phänomen konfrontiert, das man heutzutage sexuelle Belästigung nennt. Wenn nicht Schlimmerem. Ich hatte nicht den Hauch einer Chance, selbst ins Richteramt berufen zu werden, aber ich wusste, dass Guy und ich gemeinsam etwas bewirken konnten, als Team. Soll ich Ihnen verraten, warum ich auf »Ruhm und Geld« verzichtet habe? Weil es mir darum nie gegangen ist – weder um finanziellen Gewinn noch um gesellschaftliche Anerkennung. Guy als Referentin zuzuarbeiten war ganz und gar keine »niedere« Tätigkeit.

Auf Ihre abschließenden Fragen möchte ich nicht eingehen. Ich sehe keinerlei Veranlassung, mich mit Ihrem jugendlichen Idealismus auseinanderzusetzen. Außerdem wären Sie nicht der erste Mensch, der darüber spekuliert, ob die Beziehung zwischen Guy und mir über das rein Berufliche hinausging. Sie dürfen mir glauben, dass dem nicht so war. Und mit dieser Antwort aus zuverlässiger Quelle müssen Sie sich bescheiden. Wir haben zwar im juristischen Kontext ein perfektes Paar abgegeben, kamen aber auf der persönlichen Ebene nicht besonders gut miteinander aus. Im Vertrauen gesagt, gesellschaftlich war er ein Trampeltier. Er riss grauenvolle Witze. Er flirtete mit hochgewachsenen jüngeren Frauen. Er hatte einen schrecklichen Geschmack, was Büromöbel und Musik anging. Er fraß wie ein Schwein. Manchmal habe ich es kaum mit ihm ausgehalten. Er konnte froh sein, dass er Liz gefunden hat – eine Frau von Klasse und Format.

Es ist nicht nötig, dass Sie mir zurückschreiben.

Ich möchte mit einem guten Rat schließen: Hüten Sie sich vor Vermutungen, Alex.

Mit freundlichen Grüßen,

Sybil Stone van Antwerp

Sybil Vanantwerp
17 Farney Rd.
Arnold, MD 21012

12.9.2012

An: Sybil Vanantwerp, die Referentin von dem toten Richter Guy D. Donnelly

Ich hab im Internet den Nachruf für Richter Donnelly gefunden – und einen Artikel über Sie. Da steht, Sie waren »brillant«, »seine Stimme der Vernunft«. Wie das klingt: »Butch Cassidy und Sundance Kid«. Wie eine Heldensage. Die Tussi schreibt, Ihre Urteilsbegründungen wären »absolut hieb- und stichfest« gewesen. Dass Ihnen das RECHT über alles ging. Da krieg ich das Kotzen. Ich erinnere mich an Sie. Sie sind ein eiskaltes, knallhartes Miststück. Es gibt Wichtigeres als das Gesetz, und es passen auch nicht alle Menschen mit ihrem Leben in dieselbe Schublade. Was Sie Recht nennen, ist wie ein Kettenpanzer, der gnadenlos alles niederwalzt und zerquetscht, der nur Zerstörung hinterlässt.

Es war ein Klacks, Ihre Adresse rauszukriegen. Ein Haus am Wasser, ein schönes, erfolgreiches Leben und ein sorgenfreier Ruhestand. Aber ich wünsche Ihnen das schlimmste Unglück an den Hals, denn Sie haben es nicht anders verdient.

Grüße
DM

Ms Joan Didion
30 E. 71st. St. #5A
New York, NY 10021

14. November 2012

Liebe Joan,
vielen Dank für Ihren Brief, der mich genau an dem von Ihnen angepeilten Datum, dem 7. November, erreicht hat. Wie schön, dass Sie daran gedacht haben. Sie fragen, wie lange Gilbert nun schon nicht mehr unter uns ist. Letzten Juli waren es 39 Jahre. In dem betreffenden Jahr wäre er am 7. November neun geworden. Kaum zu glauben, aber ich musste es erst nachrechnen. Es bedrückt mich, dass ich es nicht auf Anhieb sagen konnte. Ich habe das Gefühl, dass mein Nichtwissen ein Zeichen von Geringschätzung ist. Mal eine andere Art der Strafe als die, mit der ich mich sonst ständig kasteie.

Was soll ich auf Ihre zweite, komplexere Frage antworten? Sie hat mich nun fast eine ganze Woche beschäftigt. Ja, wie lebe ich heute damit?

Einerseits ist mir Gilbert stets gegenwärtig, genau wie die Umstände seines Todes keinen einzigen Tag verblasst sind. Je älter ich werde, desto seltsamer kommt es mir vor, dass die meisten Menschen in meinem Leben heute nicht die leiseste Ahnung haben, dass es ihn je gegeben hat. Obwohl ich so viele Jahre weniger mit ihm gelebt habe, als ich nun schon ohne ihn zurechtkommen muss, ist er immer um mich, was ich natürlich tunlichst für mich behalte. Als hätte ich einen Heißluftballon verschluckt und dürfte mir nichts anmerken lassen.

Im Leben hört man immer wieder den Satz: »Das geht vorüber.« Als wäre alles nur eine Jahreszeit. Sie wissen, was ich meine, nicht wahr? Wenn jemand, der etwas Schlimmes durchmacht, sich anhören muss: »Das geht vorüber.« Oder man kann nachts nicht schlafen, weil man einen schreienden Säugling zu Hause hat, und eine ältere Frau bildet sich ein, der Satz wäre ein Trost. Als wäre diese schwere Phase nicht der Rede wert, so schnell vergangen wie eine Jahreszeit. Wie ein Winter vermutlich. (Oder die Hurrikansaison!) Und dass irgendwann die Sonne wieder scheinen wird. Dagegen verwahre ich mich. Es gibt per definitionem vier Jahreszeiten, die sich in einer genau vorgegebenen Abfolge wiederholen. Da das menschliche Leben keinen solchen Rhythmus kennt, gehe ich davon aus, dass uns, was die Jahreszeiten angeht, jeweils nur ein einziger Zyklus vergönnt ist. Geburt und Kindheit wären demnach der Frühling, die Zeit des Heranwachsens. Die herrlichen, spannenden Jahre zwischen 20 und 40 stellen den Sommer dar. Im Herbst des Lebens dann, der kühlen, aber noch nicht kalten Zeit der Reife und der Wohlgerüche, haben wir uns und unseren Weg gefunden. Brutal kommt zuletzt der Winter über uns, wir altern und sterben. Ein Kreislauf pro Mensch pro Leben, es sei denn, der Lebensfaden wird zu früh abgeschnitten, wie bei Gill und wie damals bei Ihrer Tochter Quintana Roo. Wenn man nach dieser Einteilung geht, hat es Ihr John bis in den Herbst geschafft. Meine Mutter ist in ihrem Sommer gestorben.

Für mich aber gleicht das Leben eher einer langen Einbahnstraße. Im Großen und Ganzen ist es ein einsamer Weg, auf dem wir Hindernissen und dem Wind ausgesetzt sind. Der Wildnis. Den Bergen. Dem Schnee. Und manchmal findet man unterwegs einen Begleiter, der einem eine Weile Gesellschaft leistet, und manchmal – jetzt kommt's gleich! – sieht man in der Ferne ein Licht und fasst neuen Mut. Ein Dorf oder ein einsames Haus, warm und einladend; man tritt ein. Vielleicht bekommt man eine Mahlzeit und bleibt eine Nacht, vielleicht bleibt man auch ein paar Jahre. Ich hatte einen solchen »Zwischenhalt«, als die Kinder noch klein waren, bis kurz vor Gilberts Tod. Daan und ich waren glücklich, auch wenn ich es damals nicht als Glück erkannt habe, weil es sich nach Überarbeitung, Erschöpfung, Geldknappheit und Selbstzweifeln angefühlt hat. Aber durch Gilberts Tod wurde ich achtkantig auf den einsamsten, kältesten Abschnitt meines Weges hinauskatapultiert, in eine Trauer, die bis ins Mark geht. Ich will nicht behaupten, dass ich in meinem Leben nicht noch ein paarmal Schutz vor dem Wind gefunden hätte. Und natürlich habe ich meine anderen Kinder, die mir eine Freude und ein Trost gewesen sind. So gern ich sagen würde, dass sie mir genügt haben, ich kann es nicht. Und das ist ein weiterer Kummer, der mich begleitet hat. Jedenfalls ertrage ich das Gerede von den »Jahreszeiten« nicht, als ob nach drei Monaten Winter auf Knopfdruck drei Monate Sommer folgen müssten. So ist es nicht. Wegstrecken im eisigen Wind sind viel zahlreicher als behagliche Stätten der Einkehr. Versuchen wir nicht immer, uns in die glücklicheren Zeiten zurückzuversetzen? Ich denke, so empfinde ich wegen Gill.

Dass ich mein Leben lang versucht habe, zu ihm zurückzugelangen, obwohl ich weiß, dass es unmöglich ist.

Wenn ich es richtig sehe, möchten Sie wissen, wie sich die Trauer im Laufe der Zeit entwickelt – einerseits aus freundlichem Interesse, andererseits aber auch aus einem sehr verständlichen Selbsterhaltungstrieb heraus, weil Sie sich fragen, worauf Sie sich in Ihrer ureigenen Hölle gefasst machen müssen. Während Sie diese Zeilen lesen, hoffen Sie vielleicht, dass es Ihnen besser ergehen wird als mir – und es ist ja auch nicht ausgeschlossen. Jedenfalls würde ich Ihnen gern versichern, dass es mit den Jahren einfacher wird, aber das kann ich nicht, denn es wird nicht leichter. Dass ich in immer größeren Intervallen an Gilbert denke, hilft natürlich. Aber in dieser Jahreszeit, wenn die Bäume kahl sind und der Wind das Laub zusammenweht, wenn der Himmel unendlich grau ist und sich die Wochen bis nach den Feiertagen unerträglich lange hinziehen, halte ich den Atem an und warte auf den Januar. Ich hänge kaum Weihnachtsschmuck auf, höchstens ein paar Lämpchen ins Fenster, zu mehr kann ich mich nicht aufraffen.

Schreiben Sie mir doch, wie es Ihnen geht, privat und beruflich. Wie Sie sich fühlen, was Sie denken – wenn Sie die Zeit finden. Ich freue mich schon auf Ihren nächsten Brief …

Mit den allerherzlichsten Grüßen,

Sybil

25. Dez. 2012

Liebe Ms van Antwerp,
frohe Weihnachten! Die Lichterketten in Ihren Fenstern verleihen der Fassade Ihres Hauses und der gesamten Straße eine festliche Stimmung. Ich hoffe, es geht Ihnen gut, und wünsche Ihnen schöne Feiertage. Ich war gestern in Annapolis, die Weihnachtsbeleuchtung war wie immer wunderschön. Die Lichter an den Masten der Segelbote – sehr hübsch.

Bitte lassen Sie sich die Karamellen mit Ihren Kindern schmecken, die ja, wie ich sehe, in der Stadt sind.

T. Lübeck

1. Januar 2013

Lieber Mr Lübeck,
vielen Dank für die Karamellen. Sie sind wirklich ein guter Nachbar, jahrein, jahraus. Apropos: Ein neues Jahr fängt an, für das ich Ihnen alles Gute wünsche – und Gesundheit.

Mit freundlichen Grüßen,

Sybil van Antwerp

An Ms Sybil van Antwerp
17 Farney Road
Arnold, Maryland
21012
USA

5. Januar 2013

Trauerfeier zum Gedenken an Richter Guy D. Donnelly und seine Dienste für die Gemeinschaft. Samstag, 16. Februar 2013, St. John's Church of Frederick, Maryland, Beginn 15 Uhr. Anschließend für enge Freunde und Verwandte Empfang in der Residenz des Verstorbenen.

St. John's Church of Frederick,
8 Main Street
Frederick, Maryland

Empfang im Trauerhaus Donnelly
733 Oak Tree Lane
Frederick, Maryland

Über Ihre Teilnahme würden wir uns freuen.

Familie Donnelly

Liebe Sybil, es wäre so schön, Dich einmal wiederzusehen, auch wenn der Anlass ein trauriger ist. Wärst Du bitte so lieb, auf der Feier ein paar Sätze zu sagen? Du kannst doch so gut mit Worten umgehen. Und Du warst als Mensch so wichtig für Guy. Es muss wirklich keine lange Rede werden – ein paar Sätze genügen. Liebe Grüße, Deine Liz.

(9. Januar 2013 – Fortsetzung. Die vorherigen Seiten wurden NICHT abgeschickt)

Endlich gibt es einen Termin für Guys Beerdigung; sie findet am 16. Februar statt. Liz möchte, dass ich eine kleine Trauerrede halte, womit sie mich einigermaßen in Panik versetzt hat. Eigentlich sollte ich Nein sagen, aber die Frau hat gerade ihren Mann verloren, da möchte man ihr nichts abschlagen.

Es ist bloß so, dass ich noch nie auf einer Trauerfeier sprechen musste – nur das eine Mal, damals, und das war eine Katastrophe. Meine Mutter starb an Krebs, als ich 19 war. Ich wünschte, Du hättest sie gekannt. Sie war eine schöne, liebe, geduldige Frau – mit zwei seltsamen Adoptivkindern. Sie hat uns behandelt wie König und Königin! Wenn sie nicht gerade laut gelacht hat, hatte sie auf jeden Fall ein Lächeln im Gesicht, sie konnte sich über alles amüsieren. Ihr Leben lang ist sie immer wieder an Krebs erkrankt und zuletzt daran gestorben. Mein Vater ist daran zerbrochen, im wahrsten Sinne des Wortes kollabiert, als wäre Mutter die tragende Säule seines Knochengerüsts gewesen. Sie starb – und puff, sein Skelett löste sich in Luft auf. Fleisch, Organe, Haut – alles landete platschend auf einem großen Haufen. Das blieb ungefähr ein Jahr so, dann hat er wieder geheiratet (neue Knochen, neues Gerüst). Als Mutter starb, musste ja jemand die Trauerrede für sie halten, und Vater hätte es nicht geschafft, das sah man mit einem Blick. Mein Bruder war noch klein (erst zehn), und er ist vollkommen verstummt. Bis er ungefähr zwölf war, hat er nach ihrem Tod kein Wort mehr gesprochen (was natürlich noch einmal ein ganz eigenes Problem war). Deshalb blieb die Rede an mir hängen. Ich hatte mir den Text aufgeschrieben, den ich vorlesen wollte, die üblichen bewegenden Worte zu ihrer Würdigung – was für eine wunderbare Mutter sie war, wie gütig und großherzig es von ihr war, Kinder zu adoptieren usw., wie stark sie sich in der Gemeinde ehrenamtlich engagiert hatte. Ich trat vor die Trauergemeinde. Mir war es schon die ganze Woche nicht gut gegangen, zwischen ihrem Tod und dem Gottesdienst. Mein Körper hat die Trauer in Form einer dumpfen Übelkeit verarbeitet, und als ich dann vor allen Leuten vorne stand, wurde mir auf einmal heiß, und ich musste mich übergeben. Es war furchtbar peinlich.

Andererseits wäre es natürlich DIE Gelegenheit, einige der Fragen zu beantworten, die ich mir im Laufe der Jahre immer wieder habe stellen lassen müssen. Erklärungen, warum ich meinen Beruf als Rechtsanwältin an den Nagel gehängt habe, um Guy ans Gericht zu folgen. Wobei ich seine Beerdigung natürlich niemals als Bühne missbrauchen würde, so schön es auch wäre, ein Publikum zu haben. Es war mir nie vergönnt zu erzählen, was für eine wunderbare Zeit es damals war. Wie sehr sie mir fehlt. Je länger ich darüber nachdenke, desto mehr wächst in mir das Gefühl, dass ich die Chance nutzen will zu sagen, was ich zu sagen habe, um diese Tür dann endgültig zu schließen.

Noch lässt mich meine Sehkraft nicht im Stich.

AN: jameswlandy@gmail.com
VON: sybilvanantwerp@aol.com
DATUM: 18.01.2013, 10:26
BETREFF: Trauerfeier

Lieber James,

hast du auch eine Einladung für die Trauerfeier bekommen? Nach sechs Monaten wurde es langsam Zeit. Und so nobel, per brieflicher Einladung! Wie zu einer königlichen Hochzeit. Sicher ist er längst eingeäschert. Ich kann mir nicht vorstellen, dass man seine sterbliche Hülle ein halbes Jahr auf Eis gelegt hätte. Das gehört sich nicht. Mich stört das, und zwar gewaltig. So sehr, dass ich das Gefühl habe, ein klärendes Gespräch mit meinen Kindern führen zu müssen. Aber es kommt noch schlimmer! Liz hat mich gebeten, auf der Feier ein paar Worte zu sagen. Das Grauen hat einen Namen: Trauerrede. Als wäre es nicht schon schwer genug, überhaupt dorthin zu finden. Würdest du mich wissen lassen, ob du an der Feier teilnimmst (falls du denn zu den geladenen Gästen gehörst)? Oder du kommst als meine Begleitung mit, falls du keine eigene Einladung erhalten hast. Ich möchte einfach nicht gern allein nach Frederick fahren – so, jetzt ist es raus. Und Bruce fährt mit seinen Kindern zum Skifahren nach Colorado. Es wäre wunderbar, wenn du mich mitnehmen könntest.
Gibst du mir Bescheid?

Herzlich,
Sybil

AN: sybilvanantwerp@aol.com

VON: Jameswlandy@gmail.com

DATUM: 18.01.2013, 11:11

BETREFF: RE: Trauerfeier

Sybil,

ironischerweise bin ich Bruce, den ich ewig nicht mehr gesehen hatte, letzte Woche zufällig auf einer Cocktailparty über den Weg gelaufen. Da hat er den Skiurlaub auch erwähnt. Ja, ich habe eine Einladung bekommen. Man konnte die Feier nicht öffentlich abhalten oder per Anzeige darauf hinweisen. Überleg dir doch nur, wie viele aufgebrachte Gestalten die Gelegenheit beim Schopf packen würden, einen Eimer Schweineblut auf den Sarg (oder die Urne) zu kippen. Ich nehme dich gern mit. Bestimmt hat Marly sowieso keine große Lust, das Wochenende wegen einer Beerdigung in der Pampa zu verbringen. Obwohl sich doch bestimmt ein vorzeigbarer Begleiter für dich finden lassen müsste. Wie wär's mit dem Knaben, der bei dir in der Straße wohnt, in dem weißen Backsteinhaus mit den Rosenstöcken? Hat er nicht vor ein paar Jahren seine Frau verloren? Entschuldigung! Ich wollte wirklich nicht persönlich werden.

Aber natürlich musst du eine Rede halten. Was wäre Butch ohne Sundance? Du bist der einzig richtige Kerl für den Job!

Anderes Thema. Es ist sehr nett von dir, dass du Harry immer noch schreibst. Er ist mit großem Ernst bei der Sache, ohne sich hineinzusteigern. Ich sorge mich um ihn, vor allem, seit seine Schwestern kaum noch zu Hause sind. Die Mädchen hatten eine beruhigende Wirkung auf ihn. Wenn er erst erwachsen ist und seinen Weg gefunden hat, brauche ich mir nicht mehr so viele Sorgen zu machen.

Wir sehen uns im Februar. Bis dann. Ich freue mich schon auf deine Rede.

James

AN: jameswlandy@gmail.com
VON: sybilvanantwerp@aol.com
DATUM: 19.01.2013, 12:04
BETREFF: Re: RE: Trauerfeier

Lieber James,

man hört nie auf, sich zu sorgen.
Dass du dich noch an Theodore Lübecks Rosen erinnerst – erstaunlich. (Apropos Lübeck: Er stammt aus Deutschland. Als wir uns vor ein paar Wochen auf der Straße begegnet sind, habe ich ihn rundheraus danach gefragt. Damit hatte ich nicht gerechnet. Ich hätte eher auf Oregon oder Washington getippt, so etwas in der Richtung. Seit ich es weiß, meine ich auch, einen leichten Akzent herauszuhören.)
Kannst du nicht vielleicht Harry als meine Begleitung mitbringen?

Herzlich,
Sybil

Rosalie van Antwerp
33 Orange Lane
Goshen, CT 06756

4. Februar 2013

Liebe Rosalie,
diese Woche hat Fiona angerufen, um mir zu verkünden, dass sie schwanger ist. Anscheinend hat es sie einiges gekostet – unendlich viel Zeit, eine Petrischale und so viel Geld, dass man davon ein Haus halb abbezahlen könnte. (Sie muss wahnsinnig gut verdienen, aber nix Genaues weiß man nicht.) Mich hat sie erst nach erfolgreichem Vollzug eingeweiht. Sie will das Kind drüben bekommen, damit es die doppelte Staatsbürgerschaft erhält. Anfangs lief wohl nicht alles rund, aber jetzt ist sie schon weit im zweiten Schwangerschaftsdrittel. Du wirst wieder Großtante und/oder Großpatentante. Weil ich Fiona ja nur einmal im Jahr zu Gesicht bekomme, wird das Kind bei mir bestimmt fremdeln.

Was gibt es sonst noch Neues? Samstag in zwei Wochen findet Guys Beerdigung statt, draußen in Frederick. Da muss ich natürlich hin. Ich bin schon seit Ewigkeiten nicht mehr dort gewesen. Frederick liegt in einer wunderschönen Gegend, umgeben von großen Pferderanches, aber mir graut es richtig davor, auf der Landstraße zu fahren. Ich hatte überlegt, Bruce mitzunehmen, er mochte Guy doch so gern, aber dann fiel mir wieder ein, dass er zu der Zeit mit den Kindern in Colorado im Skiurlaub ist, deshalb habe ich James Landy gefragt. Erinnerst Du Dich an James? Ende der Achtziger hat er bei Tom Buggs als persönlicher Referent angefangen. James ist ein bisschen steif und zugeknöpft; seine Frau ist ein nervöses Wrack. Sie stammt aus einer wohlhabenden Familie, aus Kalifornien oder so, jedenfalls vom anderen Ende der Staaten. Ich fand ihn schon immer sympathisch und pflege eine Brieffreundschaft mit seinem Sohn. Entschuldige, ich komme vom Hölzchen aufs Stöckchen. Worauf ich hinauswill, ist Folgendes: Liz Donnelly hat mich gebeten, auf der Trauerfeier eine kleine Rede zu halten, und obwohl ich – wie wohl die meisten von uns – nicht gern in Erinnerungen rühre, weil es in meinen Augen besser ist, die Vergangenheit vergangen bleiben zu lassen, habe ich ihr zugesagt. Und das bedeutet, dass ich mir etwas zum ANZIEHEN kaufen muss. Ich habe jetzt schon dreimal vor dem Schrank gestanden und meine Sachen durchgesehen. Das einzige schwarze Etwas, das ich überhaupt besitze, ist ein Kleid, das ich wahrscheinlich zuletzt in den 1990ern getragen habe. Es ist ziemlich tief ausgeschnitten und zeigte damals wohl recht viel Dekolletee. Heutzutage bin ich an der Stelle so schrumpelig wie ein roh gerupftes Huhn. Das geht natürlich gar nicht. Ich möchte Souveränität und Würde ausstrahlen. Habe ich es Dir eigentlich schon erzählt? Ich bin jetzt komplett grau. Obwohl die Haare einen seidigen Glanz haben und zum Glück auch glatt fallen, sehe ich ALT aus. Fällt Dir dazu irgendetwas ein? Bei Anlässen wie diesem habe ich mir oft gewünscht, etwas größer zu sein – und nicht so ein elender Gnom. Ich erwarte mir ja schließlich kein Wunder. Ich muss keine eins achtzig sein wie Du, aber eins fünfundsechzig wäre nicht zu viel verlangt gewesen.

Eins fünfundfünfzig ist einfach zu peinlich, wenn man eine Rede halten muss (worum ich mich ja sowieso nicht reiße), und keine Frau über siebzig, die einen Funken Selbstachtung im Leib hat, würde in Pumps herumstöckeln – was nicht heißen soll, dass ich nicht immer gern Absätze getragen hätte.

Es regnet hier seit einer Woche ununterbrochen, der Garten hat sich in ein Schlammloch verwandelt. Ich lese gerade »Mord im Orientexpress« (Agatha Christie, zum dritten Mal). Was liest Du? Hörst Du manchmal etwas von Daan?

Ganz liebe Grüße (SCHREIB MIR!),

Syb

Sybil van Antwerp
17 Farney Road
Arnold, MD
21012

8. Februar 2013

Liebe Sybil,
wie schön für Fiona! Sie hat mir heute Morgen eine SMS geschickt, dass sie ein Kind erwartet. Und für Dich freue mich auch. Da Du bald ein Enkelchen in London haben wirst, heißt das doch nur, dass Du über den großen Teich fliegen musst. Das ist die ideale Gelegenheit für einen Besuch, um mit ihr Babysachen und Umstandsmode einkaufen zu gehen, Buckingham Palace zu besichtigen und die große Turmuhr mit dem Männernamen, der mir gerade nicht einfallen will. Leg sofort den Brief weg und ruf die Fluggesellschaft an, Sybil!

Gut, dass Du die Beerdigung bald hinter Dir hast und dass die liebe Liz Dich gebeten hat, eine Rede zu halten. Ich habe mich immer gefragt, ob sie Dir das enge Verhältnis zu Guy übel genommen hat. Als Ihr zwei mehr Zeit miteinander als mit Euren Ehepartnern verbracht habt. Es ist eine nette Geste von ihr. Das beweist doch, dass es kein böses Blut gibt. Du siehst aus wie ein Huhn? Da solltest Du mich erst mal anschauen, und das, obwohl ich bis zu meinem vierzigsten Lebensjahr jeden Sommer in Babyöl gebadet habe. Wie gern würde ich zu Dir runterkommen und Dir helfen, bei Nordstrom ein Kleid auszusuchen. So verrückt es klingt: Ich habe tatsächlich kurz mit dem Gedanken gespielt, aber ich kann Paul nicht über Nacht jemand anderem anvertrauen. Er ist sehr schwer, und es ist nicht einfach, ihn ins Bett zu hieven – und wieder raus. Er kriegt Zustände, wenn das eine fremde Person macht. Mit der einen Tagespflegerin ist er gut zurechtgekommen, Olga (sie ist in Moskau geboren und hat da gelebt, bis sie achtzehn war. Eine sehr interessante Frau, mit der man sich gut unterhalten konnte). Bei Bedarf hat sie Paul auch schon mal nachts betreut. Aber sie ist nach Illinois gezogen, in die Nähe ihrer Familie. Ja, sein neuer Rollstuhl ist angekommen, wirklich ein tolles Teil. Es hat so viele Knöpfe, dass es einen nicht wundern würde, wenn es auch Cappuccino kochen könnte. Bloß wahnsinnig schwer.

Du hattest nach Lars gefragt. Er verstummt immer mehr, und wenn er doch einmal etwas sagt, ist es meistens Unsinn, aber manchmal gibt er plötzlich ein grandioses Statement von sich, und dann ist es so, wie wenn an einem wolkigen Tag die Sonne rauskommt. Pass auf, hier ist etwas zum Schmunzeln: Als ich ihm letzte Woche beim Frühstück Kaffee nachgeschenkt habe, hat er mir die Hand auf den Arm gelegt, mir in die Augen gesehen und gesagt, er hätte gerade daran gedacht, dass wir 1964 im Urlaub in Bar Habor Kaffee getrunken haben, ich in dem gelben Kleid und mit der großen Sonnenbrille, und dass eine rötliche Katze um unseren Tisch herumgeschlichen ist. Und weißt Du was, Sybil? Das stimmte haargenau, denn in dem Moment fiel mir alles wieder ein. Sogar das Jahr war richtig, und ich glaube, es war mein dreißigster Geburtstag, wir fünf waren mit dem Zug hingefahren (ich glaube, da hattet Ihr Bruce schon, und Du warst schwanger mit Gilbert). Er hat mich ganz klar und offen angesehen, wie noch vor fünf Jahren, wie der alte Lars, und ich habe schnell versucht, ihn festzuhalten, aber da war er mir auch schon wieder entglitten. Ich bin erschöpft und einsam, obwohl ich immer den einen oder anderen der beiden um mich habe. Oder beide. Das habe ich wirklich nicht kommen sehen, dass ich bis in alle Ewigkeit einen Mann und einen Sohn pflegen muss, die bestenfalls im Zustand eines Kleinkinds sind.

Aber ich will nicht klagen. Entschuldige!

BIG BEN.

Natürlich höre ich von Daan, aber dazu ein andermal mehr. Paul wacht gerade auf. Bitte, schreib doch ein bisschen was über Bruce, wie es ihm beruflich geht etc. Seine Kinder.

Ich lese gerade »Zeit der Geborgenheit« von Wallace Stegner. Kennst Du das? Du fehlst mir. Grüße an den lieben Bruce. Grüße auch an Trudy und Millie …

Deine Rosalie

(Ah! Jetzt hätte ich es fast vergessen. Was macht Theodore Lübeck? Gibt es etwas Neues über Deine Augen zu berichten? Aber nur, falls Du darüber reden möchtest.)

Sybil van Antwerp
17 Farney Rd
Arnold MD 21012

18. Feb.

Sybil,
was für ein Highlight, endlich Richter Donnellys berühmte »Kanzlei-Gattin« kennenzulernen. Seit Jahren stolpere ich immer wieder über Ihren Namen – obwohl die meisten Leute kaum glauben können, dass wir uns nie persönlich begegnet sind. Und nun mache ich tatsächlich Ihre Bekanntschaft und muss feststellen, dass Sie hinter den Kulissen die Fäden gezogen haben, während ich in der Immobiliensache Eastern Shore damals Evansberg anwaltlich vertreten habe. Gut möglich, dass wir hintereinander durch dieselbe Drehtür gegangen sind! Ich gebe zu, ich habe mir meine Termine extra so gelegt, dass ich Ihnen auf der Trauerfeier begegnen musste, und mein Plan ist aufgegangen. An dieser Stelle möchte ich auch noch hinzufügen, dass Sie in Ihrer kleinen Rede sehr anschaulich geschildert haben, was die Zusammenarbeit mit Guy für Sie und für Ihre Karriere bedeutet hat. Ich fand auch Ihre Ausführungen zu dem Thema spannend, welche Gründe Sie dazu bewogen haben, Rechtsanwältin zu werden. Ich war gerührt – und das passiert mir wahrlich nicht alle Tage. Es gibt nichts Amüsanteres als eine Frau, die eine treffsichere Pointe setzen kann und dabei keine Miene verzieht.

Normalerweise würde ich Sie anrufen, aber weil ich aus

sicherer Quelle weiß, dass Sie eine Briefeschreiberin sind (und es mich auch interessiert, wie und warum Sie eine derart altmodische und unpraktische Kommunikationsform aufrechterhalten), habe ich mein altes Briefpapier ausgegraben. In zwei Monaten – ab Mitte April – besuche ich Freunde in Baltimore. Darf ich Sie am 29.4. um 19 Uhr ins Capitol House in Annapolis zum Essen einladen? Was meinen Sie, wie lustig das wird, Anekdoten aus den alten Zeiten auszutauschen? Mit einem Nein lasse ich mich nicht abwimmeln!

Mick Watts

478 Chester Place
Houston, TX 77055

Sybil Vanantwerp
17 Farney Rd.
Arnold, MD 21012

18.2.2013

An: Sybil Vanantwerp, persönliche Referentin von Richter Guy Donnelly

Jetzt ist er unter der Erde. Die haben sich ganz schön Zeit gelassen. Waren Sie da? Garantiert. Nachdem ich monatelang nach dem Termin gesucht hatte, stand die Beerdigung einen Tag zu spät in der Zeitung, am 16. Februar. Wollen Sie wissen, was ich gemacht habe? Ich bin zu der Kirche gefahren, viereinhalb Stunden mit dem Auto. Es ist ein großer Friedhof, aber ich hab den Richter gefunden. Neben dem Grab stand ein Wachmann, deshalb hab ich so getan, wie wenn ich ihm die letzte Ehre erweisen würde. Als sich der Wachmann umgedreht hat, damit ich in Ruhe beten kann, hab ich aufs Grab gespuckt. Guy D. Donnelly, FAMILIENVATER UND PATRIOT. Ich hab auf seinen Grabstein gespuckt, und auf den von Ihnen spuck ich auch.

Grüße

DM

Liz Donnelly
733 Oak Tree Lane
Frederick, MD 21703

18. Februar 2013

Liebe Liz,

es muss schwer für Dich sein, Dich in das Leben ohne Guy hineinzufinden. Der Orgelgottesdienst war wunderbar, die Lieder, die Du ausgesucht hast, sehr stimmig. Du sahst blendend aus. Ich möchte mich dafür bedanken, dass Du mir die Chance gegeben hast, ein paar Sätze zu sagen. Es war mir eine Ehre, ein Geschenk. Was Guy und ich während unserer jahrelangen Zusammenarbeit erreicht haben, war etwas ganz Besonderes. Ich glaube, die meisten Menschen verbringen ihren Arbeitstag damit, auf die Uhr zu starren und ihr eigentliches Leben aufs Wochenende zu verschieben. Das war bei mir nie der Fall. Bei mir gab es ja sogar einen längeren Zeitabschnitt, in dem ich nur für die Arbeit gelebt habe. Ich habe Halt darin gefunden, im Büro zu sein und meine Aufgaben zu bewältigen, und auch das partnerschaftliche Verhältnis zu Guy hat einen Gutteil dazu beigetragen. Danke, dass Du uns diese Freundschaft gewährt hast, Liz. Ich hatte mit diesem Teil meines Lebens abgeschlossen, die Erinnerungen weggesperrt und überhaupt nicht mehr daran gedacht, was für einen Schatz sie darstellen. Einen unendlichen Schatz! Es war schön, sie wieder einmal hervorzukramen.

Ich habe Dir einen 25 % Rabattgutschein für Applebee's

beigelegt. Kann mir gut vorstellen kann, dass Dir nicht nach Kochen zumute ist. Dienstags kosten die Cocktails nur die Hälfte.

Liebe Grüße,

Sybil

Mr Mick Watts
478 Chester Place
Houston, TX 77055

13. März 2013

Lieber Mr Watts,
vielen Dank für die Einladung zum Essen, aber meine Antwort lautet Nein. Damit müssen Sie sich wohl oder übel bescheiden. Für den Termin bin ich schon anderweitig verplant. Apropos Evansberg: Jetzt fügt sich alles zusammen. Warum haben Sie das Verfahren auf der Trauerfeier nicht erwähnt? Dann hätte ich Sie vielleicht nicht so fischäugig angeglotzt. Natürlich erinnere ich mich an den Fall Evansberg: zwei Jahre – eine einzige Tortur. Und an den Namen M. Watts auf jedem Blatt Papier, das über meinen Schreibtisch ging.

Was Ihre Kommentare zu meiner Rede angeht: Erstens war es mir ein Graus, vor all den Menschen das Wort zu ergreifen. Zweitens halte ich die Gründe, die mich (und auch Guy) am Anwaltsberuf gereizt haben, nicht gerade für einzigartig. Wer empfände es nicht als lohnend, auf unserem wahnsinnigen, wundersamen, aberwitzigen, barbarischen, hektischen, brutalen und fiebrigen Planeten so etwas wie Ordnung zu suchen? Es gibt nicht viel Tröstlicheres als das Recht, schwarz auf weiß, es sei denn – vielleicht – ein religiöser Text, zumindest für einen gläubigen Menschen wie mich. Aber wenn man die Bibel gründlich studiert, kann auch sie einen Menschen mit ihren Doppeldeutigkeiten und

Nuancen in einen Zustand tiefster Verwirrung stürzen, obwohl man bei einem religiösen Text natürlich mit logischem Denken von vornherein nicht sehr weit kommt und die Vernunft über Bord werfen muss.

Sie sprechen mich auch auf das Briefeschreiben an, eine Praxis, die Sie als »altmodisch und unpraktisch« bezeichnen. (Was mehr über Sie verrät, Mr Watts, als dass es mich kränkt. Obwohl es mich tatsächlich getroffen hat.)

Stellen Sie sich alles vor, was Sie jemals zu einem anderen Menschen gesagt haben, Bemerkungen gegenüber Freunden bei einem Drink, Äußerungen in Gesprächen mit Kollegen und fernen Verwandten am Telefon, denken Sie an die Nichtigkeiten, die sich so leicht nebenher als E-Mail oder Handy-Nachricht verschicken lassen. Das ist der Stoff, aus dem das Leben ist: die Summe zwischenmenschlichen Austauschs. Wir sind wahrlich alt genug, um gelernt zu haben, dass Beziehungen das Fleisch auf den Knochen des Lebens sind. Aber all das ist nicht mehr vorhanden. Es ist verschwunden. Und eines Tages, Mr Watts, werden auch Sie nicht mehr sein. Wenn Sie Kinder haben, werden die Sie vielleicht im Gedächtnis behalten; wenn Sie Enkel haben, werden die sich, so Gott will, möglicherweise auch noch bruchstückhaft an Sie erinnern, aber spätestens bei deren Kindern ist es damit vorbei. Möglich, dass sie ein altes Fotoalbum im Regal stehen haben, in dem sie zwei- oder dreimal im Leben eine Seite umblättern, und wenn sie dann auf Ihr Konterfei stoßen, denken sie: »Jimmy kommt ja wirklich sehr auf seinen Ururgroßvater Mick heraus.« Und blättern weiter. Das ist alles, was von Ihnen bleibt, in nicht einmal drei Generationen sind Sie so gut wie ausgelöscht. Und von

Ihrem Leben, dem Leben, das Ihnen von heute aus betrachtet als ach so bedeutsam erscheint, wird außer dem Blut in den Adern Ihrer Nachkommen nichts mehr übrig sein. Allerhöchstens noch ein ferner Namensvetter, falls man Ihren Namen in siebzig Jahren vom Stammbaum pflücken sollte, weil er wieder in Mode gekommen ist, und ihn einem wehrlosen Neugeborenen anhängt, der nicht das Geringste von Ihnen weiß.

Wem hingegen das Schreiben – auf Papier – eine Herzensangelegenheit ist, der ist von der soeben geschilderten Tragödie nicht betroffen. Stellen Sie es sich doch einmal bildlich vor: die Briefe, die man in die Welt hinausgeschickt hat, die Antworten, die einen erreicht haben – wie die Teile eines wunderbaren Puzzles oder, um eine bessere, wenn auch leicht angestaubte Metapher zu benutzen, wie die Glieder einer langen Kette. Und selbst wenn sie, wovon auszugehen ist, nie wieder zusammengefügt werden, sondern bis ans Ende der Zeit in alle Weltgegenden verweht bleiben wie die hauchzarten Samen eines sterbenden Löwenzahns, ist es nicht trotzdem ein erhebender Gedanke, dass das eigene Leben in irgendeiner Form erhalten bleibt, dass auch dieser Brief vielleicht eines Tages für irgendwen eine Bedeutung haben könnte, wie gering auch immer?

Und wenn sich das alles für Sie nach Geschwurbel anhört, sollten Sie sich vielleicht einen anderen und viel simpleren Wert von eigenhändig geschriebenen Briefen vor Augen führen, und zwar, dass es sich bei der schriftlichen Kontaktpflege um eine der ursprünglichsten Formen des gesitteten Austauschs handelt, die zu erhalten es sich lohnt, auch wenn wir den unmittelbaren Nutzen noch nicht erkennen können. Das GESCHRIEBENE WORT, Mr Watts. Das geschriebene Wort, schwarz auf weiß. Briefe. Bücher. Gesetze – alles ist eins. Das war mir schon immer klar, soweit ich mich zurückerinnern kann, und ich schicke meine Briefe in die Welt hinaus, seit ich einen vollständigen Satz schreiben kann (seit meinem neunten Lebensjahr).

Jetzt ist meine Antwort länger ausgefallen, als ich es beabsichtigt hatte. Ich wünsche Ihnen schöne Tage an der Ostküste. Um noch kurz auf das Evansberg-Verfahren zurückzukommen: Es hat mir ungeheuer viel Spaß bereitet. Fälle, bei denen man einen gewissen detektivischen Spürsinn an den Tag legen musste, waren mir immer die allerliebsten.

Mit freundlichen Grüßen,

Ms Sybil van Antwerp

Postskriptum: Eine gute Pointe ist eine gute Pointe, ganz gleich, ob sie von einem Mann oder von einer Frau »gesetzt« wird. Mit solchen Bemerkungen entlarven Sie sich nur als alten Narren.

AN: sybilvanantwerp@aol.com
VON: grandmaalicelivingston@yahoo.com
DATUM: 06.04.2013, 21:40
BETREFF: <Kein Betreff>

Hallo, Sybil,

Debbie Banks kocht vor Wut, weil du ihr am Donnerstag die Stirn geboten hast, und sie droht damit, unter Verweis auf Paragraf drei der Vereinssatzung eine »Dringlichkeitssitzung« einzuberufen, um dich zu stürzen (und mich in einem Aufwasch gleich mit; davon gehe ich aus). Ich habe gerade mit ihr telefoniert. Aus alter Freundschaft habe ich mich auf deine Seite geschlagen, Sybil. Ich kenne dich jetzt seit über 20 Jahren, aber ich frage dich doch: Muss das wirklich sein?

Alice

AN: grandmaalicelivingston@yahoo.com
VON: sybilvanantwerp@aol.com
DATUM: 07.04.2013, 12:02
BETREFF: Deine E-Mail von 21.40 Uhr gestern Abend

Die Frau ist verrückt geworden. Das ist doch der reine Größenwahn, dabei mache ich nicht mit. In drei Teufels Namen: Wir sind ein *Gartenverein*, ein Zusammenschluss von Menschen, die sich über das GÄRTNERN austauschen möchten, und ich wüsste wirklich nicht, wieso wir uns von Debbie Banks unsere Veranstaltungen diktieren lassen sollten. Um ihr ohnehin überdimensioniertes Ego noch weiter aufzublasen? Wieso sollte ihr Sohn bei uns einen Vortrag über Immobilien halten? Zum einen hat das Thema nicht das Geringste mit der Gärtnerei zu tun, und zum anderen fällt mir kein einziges Mitglied ein, dem der Immobilienmarkt nicht herzlich schnuppe wäre. Niemand von uns beabsichtigt wegzuziehen. Debbie will uns ihren Sohn vorführen wie einen Pudel auf einer Hundeausstellung, weil sie ihn für ein Geschenk Gottes an die Welt hält. (Weißt du noch, wie sie sich aufgeplustert hat, als er den BWL-Studienplatz in Harvard bekam? Nicht zum Aushalten.) Soll ich dir was sagen? Das Jüngelchen hat nur einen einzigen Gedanken in seinem geldgierigen Spatzenhirn: reiche alte Frauen mit Immobilien in Uferlage. Und noch etwas: Jede Wette, dass Debbie mit ihm unter einer Decke steckt. Die Frau ist nicht auf den Kopf gefallen. Sie hatte schon einen Ehevertrag, als der Begriff für alle anderen noch ein Fremdwort war. Er soll uns abgetakelte Fregatten mit seinem guten Aussehen bezirzen, um sich ein hübsches Sümmchen nebenbei zu verdienen. Aber nicht in meinem Verein! Da hat sie sich geschnitten. ER HAT MIT MAUDE O'REILLY GEFLIRTET! Maude ist 80, und sie qualmt seit 1970 zwei Schachteln am Tag, ABER sie besitzt über 10 000 Quadratmeter auf der teuren Seite der Naval Academy Bridge mit Blick auf den Kirchturm – mehr muss ich dazu doch wirklich nicht sagen, Alice. Schamlos! Um der Mitglieder willen habe ich ihr Kontra gegeben. Das verstehst du. Und überhaupt: Wie kindisch und lächerlich von Debbie, die Schriftführerin eines Gartenvereins »stürzen« zu wollen. Spielt sich auf wie Napoleon Bonaparte persönlich … Liebe Grüße,

Sybil

Sybil van Antwerp
17 Farney Road
Arnold, MD
21012

1.5.2013

Hi, Sybil,
heute schicke ich Ihnen ein Exemplar von »Blaue Stunden«. Ich freue mich schon auf Ihre Rückmeldung – wie immer. Ihre Gedanken über das Leben und die Trauer haben mir sehr geholfen. Obwohl ich auf die Mitgliedschaft im Club der Eltern, die ein Kind beerdigen mussten, gern verzichtet hätte, tut es gut, gesehen zu werden.

Zwischendurch halte ich kleine Beobachtungen fest. Hier ist eine zum Lachen: Mein Neffe möchte einen Dokumentarfilm über mich drehen! Ich spiele auf Zeit.

Der Winter scheint endgültig vorbei zu sein. Bei uns in New York hat ein herrlicher Frühling Einzug gehalten, die Parkbäume stehen in voller Blüte, die letzten Schneereste sind weggetaut. Der Frühling ist meine liebste Jahreszeit. Je älter ich werde, desto schwerer tue ich mich mit dem Winter.

Herzliche Grüße,
auch an Ihre Kinder.
Alles Liebe,

Joan

13. Mai, zuzustellen am 15. Mai 2013
Mr Harry Landy
98 Dumbarton St. NW
Washington, DC 20007

13. Mai 2013

Mein lieber Harry,
Deine Handschrift wird immer besser. Bravo. Jetzt kann ich Deine Briefe viel leichter lesen. Sie sind nicht nur einfacher zu entziffern, sondern wirken auch souveräner. Aber auf eins musst Du achten: Du verdrehst immer noch häufig i und e.

Es geht über meinen Verstand, zu welchen Grausamkeiten Kinder fähig sind. Ich weiß, dass Du es weißt, aber ich möchte es trotzdem noch einmal wiederholen: Wenn ein Mensch Dich schlecht behandelt, fällt es auf ihn selbst zurück und zeigt, was für eine traurige Figur er abgibt. Noch bist Du zu jung dafür, aber wenn Du erst älter bist, wirst Du diese Erkenntnis zu schätzen wissen. Mein Bruder wurde jahrelang von seinen sadistischen Mitschülern gequält. So schlimm, dass ich damals sogar einem Jungen, der Nathan Briggs hieß, einen Brief geschrieben habe, in dem ich mich als der Vizepräsident der Vereinigten Staaten ausgegeben und ihm gedroht habe, ihn ins Gefängnis zu werfen, wenn er Felix nicht in Frieden lässt – und er hat es tatsächlich geglaubt! Er hat Felix nie wieder etwas getan. Wir können bis heute darüber lachen. Obwohl Felix genauso viel einstecken musste wie Du, ist ein kluger, lieber Mann aus ihm geworden. Er ist GLÜCKLICH, und er genießt das Leben in vollen Zügen. Du musst Dich irgendwie durchboxen. Mehr bleibt Dir nicht übrig. Im *Wall Street Journal* habe ich einen Artikel über einen Musiker gelesen, dessen Lebensmotto lautet: »F…ck the haters.« Ein ordinärer Ausdruck, der aber in seiner kraftvollen Einfachheit die Gefühle des Mannes aufs Schönste zusammenfasst.

Apropos Highschool: St. Joseph's klingt nach einer guten Schule, an der es Dir bestimmt gefallen wird. Freunde von meinem Sohn Bruce waren auch auf der St. Joseph's. Ich entsinne mich, dass sie ein eher traditionell ausgerichtetes Curriculum hatte. Beispielsweise wurde die Mathematik als reine Lehre unterrichtet, statt sie mit den Naturwissenschaften zu einem Fach zusammenzuwürfeln.

Kommen wir zu Deinen Fragen. Ich werde Dir wahrheitsgemäß antworten, wüsste aber doch gern, woher Deine plötzliche Neugier rührt. Ich habe zunächst Anglistik studiert und mich dann nicht unerfolgreich als Schriftstellerin versucht. Weil ich das Schreiben mit einem praktischeren, lukrativeren Beruf verbinden wollte, habe ich eine Ausbildung zur Rechtsanwaltsgehilfin gemacht und ein paar Jahre später an der University of Virginia ein Jurastudium drangehängt. Anschließend habe ich in einer Anwaltskanzlei angefangen, bei dem alten Richter, der vor Kurzem gestorben ist. Aber bevor er Richter wurde. Als er irgendwann Richter wurde, bin ich als seine persönliche Referentin mit ihm ans Gericht gegangen. (So, damit hätten wir dreißig Berufsjahre in einem Rutsch abgehandelt.) Heutzutage wäre ich vielleicht selbst Richterin geworden, aber damals gab es in dem Beruf kaum Frauen. Dein Vater, der schon als Student bei der juristischen Fachzeitschrift der University of Yale mitgearbeitet hatte, fing direkt nach dem Examen bei einem anderen Richter als Referent an, und weil ich schon seit fünfzehn Jahren dabei war, habe ich ihn (Deinen Vater) unter meine Fittiche genommen. Es gibt keine plausible Erklärung für unsere langanhaltende Freundschaft, außer der, dass er ein kluger, lustiger Mensch ist, der mich mit schrecklichen Witzen und Sandwiches aus einem Deli um die Ecke erobert hat. Aber weil Dein Vater von Anfang an für Größeres bestimmt war, kam er ruck, zuck als Referent ans Bundesgericht, eröffnete später seine eigene Kanzlei und wurde zuletzt selbst ins Richteramt berufen.

Du wolltest wissen, woher ich komme. Ich bin hauptsächlich in Pennsylvania aufgewachsen, ein bisschen auch in Ohio und zuletzt in Maryland. Meine Mutter stammte aus Arizona, mein Vater aus Maine, und ich wurde mit 14 Monaten adoptiert. Wie Du siehst, gibt es auf Deine einfache Frage keine einfache Antwort. Ich hatte drei Kinder, so wie auch Ihr zu Hause drei Geschwister seid, aber das mittlere Kind ist mit acht Jahren gestorben. Ein Junge, er hieß Gilbert. Ich habe noch einen Sohn. Bruce arbeitet als Rechtsanwalt in Alexandria; meine Tochter Fiona ist Architektin und wohnt in England. Ich habe zwei Enkelkinder (Hank und Violet), und nächsten Monat kommt noch eins dazu. Ich bin nicht mehr verheiratet, da hast Du recht, aber mein Mann ist nicht tot. Wir haben uns scheiden lassen. Er wohnt in Brügge, das liegt in Belgien. Er kommt von dort.

Ob ich als Kind wie Du war? In mancher Hinsicht vielleicht, auch wenn man sich in meinem Alter nicht mehr so gut an die Kindheit erinnert. Du musst auch bedenken, dass man, als ich klein war, um Kinder noch nicht so viel Gewese gemacht hat wie heute. Ich erinnere mich, dass ich mich, genau wie Du, ganz streng an alle Regeln gehalten habe und immer genau wusste, was richtig und falsch ist. Und ich war neugierig, auch wie Du. Ich habe mich sehr für Menschen interessiert. Ich glaube, es lag an meiner geringen Körpergröße, dass ich stets staunend und bang in die Welt geblickt habe. Die Bangigkeit wurde auch dadurch noch verstärkt, dass unsere Eltern uns ziemlich abgeschottet aufgezogen haben. (Aus Angst, uns zu verlieren, einer psychologischen Macke von Adoptiveltern – und möglicherweise auch aus der Einstellung heraus, dass sie es sich mit ihrem vielen Geld leisten konnten, sich in einer Festung zu verschanzen – ach, da gibt es viele, viele Gründe, Harry.) Ich war still und vorsichtig. Ich fand es seltsam, dass die Leute immer erst lange um den heißen Brei herumreden, statt gleich zur Sache zu kommen. Und ich wurde häufig wegen vorlauten, frechen Benehmens bestraft. Ich denke, das hast Du auch schon erlebt. Heutzutage kann ich natürlich verstehen, was meine Mutter im Sinn hatte. Sie wollte mich zu dem artigen Kind erziehen, das die Welt sehen will, vor allem in einem Mädchen. Zu der Art von Mensch, auf den sich die amerikanische Kultur stützt. Doch es war verlorene Liebesmüh – Wohlerzogenheit ist mir bis heute fremd geblieben. (Ich glaube, Du beherrschst die Höflichkeitskonventionen viel besser, als ich es je konnte, aber vielleicht hat man sie Dir auch nur eingetrichtert.) Aller Wahrscheinlichkeit nach galt ich als etwas verschrobenes Kind. Ich war kein fröhliches, albernes Mädchen, das sich für Ponys und Puppen interessiert hat, sondern ernst und verschlossen. Wachsam, misstrauisch. Eine Skeptikerin. Viele Freunde hatte ich nicht. Ich war eine Leseratte, ich habe immer nur gelesen. Das weiß ich noch. Und ich habe als Kind viele Briefe geschrieben. Schreiben fiel mir leichter als Sprechen. Das ist bis heute so geblieben. Bitte entschuldige, der Brief ist sehr lang geworden. Du hast mich an eine Zeit erinnert, mit der ich mich lange nicht mehr beschäftigt habe.

Wie kommst Du darauf, dass ich einsam bin? Da irrst Du Dich nämlich. Ich habe Dich, meine Kinder und Enkel, Freunde und Bekannte, mit denen ich korrespondiere. Außerdem hier vor Ort meine Kirchengemeinde und zwei wunderbare Freundinnen, Trudy und Millie. Wie kann ich da einsam sein?

Hör mal, Harry, fragst Du mich deshalb danach, weil Du mir durch die Blume zu verstehen geben willst, dass DU einsam bist? Das hast Du nicht nötig, Kind. Du kannst es mir einfach sagen.

Mit lieben Grüßen,

Ms van Antwerp

(13. Mai 2013 – Fortsetzung. Die vorherigen Seiten wurden NICHT abgeschickt)

Wir haben herrliches Wetter, der Himmel ist tropisch blau, die Wolken sehen aus wie lang gezogene Wattebäuschchen. Im Frühling ist es hier am schönsten, wenn der Garten in den buntesten Farben blüht. Der Lohn für die Plackerei des Vorjahres. Die Hortensien locken Bienen und Kolibris an, und rings um das Haus herrscht ein einziges Summen und Brummen. Ich habe gerade einen Brief an Harry Landy in den Umschlag gesteckt. Bestimmt habe ich irgendwann erwähnt, dass wir uns seit ein paar Jahren einmal im Monat schreiben. In seinem letzten Brief hat er mich gefragt, ob ich einsam bin! Interessant, nicht wahr? Außerdem wollte er wissen, was für ein Mensch ich war, bevor ich Großmutter wurde, und ich habe ihm etwas über meine Geschichte, meine Kindheit erzählt. Jetzt sitze ich hier am Schreibtisch mit meinem kalt gewordenen Tee, buchstäblich auf den Spuren der Vergangenheit umherirrend.

Weißt Du eigentlich, dass meine Eltern mir, als ich ungefähr neun war, einen kurzen Brief gegeben haben, den meine leibliche Mutter bei der Übergabe geschrieben hatte? Er war für meine Eltern bestimmt, nicht für mich, aber Mutter (meine Adoptivmutter) fand, dass ich ihn haben sollte. Als Kind hat es mich sehr gequält, dass ich adoptiert war. Ich habe Fragen gestellt, Bücher über Waisenkinder gelesen, mir ein alternatives Leben für mich ausgemalt. Warum ich das gemacht habe, weiß ich selbst nicht, meine Eltern waren weder grausam noch ablehnend; sie waren wunderbar. Ich glaube, sie haben es bereut, mir so früh schon die Wahrheit gesagt zu haben. Dabei sah man uns gleich an, dass wir nicht blutsverwandt waren. Sie waren beide blass, blond und blauäugig, ich um einiges dunkler geraten. Außerdem hatte ich als Kind schwarz glänzendes dichtes Haar.

Ich fing an, Briefe zu schreiben, und konnte nicht mehr damit aufhören. Sehr oft bekam ich eine Antwort. Viele Leute staunen darüber, aber ich kann aus Erfahrung sagen, dass die meisten Menschen tatsächlich zurückschreiben. Meinen allerersten Brief überhaupt habe ich 1948 an P.L. Travers geschrieben, wegen ihres Buchs »Mary Poppins«. Es hat mir so gut gefallen, dass ich es unzählige Male gelesen habe. Ich fand es toll, dass Mary Poppins über ihr eigenes Leben und das der Kinder Jane und Michael ein derart strenges, ja, fast militärisches Regiment führte. Das hat mich sehr fasziniert – ein solches Maß an Kontrolle erschien mir als der Inbegriff von Sicherheit. Andererseits war das Buch aber auch voll von Kreativität, Abenteuern, Farben, Überraschungen! Und dann erst Mary Poppins … Sie war ja nicht die Mutter ihrer Schützlinge – und man wusste (auch als Kind schon), dass sie nicht für immer bei ihnen bleiben konnte. In meinen geheimen Träumen habe mir vorgestellt, sie wäre meine leibliche Mutter, die eines Tages an ihrem aufgespannten Regenschirm in unseren Garten schweben und verkünden würde, ich sei ihre Tochter. Nachdem sie mir die Gründe erklärt hätte, warum sie mich weggegeben hatte, würde sie sesshaft werden, mich zu sich nehmen und mich mit dem perfekten Mix aus Staunenswertem und Vorhersagbarem großziehen. Dabei war mir natürlich klar, dass ihre Geschichte erfunden war und sie nicht kommen würde. Pass auf, jetzt kommt's, Pferdchen: So sehr ich es mir wünschte, so sehr wünschte ich es mir auch wieder nicht. Ich wusste, dass es mit der Magie ein Ende haben würde, sobald mein Wunsch wahr und sie zu meiner Mutter geworden wäre. Keine Zaubertasche mehr, keine Sprünge in Kreidezeichnungen, die Tore in andere Welten. Ich habe schon seit einer Ewigkeit nicht mehr an meine Schwärmerei für Mary Poppins gedacht. P.L. Travers hat mir zurückgeschrieben, der Brief fliegt hier auch noch irgendwo bei mir rum. Aber worauf ich hinauswill – ich hatte einen solchen Tick, was Briefe anging, und habe mich gleichzeitig so in Fantastereien über meine leibliche Mutter verstiegen, dass Mutter mir den Brief gegeben hat, den sie bei meiner Adoption bekommen hatte.

Jetzt hab ich ihn gerade doch noch herausgesucht. Es sind bloß ein paar Zeilen auf einem einfachen Zettel in blauer Tinte. Die Schrift ist sehr schräg, die Buchstaben so lang und schlank wie Birken. Ich schreib ihn Dir ab. Da steht:

> An: Mr und Mrs Stone,
>
> guten Tag. Ich hoffe, Sie passen gut auf meine Tochter Sybil auf und kümmern sich lieb um sie. Sie ist ein stilles, aufgewecktes Kind, das Ihnen bestimmt keinen Ärger machen wird. Das Einzige, was sie erschreckt, sind sehr laute Geräusche, und Tiere scheinen ihr Angst zu machen, aber mit einem Lied lässt sie sich schnell wieder beruhigen. Wenn sie älter ist und weiß, dass es mich gibt, wäre es nett von Ihnen, wenn Sie ihr erzäh-

> len würden, dass sie ein perfekter Säugling war, bei Sonnenaufgang unter einem rosa Himmel geboren. Sie ist mir sehr ans Herz gewachsen. Ich danke Ihnen und schließe Sie in meine Gebete ein, die allerherzlichsten Grüße, L.T.

Damit hat also alles angefangen. Man sollte doch meinen, dass ich den Text mittlerweile auswendig wüsste, aber aus irgendeinem Grund hat sich mir nur der Halbsatz eingeprägt, dass ich bei Sonnenaufgang unter einem rosa Himmel geboren wurde. Ist das nicht hinreißend? Es löst bei mir eine Nostalgie nach etwas aus, das ich nie besessen habe.

Heutzutage denke ich nicht mehr daran, jedenfalls nicht so wie früher – auch wenn es mir immer noch manchmal in den Sinn kommt. Ja, es steckt vermutlich noch in mir, ist Teil dessen, was mich ursprünglich ausmacht. In meinem Wesenskern verankert, auch wenn ich nicht bewusst daran denke. Tief unten auf dem Grund. Aber das Briefeschreiben ist mir erhalten geblieben. Die Frage ist, was wird aus mir, wenn ich nicht mehr sehen kann? Auf meine alten Tage lerne ich bestimmt keine Blindenschrift mehr oder wie man ein Diktiergerät benutzt. Ich werde wohl eingehen wie ein Fisch, den man aus dem Teich gezogen und auf dem Steg in der prallen Sonne vergessen hat.

Emerson Franke, Chefredakteur
The Baltimore Sun
300 East Cromwell Street,
Baltimore, MD 21230

AN: Die Chefredaktion der Baltimore Sun
VON: Sybil Van Antwerp, seit über vierzig Jahren Leserin und Abonnentin
DATUM: 10. Juni 2013

Sehr geehrte Ms, beziehungsweise sehr geehrter Mr Franke (bei einem Vornamen wie Emerson weiß man nie):

SCHÄMEN SIE SICH! Ich schreibe Ihnen in Bezug auf den Artikel, der heute Morgen, am 10. Juni 2013, auf Seite 2 von »Lokales und Vermischtes« erschienen ist, den Bericht über den Tod des Mädchens in Timonium. Geschmackloses, gefühlloses Geschreibsel, das niemals in einer Zeitung hätte abgedruckt werden dürfen. Wem nützt es, zur Ergötzung wildfremder Leute einen solchen Schund zu verbreiten und den armen Vater zu demütigen, der wahrscheinlich ohnehin von Schuldgefühlen zerfressen ist? Es geschieht immer wieder, dass ein Kind stirbt – eine grausame Laune des Schicksals, die nicht weiter publik gemacht wird. Aber wenn ein Mann beim Rückwärtsfahren sein Kind überrollt, ist Ihnen das eine Schlagzeile wert. SCHANDE auf die herzlose Person, die den Artikel verbrochen hat. Ich bin empört. Als wäre das Grauen, das über eine Familie hereingebrochen ist, ein Spektakel, um die Sensationslust des Publikums zu bedienen. Sollen doch die Eltern einen Nachruf auf das arme Kind schreiben, wenn es ihnen ein Bedürfnis ist, aber einen derartig abgeschmackten Artikel abzudrucken und das Leben anderer Leute für eigene Zwecke auszuschlachten, ist das Allerletzte. Wohnt da keine Seele in Ihrer kalten Brust? Mit Sicherheit haben Sie keine Kinder, sind Sie kein Vater, keine Mutter. Oder wollen Sie vielleicht behaupten, die Veröffentlichung wäre ein Versehen gewesen? Dann kann ich nur sagen: Schämen Sie sich in Grund und Boden. Sie sind eine Fehlbesetzung auf Ihrem Posten! Ich überlege ernsthaft, mein Abonnement zu kündigen. Natürlich rechne ich nicht damit, dass Sie meinen Leserbrief abdrucken, aber ich hoffe doch, dass Sie ihn wenigstens lesen und – sei es auch nur für einen kurzen Augenblick – zerknirscht in sich gehen.

AN: Die Dekanin der Fakultät für Anglistik
University of Maryland, College Park,
College Park, MD 20742

10. August 2013

Sehr geehrte Ms Genet,

herzlichen Glückwunsch zu Ihrer Bestellung zur Dekanin der Fakultät für Anglistik. Seit ich vor gut zehn Jahren – nach meiner Pensionierung – bei Dick Wright angefragt hatte, ob ich als Gasthörerin ein Literaturseminar belegen dürfe, habe ich mit Ihren jüngsten Vorgängern immer wieder in Korrespondenz gestanden. Nachdem er so großzügig war, mich auf dem Campus willkommen zu heißen, besuchte ich das Seminar EN 305 »Südasiatische Literatur«, wo ich Salman Rushdie und seine »Satanischen Verse« kennenlernte. Eine unvergessliche Erfahrung. In den Jahren danach habe ich als Gasthörerin an einer ganzen Reihe von Seminaren teilgenommen (Britische Lyrik des 17. Jahrhunderts, Irische Literatur, Südasiatische Literatur, Amerikanische Literatur des 18., 19. und 20. Jahrhunderts, um nur einige zu nennen). Auf Dick Wright folgte Henry Dougherty, der mich ebenfalls freundlich an der Uni aufgenommen hat. Leider habe ich es in diesem – und auch im letzten – Sommer versäumt, mich als Gasthörerin anzumelden, aber ich würde nur sehr ungern ein weiteres Herbstsemester verlieren. Da der Beginn des akademischen Jahres naht, möchte ich Sie um Zusendung einer Liste der Lehrveranstaltungen für den Herbst bitten, samt Seminarzeiten. Falls Sie der Ansicht sind, dass sich manche Kurse besser für mich eignen als andere, lassen Sie es mich doch bitte wissen. An Abendveranstaltungen kann ich leider nicht teilnehmen, weil ich eine weite Anfahrt habe (ich wohne in der Nähe von Annapolis). Außerdem würde ich, wenn irgend möglich, um Lyrik gern einen großen Bogen machen. Ich finde Gedichte unendlich langweilig. Bei meiner letzten Anmeldung betrug die Gebühr $250. Bitte teilen Sie mir mit, ob sie in der Zwischenzeit erhöht wurde. Wenn ich weiter nichts von Ihnen höre, stecke ich einfach den Scheck in die Post. Sie können mich brieflich oder per E-Mail erreichen, unter: SYBILVANANTWERP@AOL.COM

Mit freundlichen Grüßen,

Sybil van Antwerp

Sybil Van Antwerp
17 Farney Rd.
Arnold, MD
21012

25. September 2013

Liebe Sybil,

es ist schon spät, aber ich kann nicht einschlafen. Das Fenster ist offen, und das Windspiel, das Du mir vor vielen Jahren zum Geburtstag geschenkt hast, macht seinem Namen alle Ehre. Ich habe heute Abend einen Anruf von Daan bekommen und danach lange hin und her überlegt, ob ich Dir lieber schreiben oder Dich anrufen soll. Ich glaube, wenn ich an Deiner Stelle wäre, würde ich mir wünschen, dass Du diejenige bist, die es mir sagt. Daan hat Dickdarmkrebs. Der Krebs hat bereits in Dünndarm und Magen gestreut. Bevor er mit der Therapie beginnen kann, bekommt er diese Woche noch eine Erkundungs-OP, um festzustellen, wie weit die Krankheit fortgeschritten ist. Daan hörte sich an wie immer, ruhig und optimistisch. Er sagt, es hat Lina schwer mitgenommen. (Kein Wunder.) Ob ich will oder nicht, sie tut mir leid. Fiona und Bruce hat er es gestern auch erzählt, mit der Auflage, es Dir noch nicht zu sagen. Er hat überlegt, ob er Dich anrufen soll, aber da habe ich ihm angeboten, ihm das abzunehmen. Hoffentlich kommst Du damit klar. Es tut mir leid, Syb. Nimm es Fiona und Bruce nicht übel, Du weißt ja, dass sie zwischen zwei Stühlen sitzen und immer versuchen müssen, Euch beiden gerecht zu werden.

Ich habe versucht, es Lars zu erklären. Daan hatte vorher eine ganze Weile mit ihm telefoniert. Es ist so lieb, wie er mit Lars über alte Zeiten spricht. Ihre gemeinsame Vergangenheit ist wohl das Einzige, was sie noch verbindet. Daan fängt an: »Weißt du noch, wie wir mit Mutter die Zugreise nach Frankreich gemacht haben, wo sie ihre Schwester besuchen wollte?« Und dann lässt er die Erinnerung lebendig werden, als würde er einem kleinen Kind eine Geschichte erzählen. Und Lars scheint ihm zuzuhören. Auf jeden Fall erkennt er Daans Stimme; das sieht man daran, wie sehr sie ihn beruhigt. Nachdem Daan eine Zeit lang mit Lars gesprochen hatte, habe ich den Lautsprecher ausgeschaltet, und er hat mir von seiner Erkrankung erzählt. Hinterher habe ich versucht, es Lars zu erklären. Ich weiß nicht, inwieweit ich zu ihm durchgedrungen bin. Aber dann habe ich mich doch gefragt, wozu es eigentlich gut sein soll, dass ich mir die Mühe mache. Vielleicht ist es sogar besser, wenn er es nicht versteht. Ich habe ihm ein Foto von unserer Hochzeit gezeigt, in der Hoffnung, es würde ihm ein bisschen auf die Sprünge helfen, sich zu erinnern, wenn er seinen Bruder als jungen Mann sieht. Ich hatte die Bilder seit Jahren nicht mehr hervorgekramt. Die beiden haben wirklich wie Zwillinge ausgesehen! Ich habe keine Ahnung, wie viel Lars verstanden hat, aber er hat das Foto lange in der Hand gehalten. Es war herzzerreißend.

Es ist schon ein bisschen grob, die beiden Männer nebeneinander in einem Brief abzuhandeln, aber mir will einfach der Texaner nicht aus dem Sinn, der Dich nun schon zum zweiten Mal zum Essen eingeladen hat, der, den Du auf der Trauerfeier kennengelernt hast, und dem Du immer einen

Korb gibst. Dass er Dir nach Deiner ersten Abfuhr überhaupt noch einmal geschrieben hat, sagt doch einiges über ihn aus. Und nichts Negatives! Was vergibst Du Dir schon, wenn Du mit ihm essen gehst? Ich mache mir Sorgen um Dich.

Ich lese gerade »Alles, was wir geben mussten« von Kazuo Ishiguro. Sehr düster. Was liest Du? Ruf mich gern an, wenn Du den Brief bekommen hast.

Ganz liebe Grüße,

Rosalie

(Wie geht es Fiona mit dem Kind? Hat sie sich über die Decke gefreut, die Du ihr geschickt hast? Nennt sie ihn Charles oder Charlie?)

Ms van Antwerp
17 Farney Road
Arnold, MD
21012

2.10.2013

Sehr geehrte Ms van Antwerp,
vielen Dank für Ihre Schreiben vom 10. und 25. August dieses Jahres mit der Bitte um Zulassung als Gasthörerin im Grundstudium Literatur an der University of Maryland College Park School of English. Zu meinem Bedauern muss ich Ihnen mitteilen, dass ich Ihrem Ansinnen nicht stattgeben kann. Die Seminare an der University of Maryland stehen ausschließlich immatrikulierten Studenten offen. Wir haben unsere Zugangsmodalitäten dahingehend geändert, dass das Schlupfloch, welches Ihnen in der Vergangenheit die Teilnahme an zahlreichen Seminaren ermöglicht hat, inzwischen verschlossen ist.

Mit freundlichen Grüßen,

Melissa Genet
Dekanin der Fakultät für Anglistik
Lehrstuhl für Lyrik/Lyrikseminare
Grund- und Hauptstudium
University of Maryland, College Park
College Park, MD

25.12.2013

Liebe Ms van Antwerp,
fröhliche Weihnachten! Wie ich sehe, sind Ihre Kinder in der Stadt. Hoffentlich schmecken Ihnen und Ihren Gästen meine Plätzchen. Ich lege Ihnen einen Artikel aus der heutigen *Times* bei, in dem es um den Weihnachtsmarkt in meiner deutschen Heimatstadt geht. Als ich ein Kind war, wurde Weihnachten auch schon groß gefeiert, aber das ist nicht zu vergleichen mit dem Spektakel, das man heutzutage veranstaltet.

Die Plätzchendose können Sie gern behalten. Ausgesprochen nützlich, um Knöpfe oder Schrauben darin aufzubewahren, wenn sie leer gegessen ist. Außerdem ist mir aufgefallen, dass Sie eine neue Frisur haben. Sehr elegant.

Ihr Nachbar,

T. Lübeck

Felix Stone
7 Rue de la Papillon
84220 Gordes
FRANKREICH

27. Dezember 2013

Lieber Felix,
ich muss es einfach wissen: Hat Stewart Euch zu Eurem ersten Weihnachten als französische Staatsbürger eine Gans gebraten? Mir ist, als dröhne mir die ganze Zeit die volltönende Stimme von Julia Child aus dem Fernseher entgegen:

BON APPÉTIT

Sind meine Geschenke noch nicht angekommen? Federal Express ist ein einziger Saftladen! Man sollte seine Päckchen nur mit der US-Post verschicken, einer Institution, die so treu und verlässlich ist wie ein alter Jagdhund. Federal Express hat mich mit einem Weihnachtsangebot geködert, und ich habe angebissen. Jetzt stehe ich dumm da, dabei könnte ich genauso gut dem französischen Zoll die Schuld in die Schuhe schieben, für den Kundendienst offenbar ein Fremdwort ist. Wenn Ihr die Geschenke noch nicht bekommen habt, verrate ich sie Euch schon mal. Stewart bekommt zwei Oberhemden, eine Cordhose und eine Krawatte mit kleinen Hühnern von Nordstrom, und Du kannst Dich auf eine Erstausgabe von James Joyces »Ulysseus« freuen, die ich in Annapolis in einem Antiquariat gefunden habe, als ich mit meinen Mädels lunchen war (Trudy hat sie entdeckt). Dazu eine Schachtel hochwertiges Briefpapier von Smythson und einen Füllhalter. Um Dich daran zu hindern, bei unserer Korrespondenz irgendwann auf E-Mails umzusteigen.

Die Kinder sind heute Morgen wieder abgereist, und ich habe den ganzen Tag mit Aufräumen verbracht. Es war wirklich nett mit ihnen. Schade, dass Ihr nicht dabei sein konntet. Das Baby, Charles, ist schrecklich dünn, aber sehr friedlich, und Bruces Kinder (die sich von mir zu Weihnachten Geld gewünscht hatten) konnten nicht genug von ihm kriegen. Fiona macht einen glücklichen Eindruck, ist aber auch zu dünn. Gut, gut, schon möglich, dass nicht alle Welt zu dünn ist, sondern ich dick werde. Während ich mit ihr und Marie in der Küche war, wo wir bei einem Gläschen Wein das weihnachtliche Festessen gekocht haben, haben Bruce und Walt im Wohnzimmer Spielzeug zusammengebaut und auf die Kinder aufgepasst. Bestimmt habe ich Dir das alles am ersten Feiertag sowieso schon am Telefon erzählt, aber es waren so herrliche Stunden, für die man noch lange dankbar ist. Ich hatte wirklich wunderschöne Weihnachten, die Reste meiner Familie um mich geschart. Fiona hat nicht ein einziges Mal gemeckert.

Hast Du schon einmal etwas vom Kindred Project gehört? Das ist eine Internetfirma, bei der man sich mithilfe eines DNA-Tests die ethnische Herkunft ermitteln lassen kann. Innerhalb des Programms kann man auch das gesamte Netzwerk der Menschen erforschen, die es ebenfalls nutzen, und sich Verwandtschaftsbeziehungen aufzeigen lassen. Bruce hat es mir zu Weihnachten geschenkt. Es war ein seltsamer Augenblick. Sag mal, Felix, kommst Du Dir manchmal auch so vor wie … Ach, ich weiß nicht … Wie

Pluto? Ganz allein da draußen im Weltall, das Treiben der Galaxie aus der Ferne betrachtend? Dieses Gefühl hat mich einige Male im Leben überfallen, und ich habe es immer darauf zurückgeführt, dass ich adoptiert bin. Kennst Du das auch? Ich vermute, Mutter und Dad wussten weniger über meine Geburt als über Deine – und ich weiß, dass Du große Anstrengungen unternommen hast, um etwas über Deine leiblichen Eltern herauszufinden, weil Du Dich dazu verpflichtet gefühlt hast. Aber ich bin nicht wie Du. Ich war mit meinem Los immer zufrieden. (Wobei natürlich auch ich hin und wieder daran denken muss. Es ist wie eine kleine Wunde, an die man immer wieder rührt: Warum gibt jemand sein Kind weg? Bei einem Neugeborenen kann ich es noch verstehen. Dass man sich dafür entscheidet, bevor das kleine Wesen tatsächlich auf der Welt und ein realer Mensch ist. Aber ein vierzehn Monate altes Kind? Was bringt jemanden auf die Idee, so etwas zu tun? Solche Gedanken beschäftigen mich manchmal schon, aber nicht als quälendes Anliegen, sondern eben nur wie die kleine Wunde, die man nicht in Ruhe lassen kann.)

Als ich Bruces Geschenk aufgemacht habe, hat mich die ganze Truppe schweigend angestarrt, als stünde ich auf einer Bühne im grellen Scheinwerferlicht. Es war erniedrigend! Mir vorzustellen, wie sie sich im Vorfeld hinter meinem Rücken darüber unterhalten haben. Ich war wirklich sehr wütend auf Bruce. Der Junge ist wie ich. Ich dachte immer, dass wir auf einer Wellenlänge liegen. Wie konnte er nur? Alle standen sie grinsend da, und Fiona, die sich in den letzten zehn Jahren nicht die Bohne für mich interessiert hat … (Ob es nicht vielleicht sogar ihre Idee war? Zu-

zutrauen wäre es ihr.) Fiona also lässt sich ewig darüber aus, wie toll es doch wäre, etwas über meine Herkunft zu erfahren – als wäre ich eine außerirdische Lebensform. Ich stamme vom Planeten Erde! Vielleicht wollen sie es jetzt plötzlich selber wissen, weil ihr Vater mit einem Fuß im Grab steht. Sentimentalität? Zur einen Hälfte belgische Oberschicht, und zur anderen? WEN KÜMMERT'S? WAHRSCHEINLICH UNTERSTES GOSSENPROLETARIAT. So peinlich es mir ist, aber ich musste mir die Tränen verbeißen. Ich war wütend, wie eine alte Närrin zur Schau gestellt! Mir bleibt nicht mehr sehr viel Zeit, Felix, ich bin schon bald am Ziel, und da möchte ich mein Leben auf den letzten Drücker nicht noch mehr verpfuschen. Diese Unverschämtheit von ihnen, sich einzubilden, dass ich es wissen will. Ich will es nicht wissen. Ich bin rundum zufrieden.

Bevor ich schließe, möchte ich Dich noch in einer anderen Sache auf den neuesten Stand bringen. Ich habe meine natürliche Haarpracht herauswachsen lassen. Jetzt kommt's, große Überraschung: Es sieht elegant aus.

Das war's auch schon. Ich bin wütend, so viel steht fest, trotzdem grüße ich Dich herzlich wie immer und mit den besten Wünschen für ein glückliches und gesundes neues Jahr, Deine Dich liebende Schwester,

Syb

27. Dezember 2013

Lieber Mr Lübeck,

vielen Dank für die Plätzchen. Ein gutes neues Jahr.

Viele Grüße,

Sybil van Antwerp

Sybil Vanantwerp
17 Farney Rd.
Arnold, MD 21012

20.2.2014

AN: Sybil Vanantwerp, ehemalige persönliche Referentin vom Richter Guy D. Donnelly

Ich stelle mir vor, wie Sie meine Briefe gelesen haben, wie Ihnen, während Sie noch am Briefkasten stehen, die Hitze ins Gesicht steigt und Ihnen flau im Magen wird. Oder Sie sind in Ihrer Küche, und der Teekessel pfeift, aber Sie hören es gar nicht, weil Ihnen so schwummerig zumute ist. Kann auch sein, Sie sitzen im Sessel, rutschen unruhig hin und her, als Ihnen klar wird, worauf ich rauswill. Die Vorstellung gefällt mir, aber da ist noch Luft nach oben. Ich hab mal wieder eine lange Autofahrt gemacht und Ihr blaues Haus mit dem Steildach gefunden und dem Briefkasten, der wie ein Fisch aussieht, mit der Vogeltränke. Ich hab ne ziemliche Weile davor geparkt. Schöne Hütte. Ist bestimmt einiges an Kohle wert, weil man ja den Fluss sehen kann. Aber Ihr Zaun hängt ganz schön in den Seilen. Trotzdem wir Winter haben, kann ich sehen, dass Sie eine gute Gärtnerin sind. Ich bin selber Gärtner. Bei Ihnen im Garten herrscht Ordnung, alles ist tipptopp. Sie kennen sich aus. Ich komm im Frühling wieder vorbei und vielleicht auch noch mal im Sommer. Hoffentlich denken Sie an mich, wie ich vor Ihrem Haus parke, hoffentlich macht Sie das so richtig schön nervös. Ich wünsche Ihnen, dass Sie von jetzt an keine ruhige Minute mehr haben und dass es Sie manchmal kalt überläuft, wenn Sie aus dem Fenster gucken. Dass Sie Ihren Augen nicht mehr trauen können. Dass Ihnen die Angst Ihre letzten paar Jährchen versaut, genauso wie Sie mir mein Leben versaut haben.

Grüße

DM

4. Februar 2014

Lieber Mr Lübeck,
dieser Brief wurde irrtümlich bei mir eingeworfen.

Mit freundlichen Grüßen,

Sybil van Antwerp

Postskriptum: Ist Ihnen vielleicht in jüngster Zeit in der Farney Road etwas Verdächtiges aufgefallen? Hat es irgendwelchen Ärger gegeben?

5.2.2014

Liebe Ms van Antwerp

vielen Dank, dass Sie mir die Post in den Kasten gesteckt haben. Warum sollte mir auf der Straße etwas Verdächtiges aufgefallen sein? Haben Sie vielleicht selbst etwas beobachtet, was Sie beunruhigt? Bitte zögern Sie nicht, mich um Hilfe zu bitten, ganz egal, wobei. Wenn Sie sich mit mir beraten möchten, können Sie jederzeit auf eine Tasse Kaffee vorbeikommen. (Ich würde mich freuen.)

Ich habe bemerkt, dass Sie nicht mehr so oft aus dem Haus gehen. Macht Ihr neues Fahrzeug Mucken? Ich könnte Sie gern zum Einkaufen mitnehmen, auch wenn ich zur Post oder zum YMCA fahre.

Ihr Nachbar,

Theodore Lübeck

Sybil van Antwerp
17 Farney Road
Arnold, MD 21012

1. März

Liebe Sybil,

Mann, sind Sie ein Sturkopf, aber ich habe Geduld und Ausdauer. Im April bin ich mal wieder an der Ostküste. Wie sieht es aus? Irgendeine Chance auf ein Treffen? Falls Sie Zweifel an meiner charakterlichen Integrität haben, vertrauen Sie auf das Urteil der Familie Donnelly!

Hier meine Lebensgeschichte in Kurzfassung. Ich habe meine Kindheit in Wyoming verbracht und bin mit meinen Eltern nach Texas gezogen, als ich 15 war, weil mein Vater sich beruflich verändert hat. Er war einfacher Arbeiter, hatte aber über gemeinsame Bekannte den Kontakt zu einem reichen Rancher in Texas vermittelt bekommen, der einen Hausmeister und Verwalter suchte. Mein Vater nahm die Stelle an. Ich habe in Dallas studiert, wo ich auch meine erste Frau – Wendy – kennengelernt habe. Wir haben einen gemeinsamen Sohn (Amos), sind aber schon lange geschieden. Ich habe mich schnell wieder verheiratet, mit Sicherheit viel zu schnell. Die zweite Ehe blieb kinderlos. Meine Frau wollte keine Kinder (die richtige Entscheidung, wie sich zeigte), und wir haben uns schon vor Jahren scheiden lassen. Seitdem bin ich glücklicher Single.

Doch seit einiger Zeit fehlen mir die Gespräche, das anregende Pingpong, mit dem man sich am Vormittag die

Zeit vertreibt, das lockere Geplauder auf dem Weg vom Auto zum Restaurant oder wohin auch immer. So gern ich verreise, macht es doch allein nicht halb so viel Spaß. Ich habe mein Glück mit Kontaktanzeigen versucht, aber es hat sich als erstaunlich schwierig erwiesen, eine gute Gesprächspartnerin zu finden. Seit einigen Jahren bin ich jetzt in Pension. Während meiner gesamten Karriere hatte ich den Ruhestand immer fest im Blick, doch seit ich ihn tatsächlich genießen könnte, langweilige ich mich zu Tode! Ich sterbe vor Langeweile! Erst als ich Sie kennengelernt habe, kam endlich mal wieder ein bisschen »Leben in die Bude«. Liz Donnelly will mich schon seit Ewigkeiten mit Ihnen verkuppeln. Wir sind im gleichen Alter, Sie und ich, glaube ich zumindest. Ich bin 76. Das war's. Jetzt sind wir uns doch schon ein kleines bisschen nähergekommen.

Ich glaube, mehr als ich kann sich ein Mensch nicht für sein Fehlverhalten entschuldigen. Meine Zerknirschung war – und ist – echt. Nun sagen Sie schon Ja, Sybil. Gehen Sie mit mir essen.

Mick

Ms Joan Didion
30 E. 71st St. #5A
New York, NY 10021

5. März 2014

Liebe Joan,
jetzt stehe ich quasi mit eingekniffenem Schwanz vor Ihnen: Es tut mir leid, aber ich kann »Blaue Stunden« nicht lesen. Monatelang hat es auf meinem Schreibtisch gelegen, auf dem kleinen Lektürestapel neben dem Becher mit den Stiften. Wenn ich ein Buch ausgelesen hatte, wusste ich, dass Ihres schon auf mich wartete, aber ich konnte mich nicht überwinden, danach zu greifen. Immer habe ich das Darunterliegende aus dem Stapel gezogen. Schon beim Anblick des Umschlags wurde mir ganz anders. Der Mut, mit dem Sie die Tiefe Ihrer Gefühle ausloten, indem Sie über den Tod Ihres Kindes schreiben, fehlt mir. Ich ertrage es nicht. Ich habe das Buch in eine Kiste gelegt und in den Wäscheschrank verbannt. Vielleicht kommt ja irgendwann der Tag, an dem ich die Courage aufbringe, es zu lesen. Bitte verzeihen Sie mir.

Mein Exmann – er heißt Daan und stammt aus Belgien – ist unheilbar an Krebs erkrankt. Wir haben uns vor fast dreißig Jahren scheiden lassen, und nachdem unsere Kinder erwachsen sind, stehe ich längst nicht mehr regelmäßig mit ihm in Kontakt. Allerdings gibt es ein seltsames Hintertürchen: Weil meine beste Freundin Rosalie mit Daans Bruder verheiratet ist, kommt mir hin und wieder etwas zu Ohren.

Dass Daan so krank ist, weiß ich ebenfalls von ihr. Die Nachricht hat mich sehr erschüttert, obwohl mir natürlich klar ist, dass man dem Krebs in meinem Alter nicht mehr aus dem Weg gehen kann, selbst wenn man nicht persönlich betroffen ist, sondern Freunde und Bekannte. Aber die Einschläge kommen näher.

Hoffentlich macht es Ihnen nichts aus, wenn ich mir meinen Kummer ein bisschen von der Seele schreibe. (Ich weiß doch, dass es Sie nicht stört, Joan.) Wir hatten eine gute Ehe. Daan ist ein sanfter, intelligenter Mann. Mit seinem lieben Wesen ist er das genaue Gegenteil von mir. Wir haben einander wunderbar ergänzt, pflegten auf gedanklicher Ebene einen fruchtbaren Austausch. Er las alles, was ihm in die Finger kam, und wir haben uns oft nächtelang unterhalten. Sachbücher über europäische Geschichte waren seine Lieblingslektüre. Er stammt aus der Nebenlinie eines alten holländischen Adelsgeschlechts und ist in Belgien aufgewachsen. Daan hat Geschichte studiert, bis kurz vor der Promotion, das Studium aber nach dem Unglück abgebrochen. Er war Highschool-Lehrer (und ist so ziemlich der einzige Mensch, den ich kenne, der – IMMER – genau weiß, wo ein Komma hingehört! Und das, obwohl Englisch seine Drittsprache ist). Übersetzt hat er auch. Allerdings war ich immer überzeugt, dass er bei seiner Intelligenz sehr viel mehr aus sich hätte machen können. Als Gill starb, habe ich mich tief in mich selbst verkrochen; bei Daan war es wahrscheinlich genauso. Aber er hat die beiden anderen Kinder versorgt, während ich mich lange aus der Familie verabschiedet habe. Ich nahm unbezahlten Urlaub, schloss mich auf meinem Zimmer ein und habe es wochenlang nur verlassen, wenn sonst niemand mehr im Haus war, wie eine Diebin. Ich habe gelauscht, und wenn ich mich vergewissert hatte, dass ich auch wirklich allein war, bin ich in den Garten gegangen und habe mich auf die nackte Erde gesetzt, mit dem Rücken an die Holzwand gelehnt. Es war August und brütend heiß, aber ich habe mich über Stunden nicht vom Fleck gerührt. Ich habe Insekten beobachtet und den Blumen beim Wachsen zugesehen – ehrlich! Ich erinnere mich, dass ich in der Erde gekratzt habe, an das Schwarze unter meinen Fingernägeln, unter den Nagelhäuten, in meine Fingerrillen eingebettet, stinkend, schmutzig, verschwitzt, nicht mehr abzuwaschen. Erst nach geraumer Zeit hat sich mein wahres Wesen wieder zurückgemeldet. Im Blumenbeet zu hocken war wie eine Flucht oder eine Buße, und ich hatte weder das eine noch das andere verdient, also riss ich mich am Riemen und kehrte ins Leben zurück. Ich ging wieder arbeiten – viel zu früh; ein Fehler, wie sich im Nachhinein herausstellte. Aber meine Arbeit gab mir Sicherheit. Seit Kurzem meldet sich bei mir doch tatsächlich ein Relikt von damals leibhaftig zurück.

Obwohl ich mich schäme, wenn ich die Zeit Revue passieren lasse, kann ich mir nicht vorstellen, irgendetwas anders zu machen. Geteilte Trauer kann, glaube ich, zu zwei Ergebnissen führen. Entweder man bindet sich aneinander und klammert sich verzweifelt am anderen fest, oder man lässt los. Dann geht eine Mauer hoch, die man nicht mehr überwinden kann. Bei uns war Letzteres der Fall.

Wir haben die Ehe aufrechterhalten, bis die Kinder auf der Highschool waren. Da hatten sie dann ihre eigenen Interessen, kamen abends später und später nach Hause, und ich gewöhnte mir an, im Gericht immer mehr Überstunden zu machen. Ich schob es auf das Arbeitsaufkommen. Die Recherchen, die Suche nach einer Antwort auf jede noch so verworrene Frage, das Durchdringen der Probleme und das Aufsetzen gerichtsfester Schriftsätze. Da wir nach dem Tod meines Vaters einiges an Geld geerbt hatten, hätte ich es mir leisten können kürzer zu treten, aber der Beruf wurde mir zur Zuflucht vor meinem Zuhause. Daan dachte bestimmt, ich hätte Affären mit anderen Männern. Das war nicht der Fall, aber ich habe ihn in dem Glauben gelassen. Ich habe unsere Ehe sabotiert. Sie sollte in die Brüche gehen. Es war einfach zu schmerzhaft, weil Daan ja … mit den Kindern, also auch mit Gill untrennbar verwachsen war. Das Band zwischen den Kindern und mir konnte ich nicht zerschneiden, im Gegensatz zu der Verbindung zwischen Daan und mir. Ich habe sie bewusst gekappt. Ich wusste genau, was ich tat.

Als ich eines Abends nach Hause kam – Bruce war schon auf dem College und bei uns ausgezogen, und Fiona war mit ihrer Clique unterwegs –, hatte Daan eine gute Flasche Wein aufgemacht, die wir eigentlich für ein Dinner mit Freunden aufgespart hatten. Er war in der Küche. Sobald ich durch die Tür kam und ihn da vor mir stehen sah, das Glas für mich schon eingeschenkt, wusste ich Bescheid. Er sagte, er wolle wieder nach Belgien ziehen. Ich habe nicht protestiert. Er war sowieso nie ein großer Freund von Amerika. Wir tranken den Wein. Wir hatten Sex, zum ersten Mal seit Gills Tod war mir danach. Und damit hatte es sich dann. Nicht viel später ist er nach Belgien gezogen, Fiona ist mitgegangen und hat die Highschool drüben zu Ende gemacht. Ich glaube, ich habe ihn noch immer geliebt. Ich konnte ihn bloß nicht mehr ertragen.

Man hat nur das eine Leben. Ist das nicht schrecklich unfair?

Ganz liebe Grüße,

Sybil

Postskriptum: Anscheinend hat eine Gestalt aus meinem früheren Arbeitsleben noch ein Hühnchen mit mir zu rupfen. Der Mann schreibt mir Briefe, was schon ein bisschen unheimlich ist. Aber ich kann auf mich aufpassen, keine Bange.

30. Mai 2014

Lieber Mr Lübeck,
vielen Dank für die Rosen zu meinem Geburtstag. Ich kann mir nicht vorstellen, woher Sie wissen, wann ich Geburtstag habe. Ich kenne Ihr Geburtsdatum jedenfalls nicht. Höchste Zeit also, dass ich Sie danach frage. Das wird ja langsam peinlich.

Herzliche Grüße,

Sybil van Antwerp

1.6.2014

Liebe Ms van Antwerp,

letzten Mittwoch bin ich zufällig Ihrer Freundin Millie begegnet, die bei Ihnen zum Essen eingeladen war. Ich weiß, dass Sie am 29. Mai Geburtstag haben, weil Ihr Sohn Bruce Sie vor Jahren an diesem Tag besucht hat, in der einen Hand einen großen Strauß Sonnenblumen, in der anderen einen Kuchen. Da dieses Datum auch für mich persönlich von Bedeutung ist, hat es sich mir automatisch eingeprägt. Es gibt wahrlich nicht viele Menschen, mit denen ich meine Rosen teilen würde, aber wenn Sie lieber keine mehr bekommen möchten, brauchen Sie es bloß zu sagen.

Bitte nennen Sie mich doch Theodore, sowohl schriftlich also auch mündlich, wenn wir uns auf der Straße über den Weg laufen. Ich sehe keinen Grund, Ihnen mein Geburtsdatum zu verraten. Es wäre mir gar nicht recht, wenn Sie sich verpflichtet fühlten, mir ebenfalls Rosen zu schenken. Ich habe doch ohnehin mehr als genug.

Bitte lassen Sie es mich wissen, wenn ich Ihnen auf irgendeine Weise behilflich sein kann.

Theodore Lübeck

1. Juni 2014

Postkarte aus Portugal

Sybil van Antwerp
17 Farney Rd.
Arnold, MD 21012
USA

Syb: Komme Dich für eine Woche besuchen. Der Flieger aus Frankreich landet am 1. Juli um 15 Uhr in Baltimore. Stewart ist nicht dabei, er hat Termine – und seine Kochkurse. Aber ich komme, weil Du mir Angst machst mit Deiner Miesepetrigkeit. Wir bringen das Haus auf Vordermann, kaufen Dir ein paar neue Klamotten, quatschen über Deinen Verehrer und tauschen uns über diese Kindred-Sache aus. Würde auch gern Bruce sehen. Und plan schon mal ein Abendessen mit Trudy&Millie ein. Irgendwo am Wasser, wo's Krabbenküchlein gibt. Im Back Porch Café in Eastport? Küsschen – Felix

AN: customerservice@kindredproject.org
VON: sybilvanantwerp@aol.com
DATUM: 05.07.2014, 17:22
BETREFF: PROBLEME (z Hd.: Basam)

Guten Tag, Basam, Sie haben mir am Telefon schon sehr viel weitergeholfen. Dabei ist es normalerweise eine einzige TORTUR, mit Kundendienstmitarbeitern zu sprechen, die irgendwo in Indien sitzen. Nachdem Sie mir so weit alle Fragen beantwortet haben, ergeben sich daraus ein paar Anschlussfragen:

1. Was geschieht mit meiner DNA, nachdem sie getestet wurde? Bekomme ich sie zurück, oder wird sie vernichtet? Zwar vermute ich stark, dass sie nicht aufbewahrt wird, hätte aber doch gern Gewissheit darüber.
2. Woher weiß ich, dass Sie sich nicht über meine Entscheidung hinwegsetzen, das Kästchen <u>nicht</u> anzukreuzen, mit dem ich anderen Nutzern die Kontaktaufnahme erlaube?
3. Erfassen Sie Kontaktdaten für den Notfall? Ist es möglich, dass Sie, falls ich sterbe, während die zutiefst persönlichen Ergebnisse samt meiner DNA noch im Cyberspace herumgeistern, die Informationen an meinen Bruder weiterleiten? Bitte notieren Sie: Er heißt FELIX WHITNEY STONE, aber wir sind biologisch nicht miteinander verwandt. Ich kann Ihnen gern seine Telefonnummer und Adresse schicken, wenn das hilft.

Falls ich mich doch gegen den Test entscheiden sollte, könnten Sie meinem Sohn Bruce van Antwerp dann den Kaufpreis erstatten? Dem Trottel, der mir dieses ausgeklügelte Foltersystem zu Weihnachten geschenkt hat?
Vielen Dank im Voraus für Ihre Antwort.
Sybil van Antwerp (Stone, adoptiert)

Postskriptum: Sie beherrschen unsere Sprache ganz vortrefflich, besser als die meisten anderen Ausländer. Bleiben Sie am Ball – in Indien oder wo auch immer.

AN: sybilvanantwerp@aol.com
VON: customerservice@kindredproject.org
DATUM: 07.07.2014, 11:57
BETREFF: RE: PROBLEME (z. Hd.: Basam)

Guten Tag, Ms van Antwerp,

ich wohne nicht in Indien, und ich bin auch kein Inder. Ich lebe mit meiner Frau und meinen beiden Kindern seit drei Jahren in Kalifornien. Ich stamme aus Syrien und bin in die USA gezogen, als mein Haus zerstört wurde. Ich bin studierter Ingenieur, arbeite aber zurzeit beim Kundendienst von Kindred, weil ich muss, da mein Diplom in diesem Land nichts wert ist.

Ihre DNA wird im Labor vernichtet.

Ich würde sagen, Sie müssen darauf vertrauen, dass Kindred sich an die Vereinbarungen in dem Vertrag hält, den Sie unterzeichnen, und die von Ihnen vorgegebenen Anweisungen befolgt.

Ich schlage vor, Sie erzählen Ihrem Bruder von dem Plan, an dem Programm teilzunehmen, und geben ihm das Passwort zu Ihrem Account, damit er im Falle Ihres plötzlichen Ablebens keine Schwierigkeiten hat, auf Ihr Profil zuzugreifen.

Leider ist die Erstattungsfrist bereits abgelaufen. Bruce hätte die Bestellung innerhalb von sechzig (60) Tagen rückgängig machen müssen. Das Kaufdatum war der 23.12.2011.

Bei weiteren Fragen sind wir jederzeit gern für Sie da! Vielen Dank, dass Sie Kindredproject.org kontaktiert haben.

Basam

Mick Watts
478 Chester Place
Houston, TX 77005

21. Juli 2014

Lieber Mr Watts,

das Ultimatum, das Sie mir in Ihrem letzten Brief (mit Datum 4. Juni) gestellt haben, war kühn! Vor allem, weil Sie mit Ihren 76 Jahren doch ein Gutteil älter sind als ich.

In dem Brief vom März sprachen Sie von Ihrer Langeweile. Natürlich langweilen Sie sich! Der Verstand wurde nicht fürs Nichtstun erschaffen. Golf, Alkohol, bis mittags im Pyjama herumlümmeln, mit Mühe irgendwie den Tag hinter sich bringen? So soll der Mensch die Ferien verbringen, aber doch nicht Jahrzehnte seines Lebens. Guy und ich hatten vor Ewigkeiten mal einen Fall, in dem ein Mann, ein angesehener Arzt, mit 62 in den Ruhestand ging. Es dauerte keine zwei Jahre, da machte er in Cleveland krumme Geschäfte, bei denen es um Prostitution ging, bis er aufflog und sein gesamtes Vermögen verlor.

Wobei der vorgezogene Ruhestand für mich persönlich ein Segen war.

Ich nehme Ihre Einladung an, mit Ihnen essen zu gehen, wenn Sie Ende August wieder im Lande sind, weil ich Ihnen zutraue, dass Sie sonst bis ans Ende Ihrer – oder meiner – Tage keine Ruhe mehr geben. Allerdings möchte ich anmerken, dass Capitol House, das Restaurant, das Sie vorschlagen, einigermaßen versnobt ist. Es zehrt von seinem angestaubten Ruf als gutes Steak-Lokal und wird gern von Touristen mit veralteten Reiseführern frequentiert – und von Highschool-Schülern vor dem Abschlussball. Wir treffen uns am 31. August um Punkt 18 Uhr im Harry Browne's. Ich kann höchstens bis 20 Uhr bleiben, weil ich mich im Dunkeln nicht ans Steuer setze.

Beste Grüße,

Sybil van Antwerp

Fakultät für Anglistik
University of Maryland, College Park
College Park, MD 20742

AN: Melissa Genet, Dekanin der Fakultät für Anglistik
VON: Sybil van Antwerp, der Frau, die die UMDCP gern als Gasthörerin besuchen würde

21. Juli 2014

Liebe Melisssa Genet,
ich schreibe Ihnen erneut, um Sie zu bitten, Ihre Einstellung hinsichtlich meines möglichen Gasthörerstatus vielleicht doch noch einmal zu überdenken. Schließlich habe ich bereits neun verschiedene Seminare besucht, von Ihren jeweiligen Vorgängern begeistert aufgenommen. Ich möchte hinzufügen, dass ich der Fakultät für Anglistik, seit ich in dieser Form am universitären Leben teilnehme, in jedem Kalenderjahr eine großzügige Spende überwiesen habe. Auch die Gebühren für Gasthörer habe ich immer ohne Murren beglichen, obwohl man meine Anwesenheit im Seminarraum kaum bemerkt haben dürfte. Ich rede nur, wenn ich gefragt werde. Meine Arbeiten werden nicht benotet. Ich könnte genauso gut der Hausmeister oder eine Maus sein.

Laut den Informationen der Hochschulverwaltung, die mein Sohn auf Ihrer Webseite für mich ausgegraben hat, erlaubt die UMDCP nicht-immatrikulierten Bürgern die Seminarteilnahme als Gasthörer, die Zustimmung des Dekans der betreffenden Fakultät vorausgesetzt. Anscheinend habe ich es also gar nicht mit Universitätsrichtlinien zu tun, sondern allein mit Ihrer Willkür.

Ich könnte mir denken, dass Sie eine vernünftige Frau sind. Bin schon gespannt auf Ihre Antwort.

Ms van Antwerp
17 Farney Rd.
Arnold, MD
21012

1. August 2014

Liebe Ms van Antwerp,
bitte entschuldigen Sie, dass ich Ihnen am 1. Juli nicht geschrieben habe. Wir waren mit meinen Schwestern in Alaska im Urlaub, und ich habe gar nicht gemerkt, was für ein Tag es war. Als ich gesehen habe, dass ich den Juli verpasst hatte, dachte ich mir, es wäre besser, bis zum nächsten Ersten zu warten, als unseren Schreibrhythmus zu ändern. Was machen Ihre Augen? Haben Sie Ihrem Bruder oder Ihren Kindern jetzt gesagt, dass Sie blind werden? Wie wollen Sie allein wohnen, wenn Sie blind sind? Haben Sie vor, Braille zu lernen? Ich hab schon mal damit angefangen, für den Fall, dass wir es später brauchen können. Die Blindenschrift ist sehr einfach, und ich glaube, ich habe sie schon richtig gut raus. Meine Mutter hört sich Bücher auf CD an. Man kann sie in der Stadtbücherei ausleihen, und bei Cracker Barrel, in den Raststättenrestaurants, haben sie eine Tauschbörse dafür. Kaufen kann man sie auch, aber sie sind äußerst teuer.

Was im Juni und Juli alles passiert ist:

1. Wir haben mit meinen Schwestern eine Kreuzfahrt nach Alaska gemacht. Lauren hat einen Freund, der

ist auch mitgekommen. Er heißt Steven, und ich kann ihn nicht leiden, weil er bloß über Profi-Football und seinen Marketingjob redet. Mein Dad tut so, als ob er sich dafür interessiert, aber das stimmt nicht, weil er nämlich gar keinen Sport guckt. Es war spannend, die ganzen Tiere zu sehen (zum Beispiel einen Bären in freier Wildbahn, der einen Lachs gefressen hat), und draußen zu sein. Der Sommer war schön kühl und die Landschaft eintönig, das war sehr beruhigend. Auf dem Schiff zu schlafen fand ich nicht so toll; dreimal habe ich nachts einen Koller gekriegt und kein Auge zugemacht.

2. Ich habe eine Geschichte über eine ausgedachte Welt geschrieben, 46 Seiten, einzeilig, Times New Roman, Schriftgröße 12, mit 2 cm Seitenrand.
3. Meine Mom war eine Woche in einer Klinik für Leute mit psychischen Problemen. In der Zeit habe ich sie nicht gesehen. Warum sie in der Klinik war, weiß ich auch nicht. Mein Dad hat gesagt, sie ist sehr müde, dabei sieht sie gar nicht müde aus. Er selber dagegen schon. Weil ich weiß, dass keiner in eine psychiatrische Klinik geht, weil er müde ist, versuche ich rauszukriegen, was sie wirklich hat. Da hat Lauren mich angerufen und gesagt, dass es für meinen Dad nicht leicht ist, wenn ich so viele Fragen stelle. Deshalb frage ich ihn nicht mehr. Das war alles Anfang Juni, vor Alaska.
4. Ich war zwei Wochen in einem Ferienlager mit dem Schwerpunkt Elektrotechnik und Ingenieurswesen, wofür ich mich ziemlich interessiere. Tagsüber war

alles gut. Es gab viele coole Projekte, keinen Kinderkram, sondern Sachen mit Strom und echten Werkzeugen. Wir haben ein Modell von einem Hotel mit funktionstüchtigem Aufzug gebaut. Die Nächte waren schlimm. In dem Camp konnte ich nicht gut schlafen. Ich glaube, ich kann überhaupt nur zu Hause gut schlafen. Dr. Owen hat gesagt, das gehört dazu. Keine Ahnung, was er damit meint. Unter den Kindern waren noch andere Freaks wie ich, aber mich hatten die anderen besonders auf dem Kieker. Als ich mir eines Morgens die Schuhe angezogen habe, waren sie nass. Und weil ich Urin gerochen habe, wusste ich sofort, wieso. Ich habe versucht, sie im Waschraum unterm Händetrockner zu föhnen, aber das hat so ewig lange gedauert, dass ich das Frühstück verpasst habe, und weil ich dann noch schnell eine Schüssel Cornflakes gelöffelt habe, bin ich zu einer Übungsstunde zu spät gekommen und konnte mir keinen Partner aussuchen, und da hab ich einen Koller gekriegt. Bis dahin war ich noch kein einziges Mal ausgerastet, aber dann ist es eben doch passiert. Von da an haben mich alle beobachtet, und wer bis dahin noch nicht wusste, dass ich ein Freak bin, wusste es spätestens jetzt. Und das war mir peinlich. Ich weiß schon, was Sie mir raten wollen: Dass ich es meinen Eltern erzähle, aber das mache ich nicht. Und übrigens: Dieser ganze Absatz ist ein Stein!

Am 10. August habe ich Geburtstag, aber das wissen Sie ja. Dann werde ich 14. Ich kriege keine Geburtstagsparty, aber dafür nimmt mein Dad sich den Tag frei und schenkt mir ein iPhone und geht mit mir ins Spionagemuseum und hinterher Cheeseburger essen. Montag, den 25. August, geht die Schule wieder los. Davor graut es mir.

Herzliche Grüße,

Harry Landy

Kazuo Ishiguro
c/o Peter Straus/RCW Literary Agency
20 Powis Mews
London W11 1JN
VEREINIGTES KÖNIGREICH

6. August 2014

Sehr geehrter Mr Ishiguro,
zunächst möchte ich Ihnen mein herzliches Beileid zum plötzlichen und unerwarteten Verlust Ihrer Agentin Ms Rogers aussprechen.

Der eigentliche Grund für meinen Brief ist Ihr Roman »Alles, was wir geben mussten«, der mir von einer zuverlässigen Quelle empfohlen wurde. Erst gestern Abend bin ich damit fertig geworden. Ich fand darin Anklänge an Ihr früheres Werk »Was vom Tage übrig blieb«, das ich ebenfalls gelesen habe und das mir – falls Sie sich an mein Schreiben von damals erinnern – sehr gefallen hat. Über Ihre Antwort darauf war ich höchst erfreut. Aber wieso sollten Sie das noch wissen? Bestimmt können Sie sich vor Leserbriefen kaum retten. Wo wir gerade dabei sind: Mir hat »Was vom Tage übrigblieb« besser gefallen. Ich konnte mich so gut in den Butler hineinversetzen – dessen Name mir jetzt partout nicht einfallen will. Vielleicht sollte ich es wieder einmal lesen. Manche Themen werden natürlich von beiden Büchern aufgegriffen, Konstanten des Menschseins wie Isolation und Einsamkeit. Ich vermute stark, dass auch Sie im Leben einiges Leid erdulden mussten. Außerdem gefällt es mir, dass beide Romane vor einer ähnlichen Kulisse spielen – in der englischen Provinz. Bei der Lektüre der Romane überkam mich der starke Drang, England zu besuchen (was ich niemals tun werde – obwohl ich, die ich noch nie dort war, mir gut vorstellen könnte, dass das englische Landleben sehr gut zu meinem Naturell passen würde).

Kommen wir zur Sache. Schließlich schreibe ich Ihnen, um Ihnen zu sagen, was ich von Ihrem neuen Werk halte. Die Handlung ist wirklich seltsam, und ich habe erst auf halber Strecke begriffen, was sich da in Hailsham abspielt, weil es so gar nicht nach Science-Fiction klingt. Sehr clever gemacht! Die allmähliche Entwicklung der Freundschaft zwischen Ruth und Kathy hat mir ausnehmend gut gefallen. Auch die direkte Art des Erzählens hat mir zugesagt, und ich habe mir einige Gedanken darüber gemacht. Sie verstehen sich sehr gut darauf, in die Haut Ihrer Protagonisten zu schlüpfen und die Geschichte so zu erzählen, wie sie selbst es tun würden. Natürlich ist der Stoff des Romans bizarr und furchterregend. Glauben Sie, dass die Wissenschaft das Klonen eines Tages möglich machen wird? Wahrscheinlich ist das eine lächerliche Frage, da Sie ja nun einmal Schriftsteller sind und kein Wissenschaftler, obwohl Sie das Thema gewiss gründlich recherchiert haben. Wie auch immer, in meinem (hohen) Alter will ich darüber gar nicht mehr nachdenken, und ich bin hoffentlich längst tot, bevor es in die Tat umgesetzt wird! (Dass ich bis dahin tot bin, ist mehr als wahrscheinlich. Allzu lange kann es nicht mehr dauern.) Aber insgesamt fand ich den Roman sehr klug konstruiert, es gab witzige Stellen, und ein paarmal musste ich auch weinen. Sie sind ein blendender Erzähler, und Ihr Schreibstil ist herausragend. Doch wem sage ich das? Schließlich haben Sie ja nicht umsonst zahlreiche Literaturpreise errungen. (Apropos – meine allerherzlichsten Glückwünsche zum französischen Ordre des Arts et des Lettres. Bravo.)

Falls Sie für einen aufstrebenden Jungschriftsteller einen Rat auf Lager hätten – ich bin ganz Ohr! Ich habe einen Brieffreund im Highschool-Alter, der Geschichten schreibt und ein zutiefst unglücklicher junger Mann ist. Ich würde ihm zu gern eine Freude machen, um ihn aufzuheitern.

Ich bin schon gespannt auf Ihr
nächstes Buch.
Mit den allerherzlichsten Grüßen,

Sybil van Antwerp

2. Sept.

Sybil,
war ein schöner Abend am Freitag. So gelacht habe ich seit einer Ewigkeit nicht mehr! Obwohl Sie ja fest entschlossen waren, sich nicht zu amüsieren, hatten Sie trotzdem Spaß. Das müssen wir schnellstens wiederholen. Bin noch zwei Wochen in der Gegend. Wollen wir?

Mick

Rosalie van Antwerp
33 Orange Lane
Goshen, CT 06756

8. September 2014

Liebe Rosalie,

ICH HABE THEODORE LÜBECKS KATZE ÜBERFAHREN. O GOTT! Ich kam heute Abend um halb sieben von einer Sitzung des Gartenvereins. Bei dem Treffen war es, wie Du Dir denken kannst, heiß hergegangen, und anschließend war ich noch schnell bei Safeway ein paar Sachen einkaufen. Die Strahlen der untergehenden Sonne zwischen den Ästen haben mich geblendet, und ich habe mitten auf der Straße angehalten, weil da plötzlich eine Hirschkuh mit zwei Kälbchen war, die mich erschreckt hat, und … Lübecks Katze, (eine schiefergraue mit weißen Pfoten) muss sich unter den Wagen geduckt haben, während ich hielt, das dumme Vieh, und ich habe sie nicht gesehen. Wie denn auch? Großer GOTT. Als die Hirsche mit großen Sprüngen wieder zwischen den Bäumen verschwunden waren, hab ich vor der Einfahrt Gas gegeben und sofort einen lauten Rums gehört (den ich mir nicht erklären konnte). Also halte ich wieder an und schaue in den Rückspiegel, hinter mir ein zuckendes Bündel, das ich kaum erkennen kann. Ich steige aus, und da liegt die KATZE auf der Straße! Ich kann ja mit Tieren eigentlich nichts anfangen, aber diese Katze … Was die Katze für ein Geräusch gemacht hat … Gezuckt hat sie und so schrecklich gewimmert. Und ich? Stand fassungslos glotzend davor. GESCHOCKT. Die Katze ist eine Freigängerin, sie kommt in meinen Garten und auf die Veranda, weshalb ich sie ständig vertreiben muss. Na, das hat sich ja nun erledigt. Mr Lübeck hat anscheinend durchs Fenster gesehen, wie ich angehalten habe, denn er kam aus dem Haus und hat mich angesehen, ist seine Ausfahrt runtergekommen, immer näher, bis er die Katze erblickt hat. »O nein. O nein«, hat er gesagt. Ich habe mich entschuldigt und ihm erklärt, was passiert war, und er hat sich neben das Tier gekniet und ihr die große, knotige Hand auf das blutverschmierte Fell gelegt. Er wollte, dass ich ein Handtuch hole. Natürlich habe ich ihm keines von meinen guten Handtüchern geholt, also bin ich in sein Haus gegangen, Rosalie! Frech wie nur was, einfach reinmarschiert, obwohl ich noch nie einen Fuß über die Schwelle dieses Mannes gesetzt hatte (mehr zum Haus weiter unten). Im Bad habe ich ein Handtuch aus der Ablage genommen und ihm gebracht. Es waren keine besonders hochwertigen Handtücher – und dann auch noch in einem grässlichen Malventon. Das habe ich natürlich alles berücksichtigt, aber weil ich ja sowieso weiß, wie man Blutflecken mit Peroxiden und kaltem Wasser wieder rauskriegt, war es mir dann auch schon egal. Als ich jedenfalls wieder nach draußen kam, war die Katze ganz tot. Mr Lübeck auf seinen alten Knien daneben, mitten auf der Straße, in einer guten Khakihose, und ich konnte ihm auf den Kopf gucken. (Habe ich schon mal erwähnt, wie groß er ist? Und kräftig, mit einer Sportlerfigur, genau wie Lars. Er hat recht volles weißes Haar.) Er hat die Katze in das Handtuch gewickelt und es geschafft, mit dem Tier auf dem Arm wieder aufzustehen. Ich war schwer beeindruckt, dass seine Knie das noch mitmachen. Er hat mir für meine Hilfe gedankt – mir gedankt. Der Katzenkillerin! Dann hat er die Katze ins Haus gebracht. Ich bin noch ein bisschen stehen geblieben, mein Wagen mit laufendem Motor ein paar Meter weiter. Die Hirsche waren verschwunden. Der Wind in den Bäumen. Eine herrliche Nacht. Flecken von Katzengedärm auf dem Asphalt.

Zurück zu Lübecks Haus: Es war tipptopp aufgeräumt. Eine dampfende Tasse Kaffee neben dem Relaxsessel, ein paar Bücher aus der Stadtbibliothek. Ich hab nicht rumspioniert, aber was will man machen, wenn einem etwas ins Auge springt? Bei aller spartanischen Ordnung sind mir doch ein paar Sachen aufgefallen. Auf einem Tischchen in der Diele ein altes Schwarz-Weiß-Foto von einer wunderschönen Frau mit dunklen Haaren und dunklen Augenbrauen, vielleicht aus den 1920er-Jahren. Möglicherweise seine Mutter. Er hat ein paar schöne Gemälde an den Wänden, aber die Polstermöbel sind richtig abgewetzt. Neben dem Relaxsessel ein Foto von ihm und seiner verstorbenen Frau. Darauf ist er ungefähr so alt wie Bruce heute. Ich sag Dir eins, Rosalie, in dem Haus zu sein und seine paar Sachen zu sehen, hat mich richtig traurig gemacht. Ich bin fix und fertig!

Syb

Postskriptum: Willst Du wissen, wie sehr ich durch den Wind bin? Ich lese »Das geraubte Leben des Waisen Jun Do« von Adam Johnson. Was liest du gerade?

Postskriptum 2: Mick Watts will schon wieder mit mir essen gehen. Hat mir letzte Woche persönlich eine schriftliche Einladung überbracht. Natürlich ist er ein ziemlicher Blender. Er hat schlimme Tischmanieren, raucht und trinkt Whiskey, liest nicht … aber er ist witzig. Mein Gott, ist der Mann witzig. Zum Totlachen. Trudy und Millie finden, ich soll ruhig noch mal mit ihm ausgehen. Aber sie haben Daan ja auch nicht gekannt. Was meinst Du?

AN: sybilvanantwerp@aol.com

VON: jameswlandy@gmail.com

DATUM: 22.10.2014, 11:11

BETREFF: HARRY WEGGELAUFEN

Sybil, hab versucht, dich anzurufen, aber deine Voicemail ist voll. Harry ist von zu Hause ausgerissen. Er hat den Golden Retriever und einen Rucksack mitgenommen und ist seit ungefähr zehn Uhr verschwunden. Ist er bei dir? Ruf mich auf dem Handy an.

AN: jameswlandy@gmail.com
VON: sybilvanantwerp@aol.com
DATUM: 22.10.2014, 22:59
BETREFF: Er ist hier

James nur ganz schnell in fliegender Eile. Harry sagt wenn ich dich anrufe ist er sofort wieder weg deshalb hab ich so getan als müsste ich aufs Klo und mich zum Computer geschlichen. Er ist die ganze Strecke zu Fuß gegangen war heute Abend um halb elf hier zum Glück warm angezogen und mit gutem Schuhwerk. Er wirkt sehr müde aber wachsam und hat geweitete Pupillen und sagt nicht viel. Ich hab ihm einen Teller Chili gegeben und ein paar Plätzchen die ich noch in der Keksdose hatte und jetzt überrede ihn zu einer Dusche er ist total verdreckt ich habe keine Ahnung wie er sich zu mir durchgeschlagen hat aber sie sind beide hier Harry und Thor und du kannst sie morgen früh abholen. Jetzt lass sie erst mal schlafen. Bitte nicht anrufen sonst weiß er dass ich dir gemailt habe und läuft wieder weg. Ich glaube ihm dass er es ernst meint Sybi

AN: jameswlandy@gmail.com

VON: sybilvanantwerp@aol.com

DATUM: 24.10.2014, 09:14

BETREFF: Überwachungskameras

Hi James, im Zuge von Harrys großer Flucht hast du erwähnt, dass du deine Veranda mit Videokameras überwachen lässt. Ich war inzwischen im Baumarkt, habe aber nichts dergleichen finden können. Bitte gib mir doch einen Rat, wie und wo man so eine Überwachungskamera auf der Veranda am besten anbringt.

Hoffentlich hat sich die Lage wieder etwas beruhigt.

Herzliche Grüße,

Sybil

15.12.2014

Postkarte aus Belgien

Sybil van Antwerp
17 Farney Rd.
Arnold, MD 21012
USA

Liebe Grüße aus Belgien, Mom.
Musste heute an Dich denken. Bin in einer Buchhandlung auf die Übersetzung von »84, Charing Cross Road. Eine Freundschaft in Briefen« (Helene Hanff) gestoßen. Kennst Du das Buch? Ich hab ein bisschen darin geschmökert – wusste gar nicht mehr, wie lustig die Briefe sind. Sie erinnern mich ein bisschen an Dich. In dem Laden hab ich auch die Karte gekauft, die ich jetzt bei einer Tasse Kaffee schreibe. So weihnachtlich wie auf der Vorderseite sieht es hier tatsächlich aus, die Häuser wie Lebkuchen mit Zuckerguss, die Beleuchtung bunt wie Bonbons. Wirklich wunderhübsch. Ich bin ja nicht gerade die größte Schreiberin, sondern greife viel lieber zum Telefon oder schicke schnell mal eine Mail, aber ich dachte mir, ich mache Dir eine Freude. Dad geht es gut, er ist genauso umgänglich wie eh und je, nur schmal geworden ist er und stiller als früher. Oder müde. Schade, dass wir uns über die Feiertage nicht sehen. Es war lieb von Dir, Charles das Pullöverchen zu schicken. Du solltest Weihnachten nicht allein feiern – haben Trudy und Millie etwas geplant? Wir sehen uns in der ersten Märzwoche. Dem klei-

nen Charles fehlt seine Oma. Fröhliche Weihnachten von Walt und mir.

Fi

p.s.: Wie geht es Harry Landy?

(25. Dez. 2014 – Fortsetzung. Die vorherigen Seiten wurden NICHT abgeschickt)

Frohes Fest. Ich bleibe dieses Jahr allein. Bruce und Fiona sind in Belgien, und das ist gut so. Auf jeden Fall ist es gut für sie, drüben zu sein.

Als ich Dir zuletzt geschrieben habe (im Oktober), habe ich Dir von der Sache mit Harry Landy erzählt, und ich muss sagen, was am 22. Oktober passiert ist, beschäftigt mich immer noch sehr. Ich denke seitdem oft an den Jungen, sogar öfter als früher. Manchmal stelle ich mir sogar vor, dass er hier wohnt. So schrecklich es an dem Tag auch war, als er zu Fuß von Washington nach Arnold gelaufen ist, James und Marly halb tot vor Angst … Nicht auszudenken, was alles hätte passieren können, aber zum Glück ist dann ja doch alles gut gegangen. Ich gebe zu, es war ein wunderbares Gefühl, als er auf einmal bei mir vor der Haustür stand. Es war richtig schön, ihn hierzuhaben und sei es auch nur für die eine Nacht, und das, obwohl ich genau weiß, was für eine schlimme Situation es eigentlich war. Drücke ich mich verständlich aus?

Bevor es heute Morgen anfing zu regnen, bin ich eine Runde spazieren gegangen. Schon beim Aufwachen wusste ich, dass es regnen würde, man konnte es riechen. Deshalb habe ich die festen Schuhe angezogen. Es war nicht sehr kalt. Die Wolken jagten über den grauen Himmel. Ich wollte runter zum Fluss. Habe ich Dir die Strecke mal beschrieben? Keine Ahnung, ob ich darüber überhaupt je etwas zu Papier gebracht habe. Ich gehe den Weg unheimlich gern allein.

Von der Einfahrt aus überquert man die Straße. Neben

einer Magnolie, die doppelt so hoch wie ein Laternenmast ist, gibt es eine lichte Stelle im Unterholz, die man beim Vorübergehen kaum bemerkt. Sobald man hindurchgeschlüpft ist, befindet man sich unter den Bäumen. Im Winter ist es ein bisschen einfacher, im Sommer hat man eher das Gefühl, man beträte einen von Baumnymphen angelegten Tunnel. Bereits nach wenigen Schritten öffnet sich der Weg. Ich bin in meiner Straße nicht die Einzige, die hier entlanggeht, die Jungs aus der Nachbarschaft benutzen den Pfad ebenfalls, bepackt mit Angelruten und Köderkisten. Ich freue mich immer, wenn ich sie sehe. Sie erinnern mich an frühere Zeiten, als noch alles seine Ordnung hatte. Allein wie sie laufen, den Kopf zwischen den Schultern, die muskulösen Rücken, nach Steinen kickend. Weiter unten sind die Bäume schlank und hoch, und eine riesige Eiche, die vor vielleicht fünfzehn Jahren vom Sturm entwurzelt wurde, liegt quer über dem Weg, und man muss entweder darüberklettern oder um sie herumgehen. Heutzutage gehe ich lieber darum herum. Der dicke Stamm ist mit leuchtend grünem Moos und Flechten bedeckt, die Farbe der Tic-Tacs mit Mintgeschmack. Normalerweise sieht man irgendwelche kleinen Tiere darauf, Backenhörnchen zum Beispiel oder Vögel. Früher hat in einer Astgabel ein Rotkehlchen genistet. Jahrelang hat der Vogel sein Nest da gebaut, aber eines Tages war es verschwunden. Wahrscheinlich hat es der Fuchs geholt. Jedenfalls gehe ich gern an der umgestürzten Eiche vorbei und sehe mir an, was alles darauf wächst und gedeiht, eine freigebige Wirtin für alles mögliche Leben. Der alte Baum gibt mir einfach ein gutes Gefühl. Kurz dahinter geht es steil bergab in Richtung Wasser, aber die Wurzeln und Steine geben mir Halt, und meistens habe ich auch einen Wanderstock dabei. Den hab ich noch gar nicht erwähnt, den Stock. Ich hab ihn vor ein paar Jahren gefunden, unten neben dem Weg. Der Wegrand ist auf beiden Seiten von Moos gesäumt, ein satter Grünton, und dann ist man auch schon unten am Fluss und hat das sich grau dahinwälzende Wasser vor sich. Ein Anblick, bei dem mir das Herz aufgeht. Wenn ich unten angekommen bin, spaziere ich normalerweise noch eine Weile am Fluss entlang. Manchmal fische ich am Ufer Müll aus dem Wasser und nehme ihn mit. Manchmal sehe ich Reiher. Heute Morgen war es kalt, es hat nach Regen gerochen und säuerlich modrig nach dem Wasser. Die halb verrotteten Baumstämme und das alte Herbstlaub ... so schön ich das alles finde, macht es mich doch auch melancholisch. Es ist wunderschön und melancholisch zugleich, besser kann ich es nicht ausdrücken. Früher oder später werde ich es nicht mehr sehen können. Und wenn ich nicht mehr sehen kann, kann ich auch nicht mehr allein hinunter zum Fluss gehen, und nur so macht es mir Freude – allein. Ich glaube, eine Begleitung würde mich stören, auch wenn ich Dich natürlich zu gern dabeihätte. Da unten lasse ich alles Menschengemachte hinter mir und fühle mich wie in der tiefsten Wildnis. Dann kann ich denken.

Als ich wieder zu Hause war, hatte ich große Lust auf eine Tasse Tee – und aufs Briefeschreiben. Nachher backe ich noch eine leckere Kirschpastete für das Abendessen mit Trudy und Millie. Millies Mann ist verstorben, und Trudy ist noch länger geschieden als ich. Wir wollen Karten spielen und uns Weihnachtsplatten anhören. Millie hat noch einen uralten Plattenspieler.

AN: customerservice@kindredproject.org

VON: sybilvanantwerp@aol.com

DATUM: 28.12.2014, 19:45

BETREFF: PACKEN WIR'S AN (z. Hd.: Basam)

Hallo, Basam,

hoffentlich arbeiten Sie noch bei Kindred! Ich habe mich nämlich entschlossen, Ihnen meine Spucke zu schicken, um herauszufinden, was für eine Promenadenmischung ich bin. Bitte sorgen Sie dafür, dass die Probe, nachdem ihr sie durch eure Maschinen gejagt habt, in den Mülleimer wandert. Es wäre fürchterlich, wenn man die DNA einer alten Frau wie mir extrahieren und versuchen würde, mich zu klonen. Sagen Sie, lesen Sie? Bücher? Ich könnte niemals einem Menschen vertrauen, der nicht liest. Auch wenn mein Arzt sagt, dass ich in nicht allzu ferner Zukunft erblinden werde und dann selbst nicht mehr lesen kann. Kennen Sie das Buch »Alles, was wir geben mussten« von Kazuo Ishiguro? Ich kriege es nicht mehr aus dem Kopf. Wie lange dauert es, bis ich mein Ergebnis bekomme? Was ich noch sagen wollte: Es tut mir wirklich sehr leid, dass Sie Ihre Heimat Syrien verlassen mussten. Außerdem möchte ich mich dafür entschuldigen, Sie zu Beginn unserer Korrespondenz gekränkt zu haben. Wie komme ich dazu, Sie, nur weil Sie Ausländer sind, pauschal als »Inder« zu titulieren? Ich war aufgebracht, und in einer E-Mail lässt meine Höflichkeit oftmals ein wenig zu wünschen übrig. Ich schäme mich immer noch meiner Gedankenlosigkeit. Hoffentlich können Sie mir verzeihen.

Wie alt sind Ihre Kinder? Ich hatte einmal drei Kinder, jetzt sind es nur noch zwei, von denen eines entschlossen zu sein scheint, möglichst weit entfernt von mir zu leben. Jedenfalls sind die beiden der Grund, warum ich bei diesem lächerlichen DNA-Test mitmache. Hatte ich erwähnt, dass ich adoptiert bin? Herkunft unbekannt. Plötzlich wollen meine Kinder wissen, wo ich herkomme. Sogar meine Enkel piesacken mich damit. An welcher Hochschule haben Sie Ihr Ingenieursdiplom erworben?

Mit herzlichen Grüßen,
Sybil van Antwerp

AN: sybilvanantwerp@aol.com

VON: customerservice@kindredproject.org

DATUM: 29.12.2014, 13:19

BETREFF: Re: PACKEN WIR'S AN (z. Hd.: Basam)

Liebe Ms van Antwerp,

ja, ich bin nach wie vor bei Kindredproject.org beschäftigt, doch erlauben Sie mir bitte eine Klarstellung. Ich arbeite mit einem Team von Kundendienstberatern in einem Büro. Ihre DNA ist nicht zu mir unterwegs. Wir machen hier keine DNA-Analysen, die Tests sind auf Labore im ganzen Land ausgelagert. Deshalb werde ich persönlich Ihre Probe weder empfangen noch bearbeiten oder entsorgen. Aber ich kann Ihnen versichern, dass man sie mit professioneller Sorgfalt behandeln wird. Mit dem Ergebnis können Sie in 6–8 Wochen rechnen.

Ich habe Ihre Entschuldigung zur Kenntnis genommen. Alle Kränkungen sind vergeben und vergessen. Sie sind nicht der erste Mensch, der meine Herkunft falsch einordnet, und Sie werden leider auch nicht der letzte bleiben.

Ich lese Bücher, aber das, worüber Sie sprechen, kenne ich nicht. Es kommt auf meine Liste, und ich will versuchen, es mir über die Stadtbibliothek zu besorgen. Ich habe einen Jungen und ein Mädchen, zehn und dreizehn. Es ist traurig, dass Sie blind werden, und noch viel trauriger, dass Sie Ihr Kind verloren haben. Dieses Schicksal ist mir gottlob erspart geblieben, doch ich habe viele andere

Familienmitglieder, mein Zuhause, mein Land und meine Religion verloren, deshalb kann ich Ihre Trauer ein wenig nachfühlen. Aber als mein Bruder im Krieg starb, ist meine Mutter wahnsinnig geworden. Ein Kind zu verlieren scheint also ein ganz eigener Schmerz zu sein, in den ich mich wohl doch nicht hineinfühlen kann. Ich habe in Ägypten an der Universität in Kafr El Sheikh studiert.

Bei weiteren Fragen sind wir jederzeit gern für Sie da! Vielen Dank, dass Sie Kindredproject.org kontaktiert haben.

Basam

Sybil van Antwerp
17 Farney Rd,
Arnold, MD 21012

5. Januar 2015

Sybil,

beim Ausmisten habe ich einige Kartons mit Deinen Briefen gefunden. Weil ich sehen wollte, ob auch die ältesten noch dabei sind, habe ich ein bisschen darin herumgekramt. Und siehe da … trara! Ich hatte ganz vergessen, unter welchen Umständen Du mir das allererste Mal geschrieben hast. Regelmäßig haben wir wohl erst korrespondiert, nachdem ich während der Highschool-Zeit nach CT gezogen war, aber den ersten Brief hast Du mir aus Camp Cedar Ridge geschrieben, als Du nach der Junior High den einen Monat im Ferienlager warst. Als Deine Mutter zum ersten Mal an Krebs erkrankt war. Unglaublich, dass ich ihn noch habe. Ich war so neidisch, dass Du wegfahren durftest, während ich auf meine Cousins und Cousinen aufpassen musste! Beim Lesen der Briefe haben sich durchaus gemischte Gefühle bei mir eingestellt. Einerseits haben sie mich in die Zeit damals zurückversetzt, und das war ein richtig heimeliges Gefühl. Nostalgie würde ich es nicht unbedingt nennen, eher so etwas wie Trost – vielleicht Sympathie für die, die wir waren. Andererseits … heute, als Erwachsene, mit den Augen der Kinder von damals zu sehen … ich weiß nicht. Irgendwie bereitet es mir auch Bauchschmerzen, wo wir doch jetzt wissen, wie es mit Margarets Krankheit weitergegangen ist. Ich hatte ganz vergessen, dass Felix nach dem Tod Eurer Mutter nicht mehr geredet hat. Ist er damals nicht ein paar Jahre lang gänzlich verstummt? Nicht zu glauben, dass mir das entfallen war. Hier schicke ich Dir schon mal ein paar Briefe. Du kannst jederzeit noch mehr haben. Hoffentlich ist es keine zu schwere Kost für Dich.

Ich lese gerade »Die Reise mit Charley« von John Steinbeck. (Ein hinreißendes Buch, ein intellektueller Cross-Country Road Trip.) Was liest Du?

Liebe Grüße,

Rosalie

Rosalie Boyd
679 Holtermann Street
Philadelphia, Pa.

1. August 1953

Liebe Rosalie,
wie geht es Dir? Mir geht es gut hier im Camp, obwohl es in der verdreckten Hütte, in der wir schlafen, vor Hitze nicht auszuhalten ist. Ich habe die untere Koje, und Thelma Mariani, die über mir schläft, wälzt sich die ganze Nacht hin und her, sodass ich immer aufwache, weil das Bett wackelt und quietscht. Ein paar von den Mädchen sind in Ordnung, aber meistens beschäftige ich mich allein oder mache etwas mit Danielle, unserer Betreuerin, die an der Smith studiert. Am besten finde ich Weben und Kanufahren. An den Gruppenaktivitäten muss man teilnehmen, letztens zum Beispiel beim Fahnenklau oder bei einer Schatzsuche mit den Mädchen aus meiner Hütte. Zu solchen Spielen habe ich eigentlich keine große Lust, aber die Teilnahme ist Pflicht. Ich habe die Perelandra-Trilogie (von C.S. Lewis) dabei und einen ganzen Stapel Isaac Asimovs, aber die habe ich bald durch. Es ist so sinnlos, dass ich hier herumsitze. Ich könnte helfen, auf Felix aufzupassen. Gestern habe ich einen Brief von Dad bekommen. Meine Mutter hat ihre erste Therapie hinter sich, und er schreibt, dass ihr die Haare ausfallen und sie kaum aus dem Bett aufstehen kann, weil es ihr so schlecht geht, und dass sie mehrmals am Tag brechen muss. Ich glaube, er hat mir das geschrieben, damit ich mich nicht wundere,

wenn ich wieder zu Hause bin. Hast Du sie schon gesehen? Ich kann sie mir ohne Haare überhaupt nicht vorstellen. Ich habe davon geträumt, aber die Frau in dem Traum, die eigentlich Mom ohne Haare sein sollte, war Doris Day mit Glatze. Irre. Ich mache mir wirklich Sorgen um Felix. Er fehlt mir. Und Du fehlst mir auch. Aber am 22. August bin ich ja wieder da.

Gruß und Kuss,

Sybil

Rosalie Boyd
9 Dover Place
Hamden, CT

24. Oktober 1955

Liebe Rosalie,
vielen Dank für Deinen Brief. Ich freue mich, dass es Dir auf der neuen Schule gefällt. Das mit Deinem Chemie-Lehrer ist natürlich nicht so schön. Man sollte meinen, die hätten Besseres zu tun, als sich neue Foltermethoden für Teenager auszudenken. Wie war der Ball? Hast Du Lee seitdem wiedergesehen? Hast Du ihn gern? So richtig?

Hier ist alles wie immer. Langweilig. Ich war nicht auf unserem Schulball. Mich hat keiner eingeladen, und es wäre zu peinlich gewesen, alleine hinzugehen. Sogar NANCY PRUITT hatte einen Verehrer (einen Jungen von der Belvedere). Ich hab mir die Haare kurz geschnitten. Ich helfe meinem Dad im Büro. Er hat eine neue Sekretärin. Siehst Du, wie öde es hier ist? Ich erzähle Dir schon von der Arbeit meines Vaters!

Okay, jetzt kommt das Interessanteste, das mir passiert ist: Ich habe C.S. Lewis einen Brief geschrieben, und er hat mir geantwortet! Ich habe ihn gefragt, ob er noch mehr neue Welten erfinden will, und er hat gesagt, das wüsste er selber nicht genau, er wäre aber ständig dabei, sich irgendetwas Neues auszudenken. Er hat mir verraten, dass er die »Chroniken von Narnia« fortsetzen will, und sogar ein paar Andeutungen gemacht, wie die Handlung weitergeht! Dann hat er mir noch die Trilogie »Der Herr der Ringe« empfohlen, die im letzten Jahr herausgekommen ist und von einem seiner Freunde geschrieben wurde. Also habe ich mir sofort den ersten Band gekauft und gestern Abend angefangen. Bis jetzt finde ich es toll, es passiert viel mehr als bei Mr Lewis. Dass er mir geantwortet hat, ist wunderbar. Er ist sehr nett, und aus seiner Briefstimme kann man regelrecht seine Romanstimme raushören. Ich sitze schon an meiner Antwort an ihn.

Was liest Du gerade? Du fehlst mir! Schreib!

Sybil

Rosalie Boyd
9 Dover Place
Hamden, Conn.

1. März 1958

Liebe Rosalie,
gestern ist meine Mom gestorben. Ich bin am Montag nach Hause gefahren, weil Dad anrief, um mir zu sagen, dass es plötzlich mit ihr zu Ende ging. Da habe ich den nächsten Bus genommen. Sie ist friedlich eingeschlafen. Ich weiß noch nicht, ob ich wieder zurück an die Uni gehe oder den Rest des Semesters sausen lasse. Ich möchte bei Felix bleiben. Seit Mom tot ist, redet er nicht mehr, kein einziges Wort, und er hängt wie eine Klette an mir. Seit ich auf der Uni bin, schläft er in meinem Bett, und jetzt kriege ich ihn nicht dazu, wieder in sein eigenes Bett umzuziehen.

Die Trauerfeier findet am Sonntag in der Kirche statt. Hoffentlich kannst Du kommen. Du fehlst mir so sehr!

Ganz, ganz liebe Grüße,

Sybil

Mrs Sybil vanAntwerp
17 Farney Rd.
Arnold, MD 21012

31. Januar 2015

Sehr geehrte Mrs vanAntwerp,
ich heiße Caroline Dobsen und gehe auf die Broadneck High School. In diesem Jahr habe ich den Leistungskurs »Staatsbürgerkunde« belegt, und wir haben die Aufgabe bekommen, jemanden zu interviewen, der auf Bundes- oder Bundesstaatenebene im Justizsektor tätig war. Darüber sollen wir bis zum Ende des Schuljahrs eine 7- bis 8-seitige Arbeit schreiben. Mein Großvater hat mich auf Sie aufmerksam gemacht, weil er das Gefühl hatte, dass Sie bei mir in der Nähe wohnen. Ich wohne in Arundel-on-the-Bay. Mein Großvater war Rechtsanwalt, und er hat gesagt, er kennt Sie noch von einigen Fällen aus den 1970er- und 1980er-Jahren her. Ich habe Sie online in den Gelben Seiten nachgeschlagen. Da steht zwar, dass Sie eine Geheimnummer haben, aber Ihre Adresse ist angegeben. Ich wohne tatsächlich nicht weit von Ihnen und möchte Sie gern fragen, ob Sie vielleicht bereit wären, sich von mir für meine Facharbeit interviewen zu lassen. Ich überlege noch, ob ich nicht später auch Jura studieren soll.

Meine Telefonnummer ist 515–5988 und meine Mail-Adresse carocarodobby@gmail.com, falls Sie mitmachen wollen.

Der Unterricht geht bei mir nachmittags bis um Viertel nach drei, und bis um fünf habe ich Basketballtraining. Danach hätte ich Zeit, oder am Wochenende. Wahrscheinlich dauert es nicht sehr lange. Vielen Dank im Voraus.

Mit freundlichen Grüßen,

Caroline Dobsen

16.02.2015

VAN ANTWE, SYBIL
17 FARNEY RD
ARNOLD MD 21012–1358
USA

Sehr geehrte SYBIL VAN ANTWE:
anbei die Ergebnisse der DNA-Analyse durch LabCorp, die im Rahmen Ihrer bestehenden Mitgliedschaft bei Kindredproject.org durchgeführt wurde. Die Ergebnisse geben Ihnen Aufschluss über Ihre genetische Herkunft, aufgeschlüsselt nach Nationen, beruhend auf dem Abgleich mit der Gesamtheit der uns vorliegenden DNA-Proben. Sie stellen jedoch ein Einzelergebnis dar und wurden nicht mit den Proben anderer Individuen abgeglichen oder verknüpft.

Bei weiteren Fragen sind die Kundendienstberater von KINDRED PROJECT jederzeit gern für Sie da!
(customerservice@kindredproject.org)

Felix Stone
7 Rue de la Papillon
84220 Gordes
FRANKREICH

18. Februar 2015

Lieber Felix,
wie geht es Dir, wie geht es Stewart? Hat er sich gut von seiner Operation erholt? Bei Schulter-OPs soll ja der Heilungsprozess sehr langwierig sein. Es tut mir wirklich leid für ihn. Er ist so ein guter Tennisspieler.

Ich schreibe Dir aus einem einzigen Grund, und zwar um Dir zu sagen, dass ich die Ergebnisse meiner DNA-Analyse aus dem Labor zurückbekommen habe. Anscheinend bin ich zur Hälfte Britin. (Was wohl Schottland und Wales mit einschließt. Nordirland auch? Hm.) Zu einem Viertel bin ich indianischer Abstammung, was mich zwar überrascht, aber meine dunklen Augen und Haare erklärt. Das letzte Viertel ist ein ziemliches Durcheinander. Russland und die Iberische Halbinsel. Für mich klingt das nach einem Schuss ins Blaue. Die können doch weiß Gott was hinschreiben. Und selbst wenn es wahr wäre, was soll daran interessant sein? Sind wir denn nicht alle bunt gemischt, seit die Welt so klein geworden ist und die Menschen so viel herumkommen? Na, egal, Felix. Ich habe mich in mein Profil auf der Webseite eingeloggt, und es zeigt mir meine kleine bunte Weltkarte und ein farblich dazu passendes Tortendiagramm, das sogar ein Zweitklässler verstehen würde. Es gibt einem zu denken, aber interessant ist es eigentlich nicht. Ich hab die Kinder angerufen, um es ihnen zu sagen. Sie haben sich gefreut. Fiona wollte wissen, ob ich froh bin, dass ich es gemacht habe, und ich habe ihr geantwortet, dass es mir relativ schnuppe ist. Jetzt wissen wir es also: britisch, indianisch, russisch. Die klassische amerikanische Promenadenmischung!

Seitdem ich meine Spucke eingeschickt habe und meine DNA analysiert ist, gibt's noch jede Menge andere Funktionen auf der Webseite. Ich habe meinen Freund Basam – syrischer Flüchtling, Ingenieur und Kundendienstmitarbeiter in einer Person – nach dem Kästchen gefragt, das man anklicken kann, um sich mit anderen zu verbinden. Auch wenn ich das natürlich nicht vorhabe. Ich kann mir kaum etwas Hirnrissigeres vorstellen. Du nicht auch? Und wie schon gesagt, woher soll ich wissen, dass nicht sowieso alles ein großer Schwindel ist? Die behaupten, jemand wäre mit einem verwandt, dabei stimmt es gar nicht. Vielleicht – oder sogar wahrscheinlich – basiert das ganze Geschäftsmodell auf den Hoffnungen irgendwelcher leichtgläubigen Tröpfe, die sich verzweifelt nach einer Familie sehnen. Nein danke, nicht mit mir. Woher sollte man wissen, ob man eine derartige Behauptung glauben kann? Na, das braucht mich ja nicht weiter zu kümmern. Ich gebe zu, dass die Geschichte nicht vollkommen uninteressant war, aber weiter will ich sie keinesfalls verfolgen.

Themenwechsel. Ich habe Dir noch gar nicht erzählt, dass mich vor ein paar Wochen eine Highschool-Schülerin interviewt hat. Sie schreibt eine Arbeit über mich, wegen meiner Tätigkeit bei Gericht. Als sie in ihrer schlabberigen Jogginghose bei mir auftauchte, die nassen Haare irgendwie an den Kopf geklatscht, wirkte sie auf mich in etwa so helle wie ein Kartoffelkeller. Aber dann hat sie mir wirklich kluge Fragen gestellt, das muss ich ihr lassen. Das Kind kannte sich mit Staatsbürgerkunde und Politik aus. Es hat mir Spaß gemacht, an die alten Zeiten zurückzudenken. Sie hat das Gespräch aufgenommen, wie ein ausgebuffter Profi. Es hat mir gefallen, dass sie mit solchem Ernst bei der Sache war. Irgendwie kamen wir auf das Thema Briefe zu sprechen. Ich muss wohl erwähnt haben, dass man als persönliche Referentin eines Richters mit größter Präzision den Schriftverkehr zu erledigen hat. Da wollte sie wissen, wie ich das Schreiben gelernt habe. Meine Antwort? Dass es wie bei allen anderen Fertigkeiten auch ist: Übung macht den Meister. Als sie fragte, mit wem ich korrespondiere, habe ich gesagt: Mit jedem, der mir vor die Feder kommt! Die Briefe, die mir am meisten bedeuten, wären für sie natürlich kaum oder gar nicht von Interesse. Aber ich habe ihr ein paar von den Außergewöhnlicheren gezeigt – von Jackie Kennedy und Walt Disney. Sie hat nicht schlecht gestaunt, dass die Leute zurückschreiben. Darauf ich: Berühmte Menschen sind eben auch nur Menschen. Komisch, aber es hat mir wirklich Spaß gemacht. Nachdem sie wieder gegangen war, habe ich den ganzen Nachmittag in den alten Briefen geschmökert. Es sind Hunderte, wenn nicht sogar Tausende, von denen jeder einzelne irgendwo ein Gegenstück hat und sei es auch nur auf einer Müllhalde.

Sobald Du es genauer absehen kannst, schreib mir doch bitte, was Du bei Deinem Besuch im Juni unternehmen möchtest. Ich erwarte nicht, dass Du den ganzen Monat bei mir herumsitzt, aber es wäre schön, wenn man etwas planen könnte. Am zweiten Juniwochenende findet eine Immobilienmesse statt – eine Art »Haus der offenen Tür« –, und ich kann auf der Seite der Handelskammer nachsehen, ob sonst noch etwas Lohnenswertes ansteht. Im Sommer gibt es freitags und samstags viele Abendveranstaltungen unter freiem Himmel. Und natürlich trillern sich die Vögel schon mal für Dich warm. Wie war das noch? Landest Du am Ersten in Washington oder in Baltimore? Ich gehe wieder mit Mick Watts aus. Wehe, es kommt ein Kommentar von dir, Bruderherz. Wehe!

Alles Liebe,

Sybil

AN: customerservice@kindredproject.org

VON: sybilvanantwerp@aol.com

DATUM: 06.03.2015, 23:32

BETREFF: HALLO (z. Hd.: Basam)

Hallo, Basam, wie kommt Ihre Frau im Englischkurs voran? Hat sie ihre Stelle gekündigt? Was ihr Chef da mit ihr macht, ist das reinste Mobbing. Bestimmt könnte sie jederzeit in einem anderen Restaurant Arbeit finden. Und wie geht es den Kindern? Hat Zoha jetzt eine Brille? Das war bestimmt die Wurzel allen Übels.

Mein Sohn Bruce hat einen Freund, der in Northern Virginia bei der Stadtplanung arbeitet, bei einem Unternehmen, das überall in den USA Niederlassungen hat. Er wäre gern bereit, sich einmal Ihren Lebenslauf anzusehen. Er ist genau auf dem Gebiet tätig, das Sie studiert haben – Verkehrsinfrastruktur. Dieser Mann, Dale Woodson, ist ein ziemlicher Langweiler, und er stottert, was er erfolglos zu verbergen versucht, aber Bruce und er sind schon seit der Grundschule miteinander befreundet. (Bruce, also mein Sohn, ist Anwalt und ehrlich gesagt genauso eine trübe Tasse. Aber er ist auch zuverlässig und nett, und er kümmert sich gut um mich.) Ich kenne Dale schon ewig. Er ist praktisch veranlagt und hat es im Leben zu etwas gebracht. Ich habe ihm Ihre Situation geschildert, aber NICHT, WIE WIR BEIDE UNS KENNENGELERNT HABEN. ALSO BITTE KEIN WORT ÜBER DEN DNA-TEST. ICH BIN JA SCHLIESSLICH KEIN WISSENSCHAFTLICHES FORSCHUNGSOBJEKT.

Am besten schicken Sie mir Ihren Lebenslauf, damit ich

ihn durchsehen und aufpolieren kann, wie wir es besprochen haben. Wenn Sie ihn zurückhaben, setzen Sie sich direkt mit Dale in Verbindung und beziehen sich dabei auf Bruce.

Noch eine Frage zu der DNA: Was genau passiert, wenn man das Kästchen ankreuzt? Wie endgültig wäre das? Ich vermute, es lässt sich nicht mehr rückgängig machen.

Mit herzlichen Grüßen,
Sybil van Antwerp

Sybil van Antwerp
17 Farney Road
Arnold, MD
21012 USA

30. Mai 2015

Liebe Sybil,
gestern hattest Du Geburtstag. Wenn ich an Dich denke, sehe ich Dich immer in unserem gemeinsamen Zuhause, obwohl mir natürlich klar ist, dass Du jetzt schon seit fast 30 Jahren woanders wohnst. Weil ich mir keinen anderen Ort vorstellen kann, denke ich oft daran, und es will mir scheinen, als wäre es gar nicht lange her, dass wir dort zusammengelebt haben. Manchmal wandere ich in Gedanken durch das Haus, wie bei einem Test, und probiere aus, ob ich noch jede Tür öffnen und sehen kann, was dahinter ist. Ich vergewissere mich, dass ich es nach wie vor in- und auswendig kenne, bis ins kleinste Detail, wie zum Beispiel, welche Fotos wir auf dem Kaminsims stehen hatten. Wie die Küchenschränke eingeräumt waren – die Frühstücksflocken neben dem Kühlschrank. Tassen und Schüsseln über dem Herd. Durch die hintere Küchentür komme ich auf den gepflasterten Weg, der in den Garten führt.

Die Kinder sagen, Du weißt von Rosalie über meine Krebserkrankung Bescheid. Ich bin froh, dass Du es von ihr erfahren hast. Rosalie schien Dir immer mehr als eine Freundin zu sein, eher so etwas wie eine Schwester. Das bedeutet mir sehr viel. Es war ein Glück für uns, Rosalie und Lars als

Familie zu haben – und als Freunde noch dazu. Ich glaube, das ist wirklich selten. Die Kinder waren in den letzten Monaten immer wieder hier in Belgien, aber das weißt Du bestimmt. Tatsache ist, ich habe nicht mehr allzu lange zu leben. Man hat alles Mögliche probiert, und es sagt mir auch niemand, dass es nicht anschlägt, aber ich kann den Krebs fühlen. Bruce möchte, dass ich mich in der Mayo-Klinik behandeln lasse. Aber ich will nicht in die Staaten zurück. Die Tage, die mir noch bleiben, möchte ich hier sein, zu Hause.

Sie nennen es »Kampf«. Kampf gegen den Krebs. Kampf durch Therapie. Dem Krebs die Zähne zeigen. Aber Du weißt, dass ich keine Kämpfernatur bin. Die Kapitulation liegt mir näher. Dass ich bereit bin abzutreten, behalte ich lieber für mich. Manchmal stelle ich mir vor, Du wärst hier. Ich glaube, Du würdest mich gehen lassen. Lina hält mich fest. Sie geht mit mir auf den Friedhof, zu den Gräbern meiner Eltern, was mir sehr viel Trost gibt. Ich erinnere mich daran, wie ich als jüngerer Mann dort stand, fühle noch die Trauer, den Druck, als hätte ich nassen Sand in der Brust. Heute empfinde ich vor den Grabsteinen nur Frieden, weil ich weiß, dass ich Mutter und Vater und Gilbert wiedersehen werde. Lina geht es nicht gut. Schmal sieht sie aus und traurig, als wäre sie ebenfalls krank geworden, seit ich mich mit meinem Krebs herumplage. Felix hat mich besucht. Wusstest Du das? Es war wunderbar, ihn zu sehen. Du kennst ihn ja. Er hat mich zum Lachen gebracht: das größte Geschenk von allen. Es tut mir leid, dass ich mich nicht von meinem Bruder verabschieden kann. Zuletzt haben wir uns damals in London getroffen. Das ist eine Ewigkeit her. Ich habe keine Erinnerung daran.

Du bist eine bemerkenswerte Frau. Eine Frau wie ein Berg. Intelligent. In Deine Intelligenz habe ich mich zuerst verliebt, in das kluge Blitzen in Deinen Augen, als wärst Du jeder Herausforderung gewachsen. Du warst bereit. Mit Dir fühlte ich mich unschlagbar. Du hältst mit Deiner Meinung nicht hinterm Berg. Ganz im Gegensatz zu mir warst Du den härtesten Schicksalsschlägen gewachsen. Du hast eine unglaubliche Karriere hingelegt. Das macht mich stolz. In mir bist Du noch immer sehr präsent. Es war mir eine Ehre, dass Du mir in unseren gemeinsamen Jahren Deine Steine anvertraut hast. Ich hüte sie bis heute. Das wollte ich Dich unbedingt wissen lassen, auch wenn es nicht der eigentliche Grund für meinen Brief ist. Deine Steine sind bei mir nach wie vor sicher. Doch warum schreibe ich Dir dann? Ich will auf etwas Bestimmtes hinaus, ich weiß nur noch nicht genau, worauf.

Gilberts Tod. Sein Tod verschlang alles. Du, Bruce und Fiona, mein Bruder, unsere Freunde, meine Arbeit, das Haus, unser Leben, all das war zwar noch da, aber an den Rand, in den Hintergrund gedrückt, während ich blutend und halb tot im Ring stand und mit Gills Tod rang. Meinen Elternpflichten gegenüber Bruce und Fiona nachzukommen, ihnen in ihrer eigenen Trauer beizustehen, war reine Schauspielerei. Ich konnte sagen, was gesagt werden musste, aber ich dachte nur an mich, allein im Ring mit Gills Tod. Als ich die Kinder nach jener Zeit gefragt habe, musste ich zu meinem Erstaunen erfahren, dass beide in Therapie sind. Ich glaube, weder Du noch ich waren in den ersten entscheidenden Monaten imstande, sie zu behüten, so tief steckten wir im Morast der Verzweiflung. Wir hätten das Gleiche gebraucht, Du und ich, einen Tempel, in den wir uns verkriechen konnten, um von der Bildfläche zu verschwinden und am Altar unserer Untröstlichkeit zu trauern, aber wir hatten die Kinder, wir mussten uns arrangieren. Hätten wir uns aneinanderklammern können? Das habe ich mich oft gefragt. Wir haben unser Bestes gegeben, doch es war nicht genug. Als Versehrte haben wir überlebt, wir vier, aber kann man so etwas überhaupt unversehrt überstehen? Ach, Gilbert. Wie sehr ich hoffe, dass es das Leben nach dem Tod, an das ich immer geglaubt habe, tatsächlich gibt. Hoffentlich begegne ich ihm dort – und erkenne ihn. Ich glaube, in gewisser Hinsicht habe ich mich auf den Tod gefreut.

So, jetzt komme ich langsam doch noch dahin, wohin ich wollte. Zu dem Grund, warum ich Dich – Euch – verlassen musste. Ich war nicht fähig, Gilberts Tod zu betrauern und gleichzeitig ein guter Vater oder ein guter Ehemann zu sein. Mir ist klar, dass wir die Trennung zuletzt beide wollten. Wir waren alle am Boden zerstört, aber die Trennung habe ich <u>mir</u> zuzuschreiben. Deswegen plagen mich bis heute Schuldgefühle. Ich bin dankbar, dass ich mich in Lina verlieben konnte. Das war nur möglich, weil sie so völlig losgelöst von allem war, was ich mit der Trennung hinter mir gelassen hatte. Worauf ich hinauswill, ist Folgendes: Von dem, was ich in jener finstersten Zeit zu Dir gesagt habe, kann ich nichts zurücknehmen. Ach, besäßen wir die Weisheit des Alters doch nur schon früher im Leben. Was Gill zugestoßen ist, hätte jedem Kind passieren können. Ich habe Dir die Schuld gegeben, aber Du konntest nichts dafür. Schreckliche Unfälle geschehen ständig, und sie fordern viele, viele Opfer. Die Welt muss von unermesslicher Trauer erfüllt sein. Unser kleines Quantum davon fühlte sich so groß an wie die Sonne, nicht wahr? Und sie vergeht nicht. Ich werde den Tag, an dem er starb, nie vergessen, oder Dich, wie Du weinend auf den Knien lagst. Und dass ich Dich nicht in den Arm nehmen konnte, weil ich Dir die Schuld gegeben habe, obwohl niemand schuld war. Vergib mir, Sybil!

Seit ich sterbenskrank bin, kommt es mir viel einfacher als früher vor. Das Leben, meine ich. Es gibt kein Paralleluniversum. Kein »Was wäre gewesen, wenn«. Einerseits hat mir diese Erkenntnis Frieden geschenkt. Andererseits bleibt ein bitterer Beigeschmack. Wie grausam, dass das Leben nicht länger währt. Seitdem ich klarsehe, hätte ich gern mehr Zeit. Es soll nicht sein. Ich kann es nicht in Worte fassen, aber ich fühle das Sterben. Hast Du das kluge Buch über den Krebs gelesen? »Der König aller Krankheiten«? Der König, fürwahr. Siddhartha Mukherjee. Sehr weise. Ich denke oft daran. Für diesen kurzen Brief hier habe ich einen ganzen Nachmittag gebraucht – mit einem Schläfchen nach dem dritten Absatz.

Ich bin bereit abzutreten, aber ich glaube, Fiona kommt damit nicht klar. Pass bitte auf sie auf. Ich liebe Dich, Sybil. Die Kinder können sich glücklich schätzen, dass sie nicht *Dich* verlieren. Du warst ihnen eine wunderbare Mutter. Als Allererstes werde ich Gilbert einen Kuss von Dir geben.

Ich würde mich über eine Antwort freuen. Aber fühl Dich nicht verpflichtet, es ist lediglich eine Hoffnung. Wie auch immer … Auf Wiedersehen, denn ein Wiedersehen muss, nein, wird es geben, davon bin ich überzeugt.

In Liebe,

Daan

(6. Juni 2015, Fortsetzung. Die vorherigen Seiten wurden NICHT abgeschickt)

AMERICAN PHARAOH GEWINNT DIE TRIPLE CROWN!

Ein Nachkomme (Urururenkel!) von Secretariat. Ist das nicht fantastisch? Ganz große Klasse! Ich freue mich so und denke natürlich an Dich. Natürlich.

AN: sybilvanantwerp@aol.com

VON: dna@kindredproject.org

DATUM: 17.06.2015, 23:52

BETREFF: DIE VERWANDTSCHAFT IST DA! Herzlichen Glückwunsch! Sie haben einen DNA-Treffer.

Sehr geehrtes Kindred-Mitglied,

Sie haben eine DNA-Übereinstimmung. Um Genaueres zu erfahren, loggen Sie sich bitte in Ihr Kindred-Profil ein. Hier klicken.

Mit freundlichen Grüßen,
Ihr Kindred-Project-Team

Ms van Antwerp
17 Farney Rd.
Arnold, MD 21012

28.6.2015

Liebe Ms van Antwerp,
vielen Dank, dass Sie sich die Zeit genommen haben, mir etwas über Ihre Arbeit am Bezirksgericht als persönliche Referentin von Richter Donnelly zu erzählen. Sie hatten echt einen coolen Beruf. Ich habe meine Halbjahresnote bekommen, von der die Facharbeit 50 % ausmacht. Es ist eine Eins! Meine Lehrerin wusste gar nicht, dass Sie ganz in der Nähe der Schule wohnen, und jetzt möchte sie Sie fürs nächste Jahr einladen, in ihrer Klasse einen Vortrag zu halten. (Tut mir leid, aber ich habe sie gewarnt, dass Sie nicht gern vor fremden Leuten reden!) Ich wollte Ihnen nur sagen, wie viel Spaß es mir gemacht hat, Sie zu interviewen. Und sogar, die Facharbeit zu schreiben. (Es sind elf Seiten geworden! Ich habe Ihnen eine Kopie gemacht … Hoffentlich gefällt sie Ihnen. Und hoffentlich habe ich alles richtig verstanden!) Die Mom von meinem Dad ist gestorben, als ich vier war, und die von meiner Mom vor zwei Jahren, an Alzheimer. Sie haben mich ein bisschen an sie erinnert. Und Sie haben sogar genau die gleichen Saftgläser wie sie. Meine Mom sagt, die waren in den 70ern und 80ern sehr angesagt. Jetzt sind solche Sachen *vintage* und wieder cool.

Es war toll, die ganzen Briefe zu sehen. Was meinen Sie, wie viele haben Sie in Ihrem Leben geschrieben? Wann haben Sie damit angefangen? Wie entscheiden Sie sich, wem Sie schreiben wollen? Ich glaube, ich habe noch nie einen richtig echten Brief bekommen. Ich wüsste noch nicht mal, wie man einen guten Brief schreibt. Wie fängt man an, und was sagt man? Ich wollte Sie fragen, ob Sie mir, wenn Sie mal Zeit haben, nicht vielleicht bei Gelegenheit einen Brief schreiben könnten. Wenn es nicht geht, ist es natürlich auch total okay. Aber ich verspreche Ihnen, dass ich zurückschreibe!

Mit freundlichen Grüßen,

Caroline Dobsen

AN: customerservice@kindredproject.org
VON: sybilvanantwerp@aol.com
DATUM: 30.06.2015, 07:04
BETREFF: HALLO (z. Hd.: Basam)

Basam,

sind Sie da?? HABE GERADE DAS HIER GEFUNDEN! Wie kann es sein, dass ich einen DNA-Treffer habe? Ich habe das Kästchen nicht angekreuzt!!!!!!!!!!!

AN: sybilvanantwerp@aol.com
VON: customerservice@kindredproject.org
DATUM: 30.06.2015, 14:34
BETREFF: Re: Hallo (z. Hd.: Basam)

Liebe Ms van Antwerp,

ich hoffe, es geht Ihnen gut! Ich habe mich gerade in Ihr Profil eingeloggt. Das Kästchen sieht tatsächlich angekreuzt aus. Können Sie sich daran erinnern? Hatte außer Ihnen noch jemand Zugang zu Ihrem Account? Ihr Bruder vielleicht? Der Zugriff erfolgte am 15.06.

Bei weiteren Fragen sind wir jederzeit gern für Sie da! Vielen Dank, dass Sie Kindredproject.org kontaktiert haben.

Basam

AN: customerservice@kindredproject.org

VON: sybilvanantwerp@aol.com

DATUM: 30.06.2015, 18:01

BETREFF: Re: Re: HALLO (z. Hd.: Basam)

NEIN

AN: customerservice@kindredproject.org

VON: sybilvanantwerp@aol.com

DATUM: 01.07.2015, 07:04

BETREFF: RE: RE: Re: HALLO (z. Hd.: Basam)

Verflixt, ich glaube, ich weiß, was passiert sein muss. Weil mein Bruder doch zu Besuch aus Frankreich da war, hatte sich einiges angesammelt, und ich war auch lange nicht am Computer. Nachdem er am 15. Juni abgereist war, habe ich in dem Stapel mit der unerledigten Post einen Brief von meinem Exmann gefunden. Wir haben seit Jahren nicht mehr miteinander gesprochen, und er ist sterbenskrank. Der Brief hat mich sehr aufgewühlt. Ich habe eine Flasche Rum aufgemacht (was sonst gar nicht meine Art ist). Ich hab den Computer angeschmissen und ein bisschen darauf herumgefuhrwerkt, und dabei muss ich irgendwie das besagte Kästchen angeklickt haben. Was kann man tun? Ich habe keinerlei Interesse an diesem DNA-TREFFER. KÖNNEN SIE IHN LÖSCHEN? BITTE HELFEN SIE MIR! SYBIL

AN: sybilvanantwerp@aol.com

VON: customerservice@kindredproject.org

DATUM: 01.07.2015, 11:03

BETREFF: RE: RE: RE: Re: Hallo (z. Hd.: Basam)

Liebe Ms van Antwerp,

leider können wir den Treffer, den Ihre DNA erzielt hat, nicht löschen. Wie soll ich es sagen? Wenn Sie mit einem Menschen eine DNA-Übereinstimmung haben, existiert diese außerhalb unseres Systems.

Hoffentlich drücke ich mich verständlich aus. Der Mensch, mit dem Sie genetische Gemeinsamkeiten haben, lebt irgendwo auf dieser Welt. Darüber hinaus wurde dieses Mitglied zum selben Zeitpunkt wie Sie über den Treffer informiert.

Ich könnte mich bei meinem Vorgesetzten erkundigen, ob es die Möglichkeit gibt, eine Kontaktaufnahme durch diesen Menschen zu verhindern. Soll ich das versuchen?

Bei weiteren Fragen sind wir jederzeit gern für Sie da! Vielen Dank, dass Sie Kindredproject.org kontaktiert haben.

Basam

AN: customerservice@kindredproject.org

VON: sybilvanantwerp@aol.com

DATUM: 05.07.2015, 14:41

BETREFF: RE: RE: RE: RE: Re: HALLO (z. Hd.: Basam)

Könnte man diese Blockade theoretisch wieder zurücknehmen?

Caroline Dobson
7864 Windermere Rd.
Annapolis, MD 21403

15. Juli 2015

Liebe Caroline,
ich freue mich, dass Du eine gute Note für Deine Arbeit bekommen hast. Sie ist sehr lesbar geschrieben, wenn auch ein klein wenig übertrieben. Du hast zwar ein paar Daten durcheinandergebracht, doch das interessiert niemanden außer mir, und das Undergraduate College, an dem ich studiert habe, war Bryn Mawr in Pennsylvania. Ansonsten habe ich nicht das Geringste auszusetzen. Die Arbeit ist konzise, sprachgewandt, orthografisch sattelfest, spannend aufgebaut. Allerdings porträtierst Du mich in einem etwas heldischen Licht. Das ist lieb von Dir, aber ich war keine Heldin, Caroline. Ich habe Fehler gemacht, Entscheidungen getroffen, die für das Leben anderer Menschen schwerwiegende Folgen hatten. Es macht überhaupt nichts, dass das in Deiner Arbeit nicht vorkommt, aber mir ist es wichtig, dass Du es weißt.

Hoffentlich hast Du einen herrlichen Sommer. Wenn ich mich nicht irre, hast Du erwähnt, dass Du einen Ferienjob als Rettungsschwimmerin annehmen wolltest. Du musst ja eine herausragende Schwimmerin sein, wenn man Dir so eine große Verantwortung für kleine Kinder überträgt. In welchem Schwimmbad wirst Du Aufsicht führen? Hast Du Reisepläne? Ich habe leider vergessen, ob Du Geschwister hast.

Es tut mir leid, dass Du Deine Großmutter an Alzheimer verloren hast. Mein Schwager leidet ebenfalls daran. Eine hässliche Geschichte. Schlimm genug schon für den Außenstehenden, aber für den, der im Körper des Betroffenen steckt, wahrscheinlich noch viel schlimmer. Doch das kann niemand wissen, und das macht es nur noch unerträglicher. Ich bedauere jedes Kind, das so etwas mit ansehen muss.

Die Saftgläser mit dem Streifen und dem Kreis waren mal sehr in Mode. So lange wie ich sie schon besitze, ist es fast ein Wunder, dass sie ihre Farbe behalten haben. Aber natürlich spüle ich sie nicht in der Maschine, sondern von Hand, mit einem weichen Tuch.

Kommen wir zu Deinen Fragen über das Briefeschreiben. Beginnen möchte ich damit, dass ich mich durch Dich sehr bestätigt fühlte. Deshalb will ich Dir ein Geheimnis anvertrauen: Meine Korrespondenz hat mir immer wesentlich mehr bedeutet als meine gesamte juristische Arbeit. Briefe sind die Konstante in meinem Leben, während die Juristerei nur circa dreißig Jahre umfasst hat. Die Tätigkeit im Gericht war Arbeit; die Briefe sind das, was mich ausmacht. Ich habe nicht die leiseste Ahnung, wie viele ich geschrieben habe. Ich wäre nie auf die Idee gekommen, sie zu zählen, genauso wenig wie die, die ich selbst erhalten habe. Vermutlich mehr als tausend. Schon in meiner Kindheit habe ich Briefe geschrieben, manchmal an einen Schriftsteller oder Lehrer, öfter an Cousins und Cousinen, die ich zu selten gesehen habe. An den Chef der städtischen Feuerwehr und sogar an Harry Truman. So in der Richtung. Ich hatte eine Brieffreundin, ein Mädchen, das erst in derselben Straße gewohnt hat wie ich, später aber weggezogen ist, als wir an der Highschool waren. Wir schreiben uns bis heute! Alle vier bis sechs Wochen, und das seit mindestens sechzig Jahren. Wir haben Brüder geheiratet (Ich bin geschieden). Ah ja, und ihr Mann ist der, der ebenfalls Alzheimer hat. Das habe ich mir noch nie überlegt, aber so hat es wohl damals mit dem Brieschreiben angefangen. Mit Rosalie Boyd (die jetzt ja auch van Antwerp heißt). Sie ist die Patentante meiner Tochter. Alles ganz schön verworren, nicht wahr?

Ich schreibe jedem, der mir in den Sinn kommt. Freunden, Abgeordneten, Verlegern, Lehrern, Diplomaten, Autoren. Am liebsten schreibe ich Autoren. Natürlich ist das heutzutage nicht mehr so einfach, weil die Leute, seit es das Internet gibt, lieber mailen. (Mails sind ja auch schneller, einfacher, weniger umständlich, weil man sich nicht erst an den Schreibtisch setzen muss, keinen Stift und keine Briefmarke braucht etc.). Manchmal ist es auch schwieriger als früher, die Adresse herauszufinden. Aber wenn man es wirklich versucht, schafft man es meistens. Und man sollte es auf jeden Fall probieren. Eine Mail kann einen handschriftlichen Brief nicht ersetzen. Ich habe Angst, dass der technische Fortschritt die Briefpost womöglich eines Tages ganz verdrängen wird, aber ich hoffe, dass ich längst unter der Erde bin, wenn es dazu kommt.

Du möchtest wissen, wie ich schreibe? Ich setze mich mit einem Stapel Briefpapier und meinen Lieblingsstiften an den Schreibtisch. Der steht vor einem kleinen Fenster mit Blick auf den Fluss. Darunter wuchert das Geißblatt, das im Sommer die Kolibris anlockt, und dahinter liegt mein Garten. Meistens ist es vollkommen still im Haus, aber wenn mich die Gefühle überkommen, lege ich eine Tschaikowski- oder Strawinski-CD ein. Vor mir steht ein Glas Wasser oder eine Tasse Tee. In der Regel schreibe ich montags, mittwochs und freitags, jeweils ungefähr zwei Stunden. Was ich nicht fertigbekomme, schiebe ich auf den Samstag. Wenn mich zwischendurch plötzlich die Schreiblust packt – beziehungsweise die Schreib*wut*, weil ich über ein aktuelles Ereignis in Rage geraten bin –, setze ich mich natürlich auch schon mal spontan an den Schreibtisch. Das Briefpapier bestelle ich in England. Seit ich es entdeckt habe, kommt mir kein anderes mehr ins Haus. Einmal im Monat fahre ich zur Post und kaufe Briefmarken. Ich nehme nie die jahreszeitlichen Sondermarken, sondern nur die klassischen Stars and Stripes, weil es beim Schreiben auch auf die Struktur ankommt, auf eine Ordnung, die einzuhalten ist. Wenn der äußere Rahmen stimmt, kann man über jedes Thema schreiben. Man kann alles sein, kann jedem schreiben. Und zwar, was man will.

Ich schreibe langsam. Für einen Brief brauche ich schon mal eine Stunde oder länger. Ich übereile nichts. Ich lege mir jeden Satz genau zurecht. Meine Hand ermüdet nicht. Man darf sich nicht hetzen. Sonst schreibt man leicht Sachen, die man nicht so gemeint hat. Außerdem ist es anstrengend. Es erfordert Geduld, das auszudrücken, was man sagen möchte. Das treffende Wort zu finden. Manchmal schreibe ich zuerst eine Rohfassung, die ich korrigiere, bevor ich die endgültige Version zu Papier bringe und abschicke. Ich bin der Überzeugung, dass die zwischenmenschliche Kommunikation ein kostbares Gut ist. Du darfst nicht vergessen, dass Worte – und damit meine ich vor allem niedergeschriebene Worte – unsterblich sind. Manchmal fängt man am besten mit einem einfachen Dankesschreiben an, Caroline, für ein Geschenk, eine Gefälligkeit oder einen Brief. Und dann wartet man ab, was passiert. Beantworte jede Frage, die man Dir stellt, und stelle Deinem Gegenüber ebenfalls Fragen. Schon hast Du einen immerwährenden Kreislauf der Zugewandtheit und des Interesses in Gang gesetzt.

Du darfst mir gern antworten, wenn Du möchtest, aber ich würde Dir vorschlagen, Dir jemanden zu überlegen, der weit weg wohnt, den Du nicht oft siehst oder mit dem Du nicht oft telefonierst, mit dem Du aber liebend gern in Verbindung bleiben würdest. Und diesem Menschen schreibst Du dann. Dazu wünsche ich Dir alles Gute.

Mit herzlichen Grüßen,

Sybil van Antwerp

Fakultät für Anglistik
University of Maryland, College Park
College Park, MD 20742
AN: Melissa Genet, Dekanin der Fakultät für Anglistik
VON: Sybil van Antwerp

5. August 2015

Ich schreibe Ihnen zum fünften und letzten Mal, bevor ich mich gezwungen sehe, meiner Bitte, Ihre Haltung zu meiner Seminarteilnahme als Gasthörerin an der Fakultät für Anglistik zu überdenken, entschiedener Nachdruck zu verleihen. Seit Ihrer ersten Absage sind zwei Jahre vergangen, zwei Jahre meines Lebens, die unwiederbringlich verloren sind. Ich kann allerdings nicht gänzlich ausschließen, dass Sie sich erst nach und nach in Ihre Position als Dekanin hineinfinden mussten. Ich würde ein Seminar für Neuere Literatur bevorzugen. Also frühestens ab dem Jahr 1800. Ich bin mit meiner Geduld bald am Ende!

(12. September 2015 – Fortsetzung. Die vorherigen Seiten wurden NICHT abgeschickt)

Daan ist gestern Abend gestorben. Das wollte ich Dir sagen.

Rosalie van Antwerp
33 Orange Lane
Goshen, CT 06756

12. September 2015

Liebe Rosalie,
ich hatte Dir nicht erzählt, dass Daan mir im Mai geschrieben hat, einen langen Brief, in dem er viel zu sagen hatte. Ich habe ihn seitdem zigmal gelesen. Es ist ein fürchterlicher, zugleich aber auch wunderbarer Brief. Dass Daan nie einem Menschen geschrieben hat, ist mir unbegreiflich. Ein ums andere Mal habe ich mich mit dem Vorsatz hingesetzt, ihm zu antworten, aber ich konnte keinen Gedanken fassen, was mir, soweit ich mich zurückerinnern kann, noch nie passiert ist. Heute Morgen hat Fiona angerufen, um mir zu sagen, dass er gestorben ist. Sie war bei ihm. Ich habe ihm nicht geschrieben. Ich hab den Briefbogen hier vor mir liegen, oben sein Name, darunter viel unzulängliches Geschreibsel. Direkt vor mir liegt er. Ach, Rosalie. Wie unermesslich sich mein Leben angefühlt hat, aber was habe ich heute vorzuweisen?

In der Früh bin ich hinunter zum Fluss gegangen und dachte an unsere Reise an den Lac Saint Pierre. Das habe ich mir ganz bewusst angetan, als Strafe vielleicht, als Selbstgeißelung, genauso wie ich mich jetzt zwinge, Dir darüber zu schreiben. Ich lasse meine Gedanken nur sehr selten dorthin zurückkehren, Rosalie. Wenn ich eine Weltkarte im Kopf habe, hat sie an jenem Ort an der kanadisch-amerikanischen Grenze einen blinden Fleck, doch heute Morgen habe ich versucht, mich zu erinnern. Sogar nach den Urlaubsfotos von damals habe ich gesucht, aber die muss ich wohl alle weggeworfen haben. Ich wollte mir in Erinnerung rufen, wie wir waren, bevor Gilbert starb, wie wir als vollständige Familie waren. An jenem Morgen. In jener Woche. Wie war meine Familie damals? Daan hatte mit jemandem vom Boston College über eine Dozentenstelle geredet. Das fiel mir erst heute wieder ein. Es ging um einen Posten an der Fakultät für Sprachwissenschaften. In den Wochen vor der Reise hatte es enorme Spannungen zwischen uns gegeben, weil er natürlich zusagen wollte und ich nicht im Traum daran dachte, meine Stelle zu kündigen, aber ich glaube, es war uns einigermaßen gelungen, den ungelösten Konflikt zu Hause zu lassen, und ich weiß noch, dass wir in dem Urlaub viel gelacht haben. Erinnerst Du Dich? Du warst hochschwanger und trugst diese fürchterlichen Hängerchen und hattest ganz dick geschwollene Fußknöchel, und eines Abends saßen wir mit einer Flasche Whiskey auf der Terrasse und haben über Deine Knöchel Tränen gelacht. Das muss doch wohl bedeuten, dass alles gut war, wenn ich mich an so viel Gelächter erinnern kann. Und die Kinder waren in einem wunderbaren Alter. Ich habe mich gezwungen, an seinen Todestag zu denken. In meiner Erinnerung bin ich an den Tag zurückgekehrt. Ich habe im Geist meine Kleidung rausgesucht (so weit bin ich noch gekommen: Jeans und weißes Oberteil). Aber als ich versucht habe, mir selbst zum Steg zu folgen, wo ich saß, als er ins Wasser sprang, konnte ich es nicht. Als würde vor dem versperrten Raum, in dem diese Erinnerung verwahrt ist, ein Wachtposten stehen, der mich nicht hineinlässt. In mein eigenes Gedächtnis! Aber er lässt mich nicht rein, weicht nicht von der Stelle. Ich stehe da wie eine Blinde. Weiter kam ich nicht. Ich konnte nicht hinein. Dabei weiß ich doch, was passiert ist. Er ist kopfüber ins Wasser gesprungen, auf dem Felsensims aufgeschlagen und hat sich das Genick gebrochen. Ich habe ein Bild im Kopf, sehe seinen nassen Rücken; er liegt auf der Seite. Es ist sein Körper. Wasserperlen auf dem braun gebrannten Rücken. Irgendjemand muss ihn rausgezogen haben – wer? Ich? Hat ihn auf den Steg gelegt, auf die Seite. Er hatte zwei Leberflecke auf dem Rücken, die ich wohl angestarrt haben muss, denn wenn ich seinen nassen braunen Rücken vor mir sehe, sehe ich die beiden Leberflecke. Habe ich um Hilfe geschrien? Wer hat ihn aus dem See geholt? War ich das? In meiner Erinnerung herrscht tiefe Stille. Es ist lange her, dass ich mich dorthin gewagt habe. Jahre. Vielleicht sogar Jahrzehnte. Woran erinnere ich mich? Plötzlich verzehre ich mich nach diesen Erinnerungen. Schreib mir, woran Du Dich erinnerst, ja?

Daan wird in drei Wochen beerdigt, aber ich kann unmöglich hin. Bruce hat mir angeboten, mit mir zusammen rüberzufliegen. Er, Marie und die Kinder wollen natürlich an der Beerdigung teilnehmen. Ich habe gerade mit Felix telefoniert, der findet, ich muss dabei sein. Er sagt, vor einer Beerdigung darf man sich nicht drücken, und prinzipiell bin ich ganz seiner Meinung. Vielleicht überlege ich es mir noch. Ich wollte immer sehen, wo Daan herkommt.

Syb

Postskriptum: Ich lese gerade »Rebecca« von Daphne du Maurier, aber es ist sehr zäh. Was liest Du?

Kindredproject.org MESSAGING PORTAL

AN: Henrietta Gleason

VON: Sybil van Antwerp

DATUM: 21.09.2015

Guten Tag,

vor gut drei Monaten erhielt ich von der oben genannten Webseite eine Meldung über eine »DNA-Übereinstimmung«. Es liegt ein Versehen vor. Ich hatte nicht die Absicht, andere Kindred-User in die Lage zu versetzen, Kontakt mit mir aufzunehmen. Ich hatte wohl getrunken, als ich das Kästchen aus Versehen angeklickt habe. Außerdem verliere ich langsam mein Augenlicht. (Ich bin keine Alkoholikerin; ich trinke fast nie. Es war eine Verkettung unglücklicher Umstände.) Ich hatte mir vorgenommen, die Meldung zu ignorieren, habe sie nach ein paar Tagen aber dann doch geöffnet. Es sieht ganz so aus, als wären wir genetisch verwandt.

Ich heiße Sybil Stone van Antwerp. Ich wohne in Annapolis, Maryland. Aufgewachsen bin ich vor allem in Philadelphia. Ich habe zwei erwachsene Kinder und drei Enkel. Ich wurde innerhalb der USA adoptiert. Mein Bruder, der ebenfalls adoptiert wurde, stammt ursprünglich aus Irland. Vielleicht hat dieser DNA-Treffer ja auch weiter nichts zu bedeuten. Nachdem ich mir fast ein Jahr lang eingeredet habe, dass die ganze Sache nur ein großer Schwindel ist, melde ich mich nun trotzdem bei Ihnen. Ich glaube, ich würde gern von Ihnen hören, damit ich dieses Kapitel, das mich doch sehr beschäftigt, gedanklich abschließen kann.

Mit herzlichen Grüßen
Sybil van Antwerp

<ERROR> <User VAN ANTWERP, SYBIL>
Re: Nachricht an Henrietta Gleason
VON: KINDRED PROJECT Account Services
DATUM: 21.09.2015

Der User, dem Sie schreiben wollten, hat seinen Account entweder vorübergehend pausiert oder permanent deaktiviert.
Sobald der User den Account wieder aktiviert, geht ihm Ihre Nachricht zu.

Bitte wenden Sie sich bei weiteren Fragen an accounts@kindredproject.org

AN: customerservice@kindredproject.org
VON: sybilvanantwerp@aol.com
DATUM: 25.09.2015, 10:00
BETREFF: BRAUCHE HILFE (z. Hd.: Basam)

Guten Morgen, Basam. Haben Sie Ihren Lebenslauf fertig? Denken Sie daran, ich bin Ihnen gern dabei behilflich, ihn zurechtzufeilen. Schicken Sie mir ruhig die Rohfassung. Eine berufliche Veränderung wäre auf jeden Fall gut für Ihre Familie. Sie würden definitiv mehr verdienen als bei Kindred, und Ihre Frau könnte ganz aufhören zu arbeiten, falls sie das möchte. Was ich natürlich nicht wissen kann. Könnten Sie in meinem Profil nachschauen, ob ich eine Mail an Henrietta Gleason geschickt habe? Das ist die Frau, mit der ich mir anscheinend einen Großteil der DNA teile. Ich stecke fest und komme nicht weiter. Wäre es vielleicht möglich, dass Sie sich in ihr Profil einloggen, wie Sie es ja schon öfter bei mir gemacht haben, und mir ihre E-Mail-Adresse heraussuchen? Beziehungsweise eine Telefonnummer oder eine Postanschrift? Seit ich nun doch beschlossen habe, mich mit ihr in Verbindung zu setzen, kann ich Sie nicht erreichen. (Dabei weiß ich noch nicht mal, ob ich sie wirklich erreichen *will*, aber ich möchte mir alle Optionen offenhalten.)
Vor ein paar Wochen ist mein Mann gestorben. Genauer gesagt, mein Exmann. Ich habe einen Flug nach Belgien gebucht, wo in ungefähr zehn Tagen die Beerdigung stattfindet. Mir graut davor. Ich ergehe mich in Selbstmitleid, und dann denke ich an Sie und weiß, dass alles noch viel schlimmer sein kann. Das schreibe ich Ihnen, damit Sie

wissen, dass ich dann längere Zeit nicht am Computer sitzen werde. Schicken Sie mir den Lebenslauf, wenn es Ihnen passt.

Herzlich, Sybil van Antwerp

(1. Oktober 2015 – Fortsetzung. Die vorherigen Seiten wurden NICHT abgeschickt)

Dass Daan tot ist, weißt du schon. Aber vielleicht wird es irgendwann real, wenn ich es immer wieder aufschreibe. Die Beerdigung ist in Belgien, und ich habe ein Flugticket. Ich fliege am 3. Oktober. Es wird meine erste Auslandsreise, abgesehen von dem verdammten Urlaub in Kanada, der nicht zählt.

Ich – in einer Kleinstadtkirche, umgeben von Menschen, die eine mir unverständliche Sprache sprechen, Daan im offenen Sarg aufgebahrt. Es ist ein Vierteljahrhundert her, seit ich ihn zuletzt gesehen habe. Mehr oder weniger. Ich habe ihn noch so vor Augen wie an dem Tag, als er ging. Neben Fiona auf der Fluggastbrücke. Das blonde Haar, das er damals etwas länger trug. Die noch immer sehr schlanke Figur in Jeans und den Lederslippern, die er so mochte. Er trug einen Kammgarnblazer und hatte die Reisetasche in der Hand. Fiona hat sich noch einmal nach mir umgedreht und kurz gewinkt, nichts Dramatisches, sie wollte ja im Sommer wiederkommen. Hier ein anderes Detail, an das ich mich erinnere: Im Umdrehen hat sie etwas zu ihm gesagt, ihre Lippen bewegten sich, aber natürlich waren Daan und sie zu weit entfernt, als dass ich etwas hätte verstehen können. Ich hoffte sehr, sie würde etwas über mich sagen, dass ich dort stand, irgendeine unwichtige Bemerkung, und ich hoffte inständig, dass er ihr etwas antwortete. Ich habe mir so gewünscht, dass auch er sich noch einmal umdreht wie Fiona, aber vergeblich. Wahrscheinlich habe ich es erst in diesem Augenblick realisiert. Bis dahin hatte ich wohl nicht wahrhaben wollen, dass es tatsächlich passieren würde. Dann war er fort, ohne einen letzten Blick zurück, und eine Schockwelle traf mich bis ins Mark. Es war ein Gefühl, als vibrierte mein ganzer Körper, so wie die Luft bebt, wenn man einen Gong anschlägt.

Warum habe ich das geschrieben?

Ja. Weil ich nicht weiß, ob ich es ertragen kann? Das Bild, das ich von ihm habe – Daan in der Blüte seiner Jahre, lebensstrotzend auf dem Weg zum Flieger –, ersetzt zu sehen durch das des von Krankheit schwer gezeichneten Leichnams eines alten Mannes? Ich glaube, so in etwa drehen sich meine Gedanken im Kreis. Ich habe furchtbare Angst. Aber vor einer Beerdigung darf man sich nicht drücken. Es gibt in meinen Augen nichts Wichtigeres als die Teilnahme an einer Beerdigung.

Ich habe einen Stalker. Nachdem Richter Donnelly gestorben war, hat mir dieses Individuum einen derben, gehässigen Brief geschickt, der mich sehr verunsichert hat. Solche Post habe ich schon seit Ewigkeiten nicht mehr bekommen. Ich musste an die alten Zeiten bei Gericht denken. Guy und ich (und andere) haben damals hin und wieder solche unschönen Briefe bekommen, von Leuten, die mit dem Urteil unzufrieden waren und sich ihren Hass von der Seele schreiben mussten. Aus diesem Grund hatte ich sogar eine Geheimadresse. Als irgendwann der zweite Schrieb eintraf, war das zwar nicht angenehm, aber er hat mir keine Angst gemacht, und ich habe versucht, nicht mehr daran zu denken. Nach einer Weile allerdings, nach einem Jahr vielleicht, hat mir das Individuum dann den dritten Brief geschickt –

und meinem Haus einen Besuch abgestattet. Das weiß ich, weil sie oder er (es klingt mir eher nach einem Mann) meinen Garten und meinen einzigartigen Briefkasten beschrieben hat. Du fragst Dich vielleicht, ob ich einen Verdacht habe, um wen es sich bei dem Absender handeln könnte. Ich habe keine Ahnung. Er hat mit seinen Initialen unterschrieben, mehr nicht. Der Mensch hat mir gedroht, mich erneut heimzusuchen. Auf mich wirkt das so, als wolle er mir zwar Angst einjagen, mir aber nichts antun. Und der Plan ging auf. Als ich die Drohung las, habe ich es richtig mit der Angst bekommen, Pferdchen. Ich kann mich nicht erinnern, wann ich mich das letzte Mal so gefürchtet habe. Ich finde es schrecklich, Angst zu haben. Ich wüsste nichts Schlimmeres. Jetzt stelle ich mir vor, dass mich dieser Mensch beobachtet, während ich langsam blind werde, und dass ich, wenn ich mein Augenlicht erst vollständig verloren habe, das nicht einmal mehr mitbekomme. Mir würde bestimmt jeder raten, mich an die Polizei zu wenden, aber das habe ich nicht vor. Was könnte die Polizei schon groß machen, außer ab und zu einen Streifenwagen vorbeizuschicken? Wenn ich es Fiona oder Bruce erzähle, regen sie sich bloß auf oder reden mir zu, dass ich umziehen soll (am liebsten würden sie mich jetzt schon ins Altersheim stecken), und danach steht mir ganz und gar nicht der Sinn. Ich könnte natürlich meinen Nachbarn Theodore Lübeck in Alarmbereitschaft versetzen. Ich habe mir zwar eine Überwachungsanlage mit Kamera installieren lassen, aber weil ich nicht besonders gut damit zurechtkomme, schalte ich sie fast nie ein.

Doch genug davon. Ich schreibe Dir dann, wie es mit der Beerdigung weitergegangen ist.

Ms Joan Didion
30 E. 71st. St. #5A
New York, NY 10021

6. Oktober 2015

Liebe Joan,
heute findet Daans Beerdigung statt, er war mein Exmann. Das Flugticket liegt hier vor mir auf dem Schreibtisch, oben auf dem Bücherstapel. Ich konnte dann doch nicht zum Flughafen fahren, bin in allerletzter Sekunde – vor drei Tagen – einfach zu Hause geblieben. Gut möglich, dass mir diese Entscheidung noch leidtun wird, aber jetzt ist sie nicht mehr zu ändern. Für mich hat längst der Herbst des Lebens angefangen, ach was, er neigt sich sogar schon dem Ende zu. Mir bleibt nicht mehr viel Zeit für späte Reue. Ich habe noch einmal »Das Jahr magischen Denkens« gelesen. Bei der ersten Lektüre, die jetzt auch schon wieder einige Jahre her ist, dachte ich mir bereits, dass ich das Buch eines Tages erneut zur Hand nehmen würde. Obwohl sich meine Situation von der Ihren stark unterscheidet, weil Daan und ich ja lange getrennt gelebt haben, fasst es meine Gefühle – ob berechtigt oder nicht – ganz wunderbar in Worte. (Und natürlich habe ich kein Anrecht darauf).

Wie geht es Ihnen? Ich würde mich freuen, von Ihnen zu hören.

Sybil

AN: sybilvanantwerp@aol.com

VON: Fiona.VanAntwerpBeau@cgemarchitects.com

DATUM: 01.11.2015, 06:15

BETREFF: Dads Beerdigung

Mom, ich bin wieder in London. Walt ist mit Charles schon letzte Woche zurückgeflogen, aber ich bin noch geblieben, um Lina zu helfen, Dads Sachen auszusortieren. Die Beerdigung war perfekt. Der Trauergottesdienst fand in der alten katholischen Kirche statt, wo Oma und Opa geheiratet haben. Ich habe ein paar entfernte Verwandte kennengelernt usw.

Ich kapier einfach nicht, warum du nicht gekommen bist. Bruce sagt, wegen deiner Flugangst. Schön und gut. Ich weiß ja, dass du nicht verreist, und ich habe mir sogar selbst schon eingeredet, dass du mich genau aus diesem Grund auch nicht in London besuchst. Aber bei deiner Einstellung, deinen hehren Grundsätzen und Anstandsregeln ... Wer hat mir denn eingetrichtert, dass man sich vor einer Beerdigung NICHT drückt? Auch wenn man den Verstorbenen nicht gut kannte oder ihn nicht leiden mochte. Okay, er war nicht mehr dein Mann, aber er war mein Vater. Bruces Vater. Gilberts Vater. Du hättest kommen müssen. Wenn ich mich sonst mal über irgendetwas aufrege, verraucht meine Wut mit der Zeit meistens von selbst. Doch je länger es in mir arbeitet, dass du nicht da warst, desto wütender werde ich. Lina hat mir erzählt, dass er dir geschrieben und auf eine Antwort gewartet hat, aber von dir kam nichts. Von der Frau, die zu Hause hockt und den ganzen Tag nichts anderes macht, als mit Gott und der Welt zu korrespondieren, die genau wusste, dass er nicht mehr lange zu leben hatte. Ich begreife dich nicht. Ich habe dich noch nie begriffen.

Aber egal. Jedenfalls hat Dad dir ein paar Sachen hinterlassen, darunter eine Halskette von seiner Mutter, die du wohl immer schön fandest, und ich glaube, ein Buch. Vielleicht auch noch mehr. Bruce hat alles mitgenommen. Er sagt, er sieht dich in ein paar Wochen.

Fiona

Ms Sybil S. van Antwerp
17, Farney Rd.
Arnold, Maryland 21012
USA

09.11.2015

Sehr geehrte Ms van Antwerp,

mein Name lautet Angela Bleeker, ich bin Rechtsanwältin und Mitarbeiterin in der Kanzlei Drost & Drost in Brüssel, Belgien. Zunächst möchte ich Ihnen zum Tod Ihres geschiedenen Ehegatten Daan van Antwerp mein herzliches Beileid aussprechen. Seit Jahren vertrete ich nicht nur ihn, sondern auch andere Mitglieder seiner Familie. Wann immer wir beruflich miteinander zu tun hatten, ist Daan mir als respektvoller, freundlicher Mensch begegnet. So zuletzt auch gegen Ende seines Lebens, als ich seinen Nachlass für ihn regeln durfte.

Es mag Sie überraschen, dass Mr van Antwerp Sie in seinem Testament als Begünstigte eingesetzt hat. Er hinterlässt Ihnen eine stattliche Geldsumme aus seinem Vermögen, welches nach dem Ableben seines Onkels vor sechs Jahren beträchtlich angewachsen ist. Ich würde gern telefonisch mit Ihnen besprechen, welche genauen Angaben wir benötigen, um das Geld auf ein Bankkonto Ihrer Wahl zu transferieren. Leider war in den Papieren Ihres geschiedenen Gatten Ihre Telefonnummer nicht zu finden. Anbei sende ich Ihnen ein Formular, in das Sie bitte baldmöglichst Ihre aktuellen Kontaktdaten eintragen, um es anschließend an die im Briefkopf angegebene Nummer zu faxen. Wahlweise können Sie auch die in der Fußzeile angegebene Nummer anrufen, beziehungsweise uns die Angaben per Mail oder Brief zukommen lassen.

Ich würde mich freuen, schon bald mit Ihnen telefonieren zu können.

Angela Bleeker

Rechtsanwältin
Kanzlei Drost & Drost, Belgien

Ms van Antwerp
17 Farney Road
Arnold, MD
21012

18.12.2015

Liebe Ms van Antwerp,
vielen Dank für das Rätselheft! In fünf Tagen hatte ich es durch. Ich war überrascht, dass Sie mir immer noch an jedem 15. im Monat geschrieben haben, obwohl ich Ihnen vier Monate überhaupt nicht geantwortet habe. Warum haben Sie mir weiter Briefe geschickt? Ohne Ihnen noch einmal zu schreiben, wollte ich Ihnen zu verstehen geben, dass ich Ihnen nicht mehr schreiben möchte, aber Sie haben es nicht verstanden. Dies ist mein letzter Brief an Sie.

Was in den letzten fünf Monaten alles passiert ist:

1. Ich habe an meiner neuen Schule angefangen, der Maxwell Academy. Ich bin im zehnten Schuljahr, aber hier sagen sie »zweite Klasse« dazu. Die Kurse an der Schule sind gar nicht schlecht, und das Gebäude ist sehr, sehr schön. Man kriegt viel mehr Hausaufgaben auf. Sie haben mich in die oberste Leistungsgruppe für Mathe gesteckt und in eine AG, in der nur ganz wenige Jungen sind, und ich bin der Beste in der Klasse. Das Schulessen ist sehr gut, (mindestens) genauso gut wie das Essen von unserer Köchin zu Hause, und es gibt hier

eine Wasserballmannschaft, in der ich mitspiele, und ich bin besser als 60 % der Spieler. Patrick war mein einziger Freund hier (ich habe ihn noch am Ende der »ersten Klasse« kennengelernt), aber er ist jetzt nach Delhi (INDIEN) umgezogen, weil sein Vater von Präsident Obama zum Botschafter ernannt worden ist.

2. An meiner Schule sind mehrere Jungen, die sich aus den unterschiedlichsten Gründen über mich lustig machen, unter anderem, weil ich fettige Haare und Schweißhände habe, manchmal sind sie so schwitzig, dass ich einen Handabdruck hinterlasse. (Das hat im Sommer angefangen. Ich war deswegen beim Arzt, da haben sie mir Botox in die Hände gespritzt, aber das hat höchstens 7 bis 8 Tage gewirkt.) Sie sagen, ich stinke, und sie nennen mich Brüllaffe, wegen dem einen Koller, den ich letztes Jahr hatte und über den ich Ihnen in meinem Märzbrief 2015 geschrieben habe. (Wussten Sie, dass ich alle unsere Briefe fotokopiere, bevor ich sie abschicke, damit ich sie schön ordnen kann? Dann ergeben sie einen Sinn, und wenn ich wissen will, was Sie oder ich früher mal geschrieben haben, brauche ich bloß zurückzublättern und nachzusehen. Ich bewahre sie in zwei Dreiloch-Ringbüchern auf.) Ich hasse es, wenn sie Brüllaffe zu mir sagen. Wenn sie in meine Nähe kommen, stelle ich mir immer vor, wie ich mich in meinem Körper verkrieche. Es ist schwer zu erklären. Irgendwie, als ob ich mich von innen nach außen kremple. Es ist echt irre: Meistens mache ich keinen Muckser, aber es fühlt sich an, als ob ich innendrin brülle.

3. Ich bastele mir ein Lusitania-Modell aus einem Bausatz, den Susannah mir in London bestellt hat.
4. Ich schreibe an einer neuen Geschichte.
5. Meine Mom war wieder in der Klinik, in einer anderen diesmal, aber als sie wieder rauskam, ist sie zu ihren Eltern nach Santa Barbara gezogen. Am 6. Oktober war das. Ich weiß nicht, ob sie Weihnachten nach Hause kommt. Meine Schwester Lauren kommt, aber Susannah nicht, weil sie in Peru für eine neue Wohltätigkeit arbeitet. Lauren hat sich an Thanksgiving mit Steve verlobt, aber wenn sie mit Dad darüber redet, weint sie jedes Mal, deshalb weiß ich nicht, ob sie glücklich oder unglücklich ist. Ich finde es auf jeden Fall traurig, auch wenn ich verstehe, dass die Menschen an beiden Enden der Gefühlsskala weinen. Die Hochzeit findet am 14. Juni 2016 statt.
6. Thor ist ein toller Hund. Nach der Schule mache ich jeden Tag einen richtig langen Spaziergang mit ihr. Sie ist wahnsinnig klug, deswegen braucht sie nicht an der Leine zu gehen. Letztens habe ich ihr den Befehl »Verstecken« beigebracht, und wenn ich das jetzt sage, versteckt sie sich sofort hinter einem Busch oder einem Auto oder so, und wenn ich dann »Rauskommen« sage, kommt sie sofort angesprungen. Grandios!
7. Ich lese zum zweiten Mal den Foundation-Zyklus von Isaac Asimov.

Dieser Brief wird wohl mein letzter sein. Vergessen Sie unsere alte Abmachung nicht; Sie haben mir versprochen, meinem Dad nichts von dem zu erzählen, was in den Briefen steht – es sei denn, ich bin in Gefahr. Ich habe Ihnen immer gern geschrieben, es hat Spaß gemacht. Genauso gern habe ich auch immer am 15. einen Brief bekommen, da ist man so schön auf der Hälfte mit den Tagen, jedenfalls mehr oder weniger, weil ja auch manche Monate mehr als 30 Tage haben. Und einer hat weniger. Aber jetzt will ich nicht mehr. Vielleicht können Sie mir noch ein letztes Mal schreiben, um das Jahr zu beenden, weil ich ja damals als Erster geschrieben habe. Können Sie es so machen, dass der Brief am 31. Dezember 2015 bei mir ankommt? Dann wäre wirklich alles im Gleichgewicht, auch wenn ich unser System in den letzten Monaten ziemlich durcheinandergebracht habe. Falls Sie mir wieder schreiben, würde ich gern wissen a) wie es um Ihr Augenlicht steht, b) ob die Dekanin der Fakultät für Anglistik an der University of Maryland Sie zu einem Seminar zugelassen hat, c) ob Sie immer noch zu den Sitzungen des Gartenvereins gehen und d) ob Sie mit dem Texaner noch mal essen waren.

Herzliche Grüße,

Harry Landy

AN: jameswlandy@gmail.com
VON: sybilvanantwerp@aol.com
DATUM: 28.12.2015, 17:55
BETREFF: Harry

Hallo, James,

normalerweise hält mich ja Harry mit seinen monatlichen Lageberichten über die Geschehnisse im Hause Landy auf dem Laufenden, aber in den letzten Monaten hat er mich ein bisschen vernachlässigt. So etwas habe ich schon seit Längerem kommen sehen, denn schließlich begann unsere »Brieffreundschaft«, als er noch in der Grundschule war. Nachdem er jetzt auf der Highschool ist, wird es immer unwahrscheinlicher, dass er noch Lust hat, sich mit einer alten Frau zu schreiben. Ich habe ihm trotzdem weiter Briefe geschickt, aber gerade als ich dachte, dass es wohl allmählich an der Zeit sei, die Korrespondenz einschlafen zu lassen, bekam ich diese Woche einen Brief von Harry, der mich aus mehreren Gründen überrascht hat. Hat Marly dich nun endgültig verlassen, James? Dass sie letzten Winter erneut in der Klinik war, wusste ich ja, aber jetzt deutet der Junge an, dass sie nach einem erneuten Aufenthalt wieder zu ihren Eltern gezogen ist. Deine Mädchen kommen darüber hinweg, James, Harry jedoch ist sehr labil. Ich habe ihm versprochen, über den Inhalt seiner Briefe Stillschweigen zu bewahren, doch ich mache mir Sorgen um ihn. Ich weiß, dass du seinen Schulwechsel für nötig und richtig befunden hast, aber ist dir klar, wie das Kind an der neuen Schule gequält wird? Du musst ihn dazu bringen, sich dir anzuvertrauen, James.

Mit den allerherzlichsten Grüßen – für Weihnachten (verspätet) und das Neue Jahr (verfrüht),

Sybil

Postskriptum: Ich komme mit Mick Watts nach Washington – Symphoniekonzert und Abendessen.

Postskriptum 2: Es beunruhigt mich sehr, dass dieser Donald Trump für das Präsidentenamt kandidiert. Es sieht fast so aus, als wäre er nicht mehr zu stoppen, James. God save the Queen. Schlimmer kann es nicht mehr werden. Höchste Zeit, dass ich mich zu meiner neuen Partei bekenne und mich ins Wählerverzeichnis eintragen lasse. Wer hätte das jemals für möglich gehalten? Sybil Stone wird Demokratin. Das wäre ein guter Titel für meine Memoiren.

AN: customerservice@kindredproject.org

VON: sybilvanantwerp@aol.com

DATUM: 06.01.2016, 10:05

BETREFF: BIN WIEDER DA (z. Hd.: Basam)

Lieber Basam,

HERR IM HIMMEL, was hatte ich für aufregende Zeiten! Hier eine Zusammenfassung. Als ich Ihnen das letzte Mal gemailt habe, war es Herbst und ich habe Sie nach der Adresse von Henrietta Gleason gefragt. Eigentlich wollte ich zur Beerdigung meines Exmannes, der im Oktober an Krebs gestorben ist, aber ich bin dann doch nicht geflogen. Es ist eine lange Geschichte. Bald danach hatten wir einen Hurrikan. Bei uns in der Straße ist der Blitz in ein Trafohäuschen eingeschlagen, und es kam zu einer »Überspannung«. Diese »Überspannung« hat sich irgendwie bis in meine elektrischen Geräte ausgebreitet und meinen Computer gekillt. Es war ein ALBTRAUM, es hat geknallt und gequalmt, und ich bin schreiend aus dem Haus gerannt (peinlich, peinlich). Der Computer musste auf den Müll, er hatte noch nicht mal mehr Schrottwert, der Super-GAU. Sie können es sich vorstellen. Ich dachte, meine ganzen Mails wären weg, die Fotos und die Website-Favoriten, mein Bücherei-Account. (Wie sich zeigte, konnte ich das meiste davon retten. Es war gar nicht auf der Festplatte gespeichert, sondern im Internet. Es gibt also doch einen Gott!). Allmählich sehe ich wieder Land, aber es hat Monate gedauert. Dazu kam noch ein Kampf bis aufs Messer mit der Dekanin der Fakultät für Anglistik

an der University of Maryland und so weiter und so fort. Haben Sie versucht, mir Ihren Lebenslauf zu schicken? Ich habe ihn nicht bekommen.
Zu guter Letzt: Obwohl ich einigermaßen entschlossen bin, den Kontakt nicht zu suchen, wüsste ich doch gern, ob es Ihnen gelungen ist, Henrietta Gleasons Adresse ausfindig zu machen. Bitte entschuldigen Sie die lange Funkstille!

Mit herzlichen Grüßen,
Sybil van Antwerp

AN: sybilvanantwerp@aol.com

VON: customerservice@kindredproject.org

DATUM: 06.01.2016, 19:07

BETREFF: Re: BIN WIEDER DA (z. Hd.: Basam)

Sehr geehrte Ms Sybil van Antwerp,

vielen Dank für Ihre Nachricht. Der Kindred Project Customer Service hilft Ihnen gern weiter. Da es sich bei Henrietta Gleason nicht um ein aktives Mitglied von Kindredproject.org handelt, können wir Ihnen keine vertraulichen Auskünfte über die Person geben, es sei denn, sie reaktiviert ihren Account, sodass Sie ihr Profil einsehen können.

Bei weiteren Fragen sind wir jederzeit gern für Sie da! Vielen Dank, dass Sie Kindredproject.org kontaktiert haben.

Shelley

AN: customerservice@kindredproject.org

VON: sybilvanantwerp@aol.com

DATUM: 08.01.2016, 10:07

BETREFF: Re: RE: BIN WIEDER DA (z. Hd.: Basam)

Guten Tag!

Shelley, könnten Sie meine Mail bitte an Basam weiterleiten, den Mitarbeiter, der sich um all meine Belange kümmert? Seinen Nachnamen kenne ich nicht, aber ich weiß, dass er aus Syrien stammt, verheiratet ist und zwei Kinder hat. Außerdem hat er ein Ingenieursdiplom von einer renommierten ägyptischen Hochschule. In Ihrer Abteilung dürfte es wohl nicht allzu viele Kollegen geben, auf die diese Angaben zutreffen.

Mit freundlichen Grüßen,
Ms van Antwerp

AN: sybilvanantwerp@aol.com
VON: customerservice@kindredproject.org
DATUM: 08.01.2016, 12:00
BETREFF: Re: RE: Re: BIN WIEDER DA (z. Hd.: Basam)

Guten Tag, Ms van Antwerp,

Basam ist nicht mehr bei Kindred beschäftigt. Sie können sich bei Fragen und Problemen vertrauensvoll an mich wenden.

Bei weiteren Fragen sind wir jederzeit gern für Sie da! Vielen Dank, dass Sie Kindredproject.org kontaktiert haben.

Shelley

AN: customerservice@kindredproject.org
VON: sybilvanantwerp@aol.com
DATUM: 09.01.2016, 06:43
BETREFF: Re: RE: Re: RE: BIN WIEDER DA (z. Hd.: Basam)

Hallo, Shelley, wohin um alles in der Welt ist der Mann verschwunden? Hätten Sie eine Telefonnummer oder eine E-Mail-Adresse, unter der ich ihn erreichen kann?

Ms van Antwerp

AN: sybilvanantwerp@aol.com
VON: customerservice@kindredproject.org
DATUM: 11.01.2016, 16:44
BETREFF: Re: RE: Re: RE: Re: BIN WIEDER DA (z. Hd.: Basam)

Guten Tag, Ms van Antwerp,

nein, tut mir leid.

Bei weiteren Fragen sind wir jederzeit gern für Sie da! Vielen Dank, dass Sie Kindredproject.org kontaktiert haben.

Shelley

Rosalie van Antwerp
33 Orange Lane
Goshen, CT 06756

18. Februar 2016

Liebe Rosalie,
hol Dir erst mal ein großes Glas Brandy und setz Dich hin. Ich habe nämlich etwas zu berichten. Und das mit dem Drink meine ich ernst, Rosalie. Vorher überzeugst Du Dich noch, dass Paul und Lars gut versorgt sind.

Also dann: Ich bin gestürzt. Keine Panik, es geht mir gut, ich will Dir nur erzählen, wie es passiert ist. Es ist jetzt ungefähr fünf Tage her, da konnte ich nicht mehr einschlafen, nachdem ich um vier Uhr morgens aufgewacht war. Normalerweise würde ich dann spätestens um fünf Licht machen und lesen, doch diesmal habe ich einfach keine Ruhe mehr gefunden. Als hätte mich ein Geräusch, das ich nicht näher bestimmen konnte, aus dem Schlaf gerissen. Eine Zeit lang lag ich nur da und lauschte auf den Wind, bis ich irgendwann beschloss, nach draußen zu gehen und nach dem Rechten zu sehen. Der Mond schien, und weil es eine typische frostige Februarnacht war, zog ich einen dicken Pullover, Mantel und Stiefel an. Mir war ein bisschen sonderbar zumute, als ich so im Vorgarten stand und in die Baumwipfel hinaufsah, Äste und Zweige bewegte Schatten im Mondlicht, kein Geräusch, nur das Rascheln des Windes in den Blättern, und mein Garten, den ich doch in- und auswendig kenne, mit einem Mal von fremdartiger Schönheit.

Ich weiß nicht, ob ich im Februar schon je zu dieser frühen Stunde im Garten war. Weil im Mondschein alles so zauberisch aussah, kam mir die Idee, auf dem Waldweg zum Fluss hinunterzugehen. Nach einer Weile habe ich mich ans Ufer gesetzt und meinen Gedanken freien Lauf gelassen. Einfach vor mich hin sinniert. Über mein Alter, die Bilanz meines Lebens. Meine Karriere, was ich hätte anders machen können (und jahrelang nicht zugeben konnte. Die Gründe dafür. Aus Angst, vermutlich). Ich dachte an die Kinder – natürlich an Gilbert, aber noch viel mehr habe ich mich damit beschäftigt, warum ich mich mit Bruce so gut verstehe und mit Fiona gar nicht zurechtkomme. Solche Gedanken habe ich mir durch den Kopf gehen lassen.

Als ich mich wohl so gegen sechs auf den Rückweg gemacht habe, wurde es schon langsam hell. Auf einmal kam mir Theodore Lübeck entgegen und hat mich fast zu Tode erschreckt, Rosalie. Viel hat wirklich nicht gefehlt und ich wäre tot umgefallen. Er kam hinter der Magnolie hervor, die halb den Weg versperrt, Mütze auf dem Kopf, dunkle Jacke. Da hab ich einen Schrei ausgestoßen und einen großen Satz zur Seite gemacht, und natürlich bin ich gestolpert und umgeknickt. Mein Knöchel ist vor Schmerzen regelrecht explodiert. Ich bin gestürzt, konnte mich gerade noch mit der rechten Hand abstützen. (Gott sei Dank bin ich nicht auf die linke gefallen. Stell Dir doch das nur mal vor! Sybil van Antwerp ohne ihre linke Hand! Da kann ich mir ja gleich den Gnadenschuss geben lassen.) Ich konnte fühlen, wie es geknackt hat! Hast Du Dir nicht '94 den Fuß gebrochen? Aber er wurde von einem Autorad zerquetscht, nicht wahr? (Schrecklich, ich weiß. Wie grob von mir.) Mein Handgelenk dagegen ist durchgebrochen wie ein Ast. Ich kam nicht mehr hoch, die Hand und der Knöchel haben böse gepocht. Und dann kam Theodore angestürmt und hat sich auf die Knie geworfen, so wie damals, als ich seine Katze umgebracht habe (eine Erniedrigung jagt die andere). Er hat mich um Entschuldigung gebeten und mir beim Aufstehen geholfen. Ich musste meine Hand stützen, während er mich nach Hause gebracht hat; es waren nur noch 100 Meter bergauf. Er hat mich in einen Sessel gepflanzt, wollte einen Krankenwagen rufen und war so aufgelöst, dass ich ihn zurechtweisen musste, wegen so einer Lappalie gleich die Kavallerie zu Hilfe zu holen, wo ich doch einfach ins Auto steigen könne. Ich sei ja schließlich nicht am Verbluten. Andererseits wusste ich aber auch, dass das Handgelenk gebrochen war und ich mich von Theodore Lübeck in die Notaufnahme würde bringen lassen müssen. Genau so kam es dann auch. Er hat mich in meinem Wagen hingefahren, weil er einen tiefgelegten alten Porsche hat. Er meinte, das Ein- und Aussteigen würde mir schwerfallen. (Was für eine Frechheit! Als ob ich schlechter in Schuss wäre als er!) Er hat sich einfach meine Schlüssel vom Brett gegriffen und mich nach Annapolis ins Krankenhaus gebracht. Es war so PEINLICH; jeder, dem wir über den Weg liefen, dachte doch, er sei mein Ehemann, Rosalie. Dann wurde ich also untersucht, der Knöchel, das Handgelenk, aber nicht nur das. Sie haben mir auch auf dem Bauch rumgedrückt und die Lunge abgehorcht. Was für ein Gewese – und das alles vor dem Frühstück. Während sich die Nachtschicht an mir abarbeitet, heule ich wie ein Schlosshund, und nur Theodore Lübeck ist für mich da, fragt mich, ob ich ein Glas Wasser möchte, ob er die Kinder benachrichtigen soll. (Ein Theater, als ob ich mit einem Fuß im Grab stehe und nicht nur einen verstauchten Knöchel und eine gebrochene Hand habe). Zuletzt haben sie mich geröntgt und auch noch in eine MRT-Röhre gesteckt, nur um mir zu bestätigen, was ich längst wusste, und dann kam der Chirurg herein, um mich darauf vorzubereiten, dass man die Hand unter Umständen operieren müsse, wenn die Knochen nicht richtig wieder zusammenwachsen. Wie es der Zufall will, ist der Chirurg der Sohn meiner Freundin Helen Dittmyer, und dann mussten wir uns erst mal lang und breit über seine Mutter unterhalten. Benji (alias Dr. Dittmyer) hat außerdem gesagt, dass ich für eine Frau meines Alters sehr kräftige Knochen habe, was natürlich runterging wie Öl, aber ansonsten war es fürchterlich. Ich habe eine Schiene bekommen, die aussieht, wie von einem Kind im Kunstunterricht gebastelt, und bin jetzt wieder zu Hause. In ein paar Tagen muss ich noch mal zum Röntgen, weil sie sehen wollen, wie es heilt. Vor einer Operation graut mir. Ich müsste ein, zwei Nächte im Krankenhaus bleiben, und mir würde wohl nichts anderes übrig bleiben, als Bruce um Hilfe zu bitten, was mir unangenehm wäre. Ich will ihm doch nicht zur Last fallen.

Wir waren erst gegen zwei Uhr wieder zurück. Weil ich halb verhungert war, haben wir uns unterwegs beim Drive-in von McDonald's etwas zu essen geholt und es hinterher im Auto gegessen, in meiner Einfahrt. Es war sehr komisch. Theodore entpuppte sich nicht etwa als Spielverderber, sondern er hat mich zum Lachen gebracht. Es war aber auch zum Schießen, dass unsere erste gemeinsame Mahlzeit aus Papiertüten kam, die wir auf dem Schoß stehen hatten. Er hat ein wenig von seiner Frau erzählt, die recht früh gestorben ist – mit achtundsechzig. Er hat eine Tochter, die in Kalifornien lebt. Außerdem habe ich erfahren, dass er Jude ist. Und dabei hat er mir all die Jahre Weihnachtsgeschenke gemacht, aber er meinte, er begeht beide Feiertage. (Er zündet auch seine Menora an.) Ich finde das wirklich besonders nett von ihm. Und damit bin ich auch schon am Ende meiner Geschichte angelangt! Trotz der widrigen Umstände war es schön mit Theodore. Ich halte Dich über die Handgelenksentwicklung auf dem Laufenden. Mein Knöchel ist zwar bandagiert, doch ich kann den Verband nachts abnehmen. Er muss einfach von selbst ausheilen. Zurzeit gehe ich am Stock, kannst Du Dir das vorstellen? Aber nur bis zum Wochenende. Wenn es danach noch nicht besser ist, krabble ich zur Not auf allen vieren.

Schreib mir!

Syb

29.2.2016 (Schaltjahr)

Liebe Ms van Antwerp,

vielen Dank für den Kirschstreusel aus der deutschen Bäckerei! Das wäre wirklich nicht nötig gewesen, Sie haben mir oft genug gedankt. Aber es bedeutet mir viel, dass Ihnen von dem, was ich Ihnen über meine Mutter erzählt habe, dieses kleine Detail in Erinnerung geblieben ist. Ich habe seit Jahren nicht mehr so eingehend an sie gedacht. Bis der Kuchen bei mir eintraf, hatte ich nicht die leiseste Ahnung, dass es in Baltimore eine deutsche Bäckerei gibt. Zu meiner Überraschung sah er fast genauso aus wie der von meiner Mutter, und auch geschmacklich stand er ihm kaum nach. Ich habe die Bäckerei im Telefonbuch nachgeschlagen. Die Großmutter der Frau, die ich an den Apparat bekommen habe, hat das Geschäft gegründet, nachdem sie aus Deutschland nach Baltimore eingewandert war. Obwohl die Familie anscheinend aus der Mitte Deutschlands stammt und meine aus Küssaberg, so weit am unteren Rand, dass es schon fast in der Schweiz liegt, sind sich die Kuchen sehr ähnlich, nur der aus der Bäckerei ist eine Spur süßer. Die Frau hat sich sehr über meinen Anruf gefreut, und wir haben uns lange unterhalten. Sie war noch nie in Deutschland. Ich habe vor, nach Baltimore zu fahren, sie auf eine Tasse Kaffee einzuladen und mich durch ihr Kuchensortiment zu futtern. Sie hält sich möglichst genau an die deutschen Rezepte. Eine ruhige, freundliche Person. Genau wie meine Frau Katharina. Sehr still, aber den Schalk im Nacken. Immer umspielte ein leises Lächeln ihre Lippen, was sie bis ins hohe Alter jung wirken ließ, auch noch als sie wegen ihrer Demenz nichts mehr mitbekommen hat. Man hätte meinen können, sie amüsiere sich auf meine Kosten.

Ich denke ebenfalls gern an unsere Gespräche an dem verhängnisvollen Vormittag zurück, auch wenn die Umstände für Sie natürlich alles andere als angenehm waren. So wie Sie nicht aufhören können, mir zu danken, kann auch ich nicht aufhören, mich dafür zu entschuldigen, dass ich Sie erschreckt und dadurch das Unglück erst verursacht habe. Wie kommen Sie mit dem Gipsverband zurecht? Ich bin sehr erleichtert, dass Sie nicht unters Messer müssen. Als ich vor zwei Jahren an der Schulter operiert wurde, war ich monatelang in einer Weise beeinträchtigt, dass ich Sie mit den Einzelheiten lieber verschone. Ich muss Ihnen Recht geben, wenn Sie sagen, dass Sie Ihren Kindern nicht zur Last fallen wollen, weil sie auch so schon genug um die Ohren haben. Sie sprachen von drei Kindern, aber ich glaube, ich kenne nur zwei – Bruce und Fiona.

Hätten Sie vielleicht Lust auf eine Partie Gin Rommé heute Abend? Wir können den Kuchen essen. Ich hätte auch eine Flasche Scotch da, falls ich Sie damit locken kann. Ich habe nicht oft Gesellschaft, aber ich hatte heute Morgen meinen Putztag. Sie brauchen mir nicht Bescheid zu geben, kommen Sie einfach gegen sieben Uhr rüber, wenn Sie noch nichts vorhaben. Sonst bringe ich Ihnen morgen ein paar Stücke Kirschstreusel vorbei, nach meinem Spaziergang am Fluss.

Das ist das längste Dankesschreiben, das ich je zu Papier gebracht habe. Eine Frage noch: Möchten Sie mich zu der deutschen Bäckerei begleiten? Ich schätze die Fahrzeit auf

30 Minuten. Aber das können wir besprechen, wenn Sie heute Abend da sind.

Ihr Nachbar

Theodore

Sybil van Antwerp
17 Farney Rd.
Arnold, MD 21012

19.4.2016

Liebe Sybil,
ich möchte mich entschuldigen, dass ich unser Telefongespräch letzte Woche so abrupt beenden musste und dass es so lange gedauert hat, bis ich endlich dazu gekommen bin, Dir zu schreiben. Mir blieb nichts anderes übrig, als Paul am nächsten Morgen in die Notaufnahme zu bringen (mal wieder eine Lungenentzündung). Ich musste eine Nachbarin bitten, so lange auf Lars aufzupassen, komplizierte Sache, aber Paul geht es jetzt wieder gut, und ich habe eine ganze Nacht durchgeschlafen, und schon bin ich wieder am Ball. Gott sei Dank hast Du die Geschichte mit dem Handgelenk bald hinter Dir. In ein paar Wochen kommt der Gips runter, und Du musst nicht operiert werden. Besser hätte es gar nicht kommen können. Als ich mir gerade noch mal den Brief durchgelesen habe, den Du nach Deinem Sturz geschrieben hast, musste ich lachen (weil ich ja weiß, dass es Dir gut geht). Dein Mr Lübeck klingt nach dem perfekten Gentleman. Und das ist nicht nur so daher gesagt, Sybil. Du kennst meine Meinung, deshalb muss ich sie Dir nicht extra aufs Brot schmieren. Im Ernst, SYBIL. (Kleiner Einschub: Als ich Deinen Brief noch mal gelesen habe, musste ich an die vielen Briefe denken, die wir uns im Laufe der Jahre geschrieben haben – an die Kisten in meinem Schrank! Und

da kam mir ein Gedanke. Wenn wir sie alle aneinanderreihen würden, hätten wir eine unendlich lange, sich über Jahrzehnte erstreckende Geschichte zu erzählen. Die wahrscheinlich für jeden außer uns stinklangweilig wäre.)

Ich weiß ja, dass Du es nicht gern hast, wenn ich Dich auf Dein Augenlicht anspreche, und darum erwähne ich es in der Regel auch nicht, aber in Deinem Brief hast Du selbst davon angefangen. Also: Wie ist der Stand der Dinge? Wann warst Du zuletzt bei Dr. Jameson? Und wo wir schon mal bei Deiner Gesundheit sind: Ich weiß, dass das mit dem Gehstock ein Scherz war, aber sieh zu, dass Du alles dafür tust, wieder ganz auf die Beine zu kommen. Du kannst sehr stur sein, eine ganz wunderbare Eigenschaft – außer Du stehst Dir damit selbst im Weg. Einer muss auf Dich aufpassen, und ich mache mir Sorgen um Dich.

Doch nun zu einem anderen Thema. In Deinem Brief hast Du das angespannte Verhältnis zwischen Fiona und Dir angeschnitten, nur ganz kurz, weil es darin ja eigentlich um etwas anderes ging, aber ich habe seitdem viel darüber nachgedacht. Sicher könnte ich mich besser in Dich hineinversetzen, wenn ich selbst eine Tochter hätte (oder ein »normales« Kind, egal welchen Geschlechts), und als Ihr Lars und mich zu Fionas Paten gemacht habt, weil Ihr da bereits wusstet, dass mir dieses Glück nicht beschieden sein würde, war es für mich das größte nur denkbare Geschenk. Ihr hattet mir damit eine wichtige Rolle auf Lebenszeit zugedacht, und Du weißt, dass ich sie immer sehr ernst genommen habe. Das Verhältnis zu Fiona ist mir heilig, und wahrscheinlich, weil ich gerade eben <u>nicht</u> ihre Mutter bin, hat sie sich von Anfang an eng mit mir verbunden gefühlt –

eine Beziehung, ungetrübt von den oft so heiklen Unterströmungen, die (ganz unausweichlich, wie mir scheinen will) zwischen Müttern und Töchtern existieren. Und ich hatte von jeher das Gefühl, dass Fiona mich schon als kleines Kind ganz bewusst in ihr Leben einbezogen hat, weil sie wusste, wie viel es mir bedeutete. Für dieses Geschenk bin ich Dir unendlich dankbar.

Im Laufe der Jahre kam es immer mal wieder vor, dass ich zwischen Dir und Fiona geschickt hin und her manövrieren musste. Deine Familie ist mir ungeheuer wichtig, genauso wichtig ist mir aber auch mein Verhältnis zu ihr und zu Dir. Meistens ist es mir gelungen, aus Respekt Euch beiden gegenüber einen integren und ehrlichen Kurs zu steuern (ich habe es jedenfalls versucht). Doch nach der Lektüre Deines Briefs kann ich nicht anders, als Dir etwas zu sagen, was ich Dir bis jetzt verschwiegen habe.

Nachdem Daan im letzten Herbst gestorben war, hat Fiona mich in Connecticut besucht. Sein Tod hat sie schwer mitgenommen, und als sie dann ein paar Wochen vor Weihnachten zu einer Konferenz nach Boston musste, hat sie an ihre Geschäftsreise noch ein paar Tage drangehängt, um mich zu besuchen. Es war eine riesige Überraschung. Sie hat mich einen Tag vorher angerufen und gefragt, ob sie morgen vorbeikommen kann. Erst als sie dann da war, begriff ich, dass Du keine Ahnung von ihrer Reise hattest. Sie bat mich, Dir nichts davon zu sagen. Ich habe es ihr versprochen (was ich bedauere). Wir haben uns lange unterhalten. Das war es auch eigentlich schon, zwei Tage haben wir auf der Veranda gesessen und geredet und geredet. Am meisten geredet hat Fiona. Zutiefst erschüttert über Daans Tod, den sie noch nicht verarbeitet hatte, vom Gedanken an das Sterben aufgewühlt, gezeichnet von den quälenden Jahren des unerfüllten Kinderwunschs, (ein Leid, das ich natürlich nachempfinden kann), den Jahren mit den unzähligen negativen Schwangerschaftstests, den Fehlgeburten, die sie hatte, bevor sie mit der IVF-Behandlung anfing (das war alles ganz neu für mich, und ich habe mich gewundert, dass Du mir nichts davon erzählt hast). Sie hatte so viele Baustellen, nicht zuletzt die Beziehung zu Dir. Es steht mir nicht zu, über das, was sie mir anvertraut hat, ins Detail zu gehen, und Du musst mir glauben, dass ich immer in erster Linie Dir zur Loyalität verpflichtet war. Auch bei jenem Besuch habe ich es so gehalten, aber Fiona ist genauso frustriert über Euer Verhältnis wie du. Meiner Meinung nach könnte eine ehrliche Aussprache die Lösung sein. Am 25. Mai schriebst Du, dass Du keinen Grund wüsstest, warum Du Dich nicht mit ihr verstehst. Der Gedanke, dass Du wegen dieser Frage vielleicht schlaflose Nächte verbringst, lässt mich nicht mehr los, und ich musste an den wütenden Brief denken, den sie Dir nach Daans Beerdigung geschrieben hat, weil sie so empört war, dass Du nicht gekommen bist, und jetzt habe ich wieder einmal das Gefühl, zur Tatenlosigkeit verdammt zwischen euch zu stehen. Doch wenn ich Euch jetzt den Rat gebe, Eure Probleme offen auf den Tisch zu legen, könnte meine neutrale Position ausnahmsweise einmal nützlich sein. Ihr habt Euch doch lieb!

So, das war's. Das war alles, was ich Dir gesagt haben wollte. Ich entschuldige mich, dass ich Dir erst jetzt von ihrem Besuch erzähle. Das Schweigen lag mir ein halbes Jahr lang schwer im Magen, und ich kann mir vorstellen, wie verletzt Du sein wirst, wenn Du den Brief bekommst. Dafür entschuldige ich mich. Bitte melde Dich, ja?

Rosalie

P.S. Ich lese gerade »Inferno« von Dan Brown. Und Du?

AN: sybilvanantwerp@aol.com

VON: MansourBas850@hotmail.com

DATUM: 22.05.2016, 17:13

BETREFF: Hier ist Basam Mansour von Kindred

Hallo, Ms van Antwerp,

bitte entschuldigen Sie, dass ich Ihnen von meiner privaten E-Mail-Adresse aus schreibe. Kindred hat mir vor der Jahreswende gekündigt; ich verdiene mein Geld jetzt als Uber-Fahrer und liefere für ein vietnamesisches Restaurant die Bestellungen aus. Ich suche immer noch nach einer Anstellung aus meinem beruflichen Umfeld.

Mir ist ein dummer Fehler passiert. Ich habe nämlich versucht, Ihnen meinen Lebenslauf von der Kundendienstadresse aus zu mailen. Das System hat eine Firewall, von der ich nichts wusste, die solche Anhänge aufspürt. Das hätte ich vorhersehen müssen. Mein Vorgesetzter hat meine Postfächer durchforstet und unseren langen Mailwechsel entdeckt. Weil es nicht erlaubt war, dass ich mich mit Ihnen geschrieben habe, hat er mir den Zugang zu meinen Konten abgeschnitten, und ich habe zwei Wochen ohne Kundenkontakt gearbeitet. Danach hat Kindred mich rausgeworfen. Das war sehr schlimm, aber ich kann es auch verstehen. Ich wusste ja, dass es sich nicht gehörte, Ihnen meinen Lebenslauf zu schicken.

Vor einigen Monaten habe ich versucht, Ihnen zu mailen. Als ich keine Antwort bekam, ging ich davon aus, dass Sie kein Interesse hatten, den Kontakt außerhalb des Kindred-Rahmens aufrechtzuerhalten, was ja nur verständlich wäre, aber heute Morgen habe ich mir meine Mail noch mal angesehen, um zu prüfen, ob es vielleicht möglich ist, dass ich Ihre Adresse falsch geschrieben habe. Weil ich, wie schon gesagt, nach meiner Versetzung in eine andere Abteilung nicht mehr an meine Kindred-Informationen herankam, musste ich sie aus dem Gedächtnis eintippen. Und tatsächlich: Statt »vanantwerp« habe ich »vonantwerp« geschrieben.

Falls dies die richtige E-Mail-Adresse ist, würde ich mich über eine Antwort freuen. Und bitte verzeihen Sie mir die unkonventionelle Art der Kontaktaufnahme. Hiermit hänge ich Ihnen meinen Lebenslauf an. Ich wäre Ihnen für jede Hilfe dankbar.

Ich würde mich freuen, von Ihnen zu hören.
Basam Mansour

P.S. Ich hatte mich in den Account Ihres DNA-Treffers eingeloggt. Den Namen habe ich vergessen, aber ich weiß noch, dass die Frau, die sich mit Ihnen in Verbindung gesetzt hat, in Fort William, Schottland, lebt. Als ich noch bei Kindred gearbeitet habe, war ich hin und her gerissen, ob es moralisch in Ordnung wäre, Ihnen die Information zukommen zu lassen, aber aus diesem Vertrag bin ja nun entlassen.

Felix Stone
7 Rue de la Papillon
84220 Gordes
FRANKREICH

6. Juli 2016

Lieber Felix,
was für eine Woche ich hinter mir habe! Eigentlich wollte ich Dich anrufen, weil so viel passiert ist, dass nicht einmal ich es schaffe, alles in einen Brief zu packen. Doch weil Du noch auf Deiner Wanderung durch Argentinien bist, bleibt mir nichts anderes übrig, als Dir zu schreiben, was ich ja sowieso lieber mag. Außerdem wollte ich heute Nachmittag eigentlich Unkraut jäten, aber dann ist ein Unwetter aufgezogen, und es sieht ganz danach aus, als ob es sich bis heute Abend eingeregnet hat. Deshalb sitze ich jetzt hier am Schreibtisch, was auch von Vorteil ist. Bevor ich irgendeinen Satz zu Papier bringe, kann ich ihn gründlich durchdenken, statt einfach draufloszuplappern und mich beim Sprechen womöglich zu verhaspeln.

Ich habe Grauenvolles durchgemacht!

Vor zehn Tagen bekam ich einen Brief von der Sekretärin der Dekanin der Fakultät für Anglistik an der UMDCP. SIE HAT MICH AN EINE HANDLANGERIN ABGESCHOBEN! Dieses Kind – eine gewisse Ellie – schreibt mir, dass sich an Melissas Sicht der Dinge hinsichtlich meiner Teilnahme an einem Anglistikseminar nichts geändert hat. Im letzten Absatz wird mir von dieser Person (= Ellie) mitgeteilt, dass

Dr. Genet es sehr begrüßen würde, wenn ich die Angelegenheit »auf sich beruhen ließe«. An ihrer Entscheidung sei »nicht zu rütteln«. Auf sich beruhen lassen? ICH? Niemals! Du kennst mich.

Am darauffolgenden Tag erhielt ich einen Anruf von James Landy. Vielleicht sagt Dir der Name auf Anhieb nichts. Er war persönlicher Referent von Tom Buggs, wechselte später an ein Bundesgericht und ist heute selbst Vorsitzender Richter. Ich pflege seit nun schon fast zehn Jahren eine Brieffreundschaft mit seinem Sohn: Der Junge hat Probleme. Seine Eltern halten ihn für zurückgeblieben, aber ich hatte schon immer das Gefühl, dass sie ihn falsch einschätzen. Das Kind ist ein Mathematikgenie. Im zwischenmenschlichen Umgang tut er sich schwer, aber das gilt für mich genauso. Er heißt Harry. Ein charmanter, intelligenter, aufmerksamer Junge, der leider hin und wieder einen Koller kriegt und ausrastet. Die »normalen« Jungen piesacken ihn (die sportlichen, grausamen, Du kennst die Sorte. Dich haben sie damals auch nicht anders behandelt). Er ist jetzt sechzehn, und obwohl sich zwischen seinen Briefen in letzter Zeit immer größere Lücken auftaten, habe ich ihm immer weiter geschrieben, denn ich hatte das Gefühl, dass er ein bisschen ratlos war. Als ob er einerseits keine Lust mehr hatte, einer alten Frau wie mir zu schreiben, andererseits aber die Korrespondenz aufrechterhalten wollte, weil sie so etwas wie eine therapeutische Wirkung auf ihn hat. Mit mir kann er sich freimütig über seine Probleme austauschen. Vor ein paar Jahren – ich weiß nicht, ob ich es Dir je erzählt habe – ist er von zu Hause weggelaufen und stand urplötzlich bei mir vor der Tür. Du siehst also, worauf ich hinauswill: Wir haben einen guten Draht zueinander. Zu allem Überfluss ist auch noch seine Mutter psychisch angeschlagen. Sie war schon immer seltsam, doch seit ein paar Jahren ist sie oft längere Zeit in der Klinik. Sie leidet an einer Angststörung, die sich rapide verschlimmert. Es geht ihr zunehmend schlechter. Letzte Woche kam dann der Anruf von James. Er wollte wissen, wann ich das letzte Mal etwas von Harry gehört habe. Als ich sagte, es sei um die Weihnachtsfeiertage herum gewesen, erzählte er mir, dass der Junge versucht hat, sich mit Tabletten das Leben zu nehmen. Und wenn ihn nicht das Hausmädchen gefunden und einen Krankenwagen gerufen hätte, wäre er gestorben. Jetzt ist er im Krankenhaus, und wenn es ihm wieder besser geht, kommt er für ein paar Wochen oder Monate in eine psychiatrische Reha. Ach, Felix. Manchmal fühlt man sich so müde.

Mick Watts hat mich nach Houston eingeladen. Er sagt, er will mit mir auf die Jagd gehen (kannst Du Dir das vorstellen?) und mich in seinen Golfclub mitnehmen, wo es die »besten Krabbenküchlein aller Zeiten« gebe. IN TEXAS! Ich habe ihn gefragt, ob er mich beleidigen wolle. Jedenfalls hat er mich während eines Telefongesprächs eingeladen, und soll ich Dir was sagen, Felix? So sehr es mir allein bei dem Gedanken an Texas graut, diese trockene Einöde, wo der heiße Wind die Steppenhexen über die Prärie weht, die Leute bewaffnet sind und Cowboyhüte tragen, spiele ich doch tatsächlich mit dem Gedanken, die Einladung anzunehmen. Allerdings stecke ich in einer Zwickmühle. Wie soll ich es Dir erklären, ohne wie ein dummer Backfisch zu klingen? Tja, ich bin in letzter Zeit viel mit Theodore Lübeck zusammen. Wir spielen manchmal abends Gin Rommé, und vor ein paar Wochen sind wir nach

Baltimore gefahren, zu einer deutschen Bäckerei, die Oma's heißt. Bei schönem Wetter unternehmen wir gemeinsam Spaziergänge. Theodore weiß nichts von Mick. Was natürlich NICHT heißt, dass es da irgendetwas zu wissen gibt! Aber als ich Micks Einladung bekam, wurde es mir etwas mulmig, und dann fiel bei mir der Groschen: Nach einer Flaute von einem Vierteljahrhundert werde ich plötzlich von zwei Männern gleichzeitig umworben!

So, jetzt noch das Tüpfelchen auf dem i. Als ich mich heute Morgen in meine Mails eingeloggt habe, fand ich zu meiner Überraschung eine Nachricht von meinem alten Freund Basam. Du erinnerst Dich vielleicht? Vor ein paar Jahren hat er mir mit der Kindred-Webseite geholfen. Ein feiner Mensch. Er kommt aus Syrien und ist Ingenieur, und ich wollte ihm helfen, eine anständige Stelle zu finden, aber als mein Computer im letzten Herbst wegen der Überspannung außer Gefecht gesetzt war, hatte ich monatelang keinen Kontakt mehr zu ihm, und als ich ihm dann im Frühling gemailt habe, hat mir eine andere Mitarbeiterin geantwortet und geschrieben, dass Basam nicht mehr bei Kindred arbeitet. Das fand ich seltsam, aber so ist das Leben: seltsam.

Und dann heute – Wunder über Wunder. In meinem Postfach wartete eine Mail von Basam auf mich, von seiner PRIVATEN Adresse. Sie haben ihm bei Kindred gekündigt, weil er sich mit MIR geschrieben hat, wegen UNSERER Korrespondenz. (Er hatte mir seinen Lebenslauf geschickt, weil ich ihm doch bei der Stellensuche helfen wollte.) Aber pass auf, jetzt kommt der eigentliche KNÜLLER. (Tut mir leid, aber ich habe ja gleich gesagt, dass es für einen einzigen Brief zu viel ist!) Deshalb nur ganz schnell, ohne ins Detail zu gehen:

Ich habe einen DNA-Treffer. Das weiß ich sogar schon länger. Aber was sollte ich mit so einer Information anfangen? Ich verrate es dir. Erst einmal habe ich geraume Zeit gar nichts gemacht. Was hatte ich mit diesen Leuten zu schaffen, die mich weggegeben haben? Zum Schluss siegte dann aber doch die Neugier. Ich habe die betreffende Person angemailt – eine gewisse Henrietta Gleason. Und soll ich Dir was sagen? Ihr Account war stillgelegt! Deswegen hatte ich Basam vor der langen Funkstelle gebeten, mir zu helfen, sie aufzuspüren. Und jetzt ist er wieder da. UND er hatte Informationen für mich, die er mir noch vor seiner Kündigung bei Kindred beschafft hat. Er sagt, die Frau, mit der ich eine 49-prozentige DNA-Übereinstimmung habe, wohnt in Schottland. Henrietta Gleason. Und was fange ich nun damit an? Damit und mit allem anderen? Da plätschert das Leben reibungslos vor sich hin, ohne die leiseste Störung, und dann auf einmal PENG! CHAOS!

Ruf mich an, wenn Du aus
Argentinien zurück bist.

Syb

Postskriptum: Fiona und ich haben diese Woche telefoniert – seit einem Monat der erste Anruf, nicht bloß eine SMS oder E-Mail. Sie wollte mir sagen, dass sie nach einem erfolgreichen Embryonentransfer noch ein Kind bekommt. Die Wissenschaft verrät ihnen, dass es ein Mädchen wird. Sie soll Frances heißen, Rufname Frannie. Dir kann ich es ja gestehen – ich finde den Namen fürchterlich.

AN: sybilvanantwerp@aol.com
VON: Roy@coastaleyepartners.com
DATUM: 20.07.2016, 08:23
BETREFF: Ihr letzter Termin

Liebe Sybil,

ich bin froh, Sie gestern gesehen zu haben, auch wenn die Augentropfen nicht so gut anschlagen wie erhofft und der Verlust Ihres Augenlichts rascher voranschreitet als erwartet. Leider liegt das in der Natur der Erkrankung. Sie kann jahrelang unauffällig bleiben, und plötzlich geht es ganz schnell abwärts. Die schwarzen Pünktchen, die Sie sehen, werden noch zunehmen oder gleich bleiben, aber kaum von selbst verschwinden, und das Sehvermögen wird mehr und mehr schwanken. Während Sie an manchen Tagen eine dramatische Verschlechterung auf einem oder beiden Augen erleben, könnte sich schon am nächsten Tag alles wieder eingependelt haben. Angenehm ist das nicht. Ich möchte noch einmal meine Bedenken hinsichtlich Ihres Alleinlebens betonen, zumal Sie weder Ihren Sohn noch Ihre Tochter von der Sachlage in Kenntnis gesetzt haben. Auch kann ich Sie nicht sehr viel länger guten Gewissens Auto fahren lassen. Als Sie das letzte Mal gestürzt sind, war es schlimm genug mit dem gebrochenen Handgelenk, aber was, wenn es in Zukunft noch übler ausginge? Ich denke da beispielsweise an Treppenstufen oder Bordsteinkanten. Könnten Sie nicht jemanden finden, der Ihnen tagsüber behilflich ist, zumindest stundenweise? Während die Krankheit unaufhaltsam voranschreitet, weiß man leider nicht immer, was für Beeinträchtigungen auf einen zukommen. Auch die Kopfschmerzen, die Sie erwähnten, gehen sicher auf die Überanstrengung der Augen beim Lesen und Schreiben zurück, obwohl ich Sie inzwischen gut genug kenne, um zu wissen, dass ich Ihnen diese Betätigungen ohnehin nicht ausreden kann.

Ich finde wirklich, Sie sollten sich zeitnah mit dem Blindenverein in Baltimore in Verbindung setzen, den ich Ihnen empfohlen habe. Die haben da gute Leute und bieten in allen Stadien der Erkrankung Hilfsmittel und Unterstützung.

Ich wollte mich auch noch für den Bildband über Golfplätze bedanken. Das war überaus aufmerksam von Ihnen, wenngleich vollkommen unnötig. Sie haben mich auf die Idee für ein Projekt gebracht: Wie viele davon kann ich in meinem Leben noch bespielen? Ich bin einundvierzig – was würden Sie wetten?

Dr. Jameson

Sybil van Antwerp
17 Farney Rd.
Arnold, MD 21012
USA

21.7.2016

Sybil, wir haben eben erst telefoniert, und jetzt sitze ich hier und bespreche die Angelegenheit mit Stew. Je länger ich mir das mit Deiner Miss Henrietta überlege, desto deutlicher sehe ich, was für eine Schande es wäre, auf eine Blutsverwandte gestoßen zu sein und sie nicht zu kontaktieren. Was für eine Verschwendung. Schließlich war sie doch nicht diejenige, die Dich zur Adoption freigegeben hat, oder? Sie war damals ja noch gar nicht geboren. Du hast einen Schatz gefunden – und den musst Du heben!

Felix

AN: **MDWattsIV@gmail.com**

VON: sybilvanantwerp@aol.com

DATUM: 19.08.2016, 08:23

BETREFF: Absage

Hallo, Mick, es tut mir sehr leid, dass ich Sie enttäuschen muss, aber ich kann leider mein Versprechen nicht halten. Ich muss meinen Besuch in Houston ausfallen lassen. Ein sehr guter Freund von mir, der gerade eine familiäre Krise durchmacht, hat mich gebeten, seinen Sohn, einen Teenager, für eine Weile bei mir aufzunehmen. Ich weiß nicht, für wie lange, ob nur für ein paar Wochen oder mehr, aber ich gebe Ihnen natürlich Bescheid, sobald ich Genaueres sagen kann. Den Jungen kenne ich seit Jahren; sein Vater ist Richter James Landy. Sind Sie ihm mal begegnet? Er ist ein lieber Mensch, wenn er mir auch etwas zu stur an der Republikanischen Partei festhält. Mit der neuen Trump'schen Prägung ist sie mir inzwischen regelrecht zuwider.

Jedenfalls tut es mir sehr leid, dass ich Sie nicht besuchen kommen kann. Hoffentlich können Sie unsere Flugtickets noch stornieren. Ich melde mich so bald wie möglich. Schade, ich hatte mich so auf die Jagd gefreut.

Herzlich,

Sybil

Rosalie van Antwerp
33 Orange Lane
Goshen, CT 06756

1. Oktober 2016

Liebe Rosalie

seit gut zwei Wochen wohnt Harry bei mir. Als er eingezogen ist, sah er schrecklich aus, er war nur noch ein Strich in der Landschaft. Dunkle Augenringe, ein Gesicht wie ein Streuselkuchen, von Fett regelrecht triefende Haare. Als James ihn bei mir abgeliefert hat, bin ich richtig erschrocken. Er ist ein Riese, so groß wie Daan, aber dünn wie ein Fädchen. Es ist nicht zu übersehen, dass der Junge eine Mutter braucht. Er wirkte komplett willenlos, wie ein Lamm, das zur Schlachtbank geführt wird, und ich konnte James ansehen, dass er Angst hatte, ich würde es mir doch noch anders überlegen. So erfolgreich er auch beruflich ist, so sehr verzweifelt er daran, dass seine Familie vor die Hunde geht. Was für ein Elend. James hatte Tränen in den Augen. Er gibt sich selbst die Schuld, obwohl er wahrlich nicht für alles verantwortlich ist, aber ein bisschen Selbsterkenntnis kann auch nicht schaden.

Der Junge ist still und in sich gekehrt. Er schläft viel, was aber laut James an seinen Medikamenten liegt. Früher brauchte er höchstens fünf Stunden Schlaf in der Nacht. Schulisch kommt er zurecht, da muss ich zum Glück nicht hinterher sein. Beim Essen ist er heikel, und er redet nicht viel mit mir. Nach seinen Briefen habe ich ihn mir mitteilsamer vorgestellt, aber entweder haben die letzten Monate etwas in ihm abgetötet, oder er hat seine Selbstsicherheit aus dem Schreiben geschöpft, wie es ja vielen geht. Die meiste Zeit sitzt er oben auf seinem Zimmer. Ich glaube, er beschäftigt sich mit Rätseln und Lesen. (Der Junge rätselt für sein Leben gern, und er ist ein großer Fan von Fantasy und Science-Fiction). Oder er spielt am Computer World of Warcraft, worin es um magische Welten und monumentale Schlachten geht. Außerdem macht er noch etwas, das er »Coding« nennt. Er hat versucht, es mir zu erklären – natürlich vollkommen verlorene Liebesmüh. Ab und zu geht er eine Runde spazieren – ich vergaß zu erwähnen, dass er seinen Hund dabeihat, ein haarendes Riesenviech namens Thor, wegen dem ich zweimal am Tag den Staubsauger schwinge. Zweimal die Woche fährt er zur Therapie (Harry, nicht der Hund). Ich glaube nicht, dass er noch suizidgefährdet ist. Alle paar Tage frage ich ihn ganz direkt: »Du hast doch nicht vor, dich umzubringen?« Ich will mich überzeugen, dass alles in Ordnung ist, und er versichert mir, dass er es nicht noch einmal versuchen wird. Das glaube ich ihm auch. Er ist voller Marotten, aber aufrichtig. Und äußerst praktisch veranlagt. Meistens kriege ich ihn abends zu dem einen oder anderen Kartenspiel – da stellt er sich sehr geschickt an, und er bringt mir Mah-Jongg bei. Wir schauen eine Dokumentarserie über einen Mann, der ungesichert senkrechte Felswände hochklettert. Ich versuche dahinterzukommen, was ihn motivieren könnte. Der Junge scheint so antriebslos. Aber ich bin froh, dass er da ist, und das beantwortet wohl Deine Frage, wie es denn so geht.

Es ist nicht leicht, sich mit einem Kind im Haus Zeit zum Schreiben freizuschaufeln, aber ich tue, was ich kann. Ich sitze immer noch an »Das Haus des Windes« von Louise Erdrich.

Sybil

AN: MansourBas850@hotmail.com

VON: sybilvanantwerp@aol.com

DATUM: 11.11.2016, 20:21

BETREFF: Job + und Kind im Haus

Lieber Basam,

hier das Neueste über meine Stellensuche für Sie: Ich habe Ihren Lebenslauf über meinen Sohn Bruce an Dale Woodson weitergeleitet. Bruce hat erzählt, Dale hätte gerade eine Menge Ärger wegen einer eingestürzten Brücke in Pittsburgh (Gott sei Dank ist es in den frühen Morgenstunden passiert, sodass es nur drei Todesopfer gab). Nun will der Bundesstaat Pennsylvania die Firma verklagen, die für die Bauwerksprüfungen verantwortlich ist. Jedenfalls hakt Bruce in ein paar Wochen noch mal bei Dale nach, sobald sich der Wirbel etwas gelegt hat.

Außerdem wollte ich Ihnen über die neuesten Entwicklungen bei mir zu Hause berichten. Ich hatte ja schon geschrieben, dass ich ziemlich eingespannt sein würde, weil ich mich um einen Teenager kümmere, der zurzeit bei mir wohnt. Er findet meine Geschichten über Kindred und den Gentest sehr spannend, und als ich ihm dann auch noch von dem DNA-Treffer erzählt habe, meinte er begeistert, 49 % Übereinstimmung sei wirklich viel, die betreffende Frau und ich könnten eigentlich nur Schwestern sein. Das war ein Schock, aber ich habe mir nichts anmerken lassen. Eines Abends, als ich schon schlief, hat er sie tatsächlich im Internet aufgespürt. In einer Online-Publikation stand ein kurzer Artikel über die bahnbrechenden

Forschungsarbeiten einer renommierten Bodenkundlerin aus ihrer Gegend namens Henrietta »Hattie« Nell Gleason (Rufname Hattie). Auf eine mir völlig schleierhafte Weise hat Harry über viele Ecken und Umwege ihre Adresse herausgefunden; sie wohnt tatsächlich in Schottland, in Fort William, wie Sie gesagt haben. Angesichts dieser Information muss ich nun eine Entscheidung treffen. Was denken Sie?

Mit herzlichen Grüßen,
Sybil van Antwerp

26. Dezember 2016

Lieber Theodore,
danke für die köstlichen Buckeye Cookies, die Sie mir gestern vor die Tür gestellt haben, und frohe Weihnachten nachträglich, wie auch einen frohen dritten Chanukka-Tag. Alle haben sich über Ihre leckeren Bonbons gefreut. Fiona ist nicht gekommen, und Bruce war mit seiner Familie nur gestern zu Besuch, sodass ich den Tag heute zum Aufräumen nutze. Bitte entschuldigen Sie, dass ich Sie im Dezember nicht zum Symphoniekonzert begleiten konnte. Wahrscheinlich ist Harry ab morgen oder übermorgen zurück, dann muss ich mich wieder um den Jungen kümmern.

Hätten Sie vielleicht Lust, nächste Woche mal zum Abendessen rüberzukommen und mit uns Karten zu spielen?

Herzlich,

Sybil

(2. Januar 2017 – Fortsetzung. Die vorherigen Seiten wurden NICHT abgeschickt)

An Neujahr ziehe ich jedes Mal Bilanz. Als würde ich in die Speisekammer gehen und Inventur machen – was ich noch habe, was ich brauche, der Stand der Dinge. So halte ich es immer am ersten Januar. Gestern habe ich lange nachgedacht und beschlossen, mich nun doch bei der Frau in Schottland zu melden. Wie Du weißt, glaube ich an einen allwissenden Gott, der für uns denkt und uns lenkt. Wenn es sein Wille ist, dass der Kontakt zustande kommt, soll es so sein. Manchmal kommt es mir fast verrückt vor, der Vorsehung immer noch zu vertrauen, und doch bleibt mir nichts anderes übrig.

Wie merkwürdig mein Leben in letzter Zeit geworden ist. Als Harry Mitte September bei mir ankam, ging ich davon aus, es wäre nur für ein paar Tage oder vielleicht eine Woche, und jetzt ist er schon seit gut drei Monaten hier. Am Sonntag kommt er aus den Ferien zurück. Fiona macht sich Sorgen, dass ich ausgenutzt werde – ich nicht. Ich habe extra darauf bestanden, dass er so lange bleibt, wie es ihm guttut. Und nun ist da plötzlich diese Schottin, mit der ich hoffentlich in Verbindung treten kann, ein Menschlein unter Milliarden, das theoretisch mit mir verwandt ist. Wie seltsam sich das anfühlt. Ich sitze hier gemütlich am Schreibtisch, während draußen zehn Grad Kälte herrschen und es hin und wieder ein paar Flocken schneit, ich wärme mich an meiner Teetasse und frage mich: Bin ich denn einsam gewesen? Ich hätte das nie so gesehen, aber nun, da ich darüber nachdenke, frage ich mich, war ich vielleicht immer einsam? Ich weiß nicht, ob ich mich in der Welt jemals heimisch gefühlt habe, aber da bin ich sicher nicht die Einzige. Ich bin mir nicht sicher, was ich eigentlich damit sagen will, aber mein geordnetes Dasein ist ganz schön durchgerüttelt worden, und zum ersten Mal seit Langem habe ich keine Ahnung, was mich erwartet.

Ms Henrietta Gleason
Hoply
The Yule Road
Fort William PK98 4FC
Schottland
UK

6. Januar 2017

Liebe Ms Gleason,
lassen Sie mich damit beginnen, dass dies bei Weitem der seltsamste Brief ist, den ich jemals geschrieben habe, und ich habe eine Menge geschrieben. Ich heiße Sybil Stone van Antwerp und bin am 29. Mai 1939 in den USA geboren. Gut ein Jahr später wurde ich von Lawrence und Margaret Stone adoptiert. Vorausschicken möchte ich noch, dass ich selbst nicht glauben kann, was ich hier tue, nämlich, Ihnen schreiben.

Vor ein paar Jahren schenkte mir Bruce, mein Ältester, zu Weihnachten die Mitgliedschaft in einem Verein namens Kindred, wo man seine DNA testen lassen kann. Er bezweckte damit wohl zweierlei: Da sein Vater (mein Exmann) schwer erkrankt war, suchten seine Schwester Fiona und er angesichts dieses bevorstehenden existenziellen Verlusts nach einem Halt, wie wir es sicher alle tun würden. Während ihr Vater immer weniger wurde, klammerten sie sich immer stärker an mich und stellten sich Fragen über ihre Herkunft. Jedenfalls brauchte ich einige Zeit, um nicht nur das Geschenk zu akzeptieren, sondern auch die Tatsache, dass den Kindern in ihrem Leben etwas fehlte. Es hat lange gedauert, aber schließlich habe ich die Speichelprobe doch eingeschickt. Ich war selbst überrascht, wie gespannt ich auf das Resultat gewartet habe. Irgendwann bekam ich es dann endlich per Mail. Das Tortendiagramm meiner vermutlichen Abstammung weckte etwas in mir, von dem ich gar nicht gewusst hatte, dass es in mir schlummerte, ganz tief im Verborgenen. Ich muss gestehen, mir kamen die Tränen. Wundern Sie sich, dass ich Ihnen das alles erzähle? Ich wundere mich auch. Aber lassen Sie mich zur Sache kommen.

Ich hatte nie vor, meine DNA mit der anderer Menschen abzugleichen. Mein Stammbaum, so viel wusste ich nun, reichte zurück bis nach Russland, zu den Britischen Inseln sowie den amerikanischen Ureinwohnern. Mit einem Mal hatte ich Wurzeln, und seien es auch nur sehr zarte. Dieses warme Gefühl der Zugehörigkeit reichte mir vollkommen aus. Aber dann war ich anscheinend eines Abends nicht völlig Herrin meiner Sinne, und so verrückt es klingt, ich habe aus Versehen das Kästchen auf der Kindred-Webseite angeklickt, mit dem man sich einverstanden erklärt, Verbindungen zwischen der eigenen DNA und der von anderen Nutzern herzustellen. Ehe ich es mich versah, bekam ich innerhalb einer Woche eine Mail von Kindred, dass sie einen Nutzer mit einer 49 %igen Übereinstimmung gefunden hätten. Mit anderen Worten – Volltreffer. Sicher schwant Ihnen bereits, worauf ich mit meiner Geschichte hinauswill. Der andere Nutzer sind offenbar niemand anderer als Sie.

Aus verschiedenen Gründen (die nichts zur Sache tun) habe ich Sie damals nicht sofort kontaktiert, sondern erst nach ein paar Monaten. Postwendend kam eine Fehlermeldung zurück, der »User« hätte seinen Account deaktiviert. Ich will Sie wirklich nicht verschrecken, aber ich muss der Ehrlichkeit halber gestehen, dass ich einen Bekannten, der bei Kindred tätig war, gebeten habe, mir Ihre Adresse zu verschaffen (das alles zog sich über Monate hin; von Ihnen erfahren habe ich schon Mitte 2015). Leider verlor ich jenen Bekannten dann erst einmal aus den Augen, und zwischendurch habe ich mir natürlich jeden Schritt, jede Entscheidung reiflich überlegt. Schließlich aber bekam ich heraus, dass Sie in der Nähe von Fort William leben. Seit einem Monat wohnt ein Jugendlicher bei mir, der traumatisierte Sohn eines Freundes, ein helles Kerlchen und von Kindesbeinen an mit dem Internet vertraut. Er hat Ihre Adresse herausbekommen. Bingo!

Meine DNA stimmt zu 49 % mit Ihrer DNA überein. Über meine leibliche Familie weiß ich nichts, außer dass ich in den USA adoptiert wurde. Aufgewachsen bin ich in Philadelphia.

Ich hoffe sehr, dass Sie mir schreiben, selbst wenn es bloß eine Abfuhr ist. Der Geist ist jetzt aus der Flasche, und ich bekomme ihn nicht wieder hinein.

Mit herzlichen Grüßen,

Sybil Stone van Antwerp

17 Farney Road
Arnold, Maryland
21012
USA

sybilvanantwerp@aol.com

Ms Diana Gabaldon
8930 North Muir Circle
Scottsdale, AZ 85262

2. Februar 2017

Liebe Ms Gabaldon,

ich muss Ihnen einfach schreiben. Mir ist nämlich soeben eine riesige Überraschung widerfahren, und zwar bei der Lektüre Ihres Romans »Feuer und Stein«. Das kam so: Ich habe zwei gute alte Freundinnen, Trudy und Millie, die ich seit über dreißig Jahren kenne und mit denen ich mich von jeher über Literatur austausche. Wir haben nicht immer den gleichen Geschmack; ich bevorzuge moderne Belletristik und Sachbücher, hin und wieder auch einen Klassiker aus dem vorletzten Jahrhundert. Trudy liest vor allem christliche Romane (besonders solche über Revolutions-, Bürgerkriegs- und Weltkriegszeiten). Millie mag die Klassiker am liebsten, aber auch Mainstream-Lektüre, so in etwa das, was Oprah und Reese Witherspoon empfehlen oder was bei Costco ausliegt, wenn sie donnerstagvormittags einkaufen geht. Entschuldigung, ich schweife ab. Jedenfalls habe ich meinen Freundinnen erzählt, dass ich gern einmal etwas über Schottland lesen würde, am liebsten ein Buch, das in den Highlands spielt, und Millie wollte wissen, ob ich Ihr erstes Buch kenne, »Feuer und Stein«. Ich kannte es nicht, aber Trudy meinte, leicht errötend, sie hätte es geradezu verschlungen. Heraus kam, dass beide Freundinnen alle acht Bände der Reihe gelesen haben, jedoch ohne es voneinander zu wissen. Auf meine Frage, wieso sie die Romane mir gegenüber nie erwähnt hätten, lief Trudy erst recht rot an, Millie dagegen (sie würde Ihnen gefallen, eine Frau ganz ohne Schamgefühl, sie kommt aus Long Island) sah mir in die Augen und sagte: DA IST JEDE MENGE SEX DRIN. Die nächsten Tage brachte Trudy mir ihre Taschenbuch-Ausgabe vorbei, als ich gerade ein anderes Buch ausgelesen hatte (»Stoner« von John Williams, schon zum dritten Mal), das war perfektes Timing, und ich habe gleich losgeschmökert.

Das war's dann erst mal. Ich las den ganzen Tag, schwänzte den Gartenverein, las bis tief in die Nacht, wachte am nächsten Morgen auf und las direkt weiter, und als ich den Wälzer am Abend durchhatte, trat ich hinaus auf meine Veranda und kniff blinzelnd die Augen zusammen, wie ein Opossum. »Jede Menge Sex« war noch untertrieben, und ich kann nicht behaupten, dass es mir nicht gefallen hätte – im Gegenteil. Auch wenn ich ein paar von den brutalen Stellen übersprungen habe. Vor allem aber hat mich der SCHAUPLATZ gepackt. In meinem gemütlichen Lesesessel, die Füße auf der Ottomane, den Tee auf dem Beistelltischchen, wurde ich im Schein der Stehlampe wie mit einem Zauberstab ins tiefste Schottland versetzt. Wie kann ich Ihnen danken? So viel Geschichte und die wunderbaren Figuren und die Handlung selbst, die mich vollkommen in ihren Bann geschlagen hat. Ich war restlos begeistert. Zumal ich, wie ich erst kürzlich herausgefunden habe, eine persönliche Verbindung zu Fort William habe, was den geschichtlichen Aspekt für mich umso interessanter macht. Ich konnte mich sehr gut in Claire hineinversetzen (ich selbst nehme auch kein Blatt vor den Mund). Es war wirklich eine wunderbare Überraschung, und ich freue mich schon auf die restlichen sieben Bände!

Planen Sie noch weitere Fortsetzungen? Sind Sie Historikerin? Sie kennen sich erstaunlich gut mit der schottischen Geschichte und den Konflikten mit England aus. Da werden einem die Engländer ziemlich verhasst, nicht wahr? Und haben Sie als Schriftstellerin oder als Historikerin angefangen? Ich würde gern von Ihnen hören, falls Sie zu der Sorte Mensch gehören, der Briefe schreibt. Man findet sie nur selten, aber zuweilen stoße ich doch auf einen sprudelnden Quell.

Mit herzlichen Grüßen,

Sybil van Antwerp

Mr George Lucas
c/o LucasFilm Ltd.
Letterman Digital Arts Center
1 Letterman Dr.
Presidio of San Francisco, CA 94129

24. Februar 2017

Sehr geehrter Mr Lucas,
ich hoffe, mein Brief trifft Sie bei bester Gesundheit an. Wenn ich an eine berühmte Persönlichkeit schreibe, habe ich meist viel auf dem Herzen, aber bei Ihnen fühle ich mich irgendwie im Hintertreffen, weil ich die Star-Wars-Filme nicht kenne. Tut mir leid, aber ich sehe kaum fern, und Science-Fiction ist ohnehin nicht mein Fall. Sicher ist Ihr Werk hervorragend, da Sie so erfolgreich damit sind.

Ich drücke mir die Daumen, dass Ihre Mitarbeiter Ihnen diese Flaschenpost zukommen lassen, die ich hiermit auf gut Glück in den Pazifik werfe. Ich bin eine alte Frau und befinde mich in der seltsamen Lage, dass ich in meinem Haus ein paar Monate lang einen Halbwüchsigen beherberge. Der Junge ist hochintelligent, aber tieftraurig. Er ist nicht mein Enkel, wie man meinen könnte, wenn man uns zusammen sieht. Er kam als Rekonvaleszent nach einem Suizidversuch zu mir (ich hoffe, Sie behandeln diese sensible Information vertraulich). Er ist ein überaus kluger Kopf. Dass man ihm bereits Studienplätze in Stanford, Harvard und dem Massachusetts Institute of Technology angeboten hat, liegt meines Wissens an seinem großen Mathematikverständnis.

Doch kommen wir zur Sache: Seit ein paar Jahren arbeitet Harry an einem Buch beziehungsweise an der Erschaffung einer ganzen Welt, so sieht es für mich zumindest aus. In einem Stapel Hefte hat er unendlich viel Material zusammengetragen. Inzwischen ist er dabei, alles zu einer Geschichte zu verweben, und diese Woche hat er mir 140 Seiten zum Lesen gegeben. Ich war bass erstaunt. Natürlich wusste ich, dass der Junge schreibt, aber ich hatte keine Ahnung von den Dimensionen, in denen er sich bewegt. Der Text ist wirklich sehr gut, erstaunlich kreativ, gleich ab der ersten Seite ungeheuer spannend, und er entwickelt einen mitreißenden Sog. Da ich selbst keine kreative Ader habe, kann ich leider nichts Konstruktives dazu beitragen. Da habe ich an Sie gedacht. In einem Interview, das Sie vor ein paar Jahren gegeben haben, wirkten Sie sehr sympathisch auf mich, deshalb dachte ich mir, ich frage Sie einfach, ob Sie Harry nicht ein paar Worte schreiben könnten. Er schwärmt sehr von Ihren Filmen. Vielleicht ermutigen Sie ihn ein bisschen, am Ball zu bleiben. Es wäre wunderbar, wenn Sie das für ihn machen würden (selbstverständlich ohne zu erwähnen, dass ich das mit dem Selbstmordversuch ausgeplaudert habe).

Harry (Landy mit Nachnamen) wohnt bis zum Sommer bei mir, oder Sie schreiben ihm an die Adresse seiner Eltern:

98 Dumbarton St. NW
Washington, DC 20007

Mit wärmstem Dank im Voraus für
Ihr Interesse

Sybil van Antwerp

AN: sybilvanantwerp@aol.com
VON: jameswlandy@gmail.com
DATUM: 03.03.2017 05:25
BETREFF: Marly

Sybil,

Danke für die Einladung zum Abendessen gestern. Es war so schön zu sehen, wie entspannt Harry wirkt, seit er bei dir wohnt.

Ich wollte noch ein paar Punkte klarstellen. Wenn du meine Schecks nicht einlöst, hole ich ihn wieder nach Hause. Großzügig genug, dass du ihn bei dir aufnimmst, da werde ich nicht zulassen, dass er obendrein auch noch zur finanziellen Belastung wird. Ich werde weiterhin jeden Monat einen Scheck schicken, dessen Betrag ich selbst festsetze. Was du mit dem Geld anfängst, ist mir egal. Ich weiß ja, dass du es nicht »brauchst«. Vielleicht solltest du in dein Dach investieren. Es sieht so aus, als könnte es eine Neueindeckung vertragen. Kauf dir ein Segelboot. Plane eine Italienreise. Lass dir in deinem sonnigen Wintergarten Bücherregale anbringen.

Ich hatte nicht vor, Harry so lange bei dir zu lassen, und ich weiß auch, es kann nicht ewig so weitergehen, aber seit Marly wieder zu Hause ist, bin ich rund um die Uhr ausgelastet. Sie ist von einer großen inneren Unruhe erfüllt, und wenn sie mal nicht weint, hat sie Wutanfälle, oder sie schläft den ganzen Tag. Nachts geistert sie durchs

Haus. Ich habe das Gefühl, ich tue kein Auge mehr zu. Es ist kaum zu ertragen. Wenigstens scheint es Harry zunehmend besser zu gehen. Jedes Mal wenn ich ihn sehe, wirkt er ruhiger, zufriedener, und weil du mir immer wieder versicherst, dass du ihn gern um dich hast, bin ich geneigt, seinem Wunsch nachzugeben und ihn weiter in deiner Obhut zu lassen. Das Schuljahr ist ja bald rum, und von den Lehrern her bestehen keine Einwände, dass er es per Fernunterricht beendet. Bist du sicher, dass es dir nichts ausmacht? Ich habe vor, Harry dann etwa Mitte Mai nach Hause zu holen, wenn es dir recht ist.

Und bevor ich's vergesse: Ich würde sagen, Theodore Lübeck hat sich in dich verguckt. Was für ein faszinierender Mensch. Weißt du, unter welchen Umständen seine Familie Deutschland damals verlassen hat? Er ist schon ein Original. Wie er sich kleidet – als hätten wir immer noch 1978, und dazu dieser europäische Hut! Trotzdem, ein kluger Mann und an allem interessiert, was du ihm erzählst. Ich bin überzeugt, er ist in dich verliebt. Aber wie ich von Harry höre, hast du schon etwas mit einem pensionierten Anwalt aus Texas am Laufen.

Ich fliege mit Harry nach Kalifornien, damit er sich die Stanford University noch mal ansehen kann, bevor er sich endgültig entscheidet. Ich hatte ja gehofft, er würde an der Ostküste bleiben, aber Stanford scheint ihn am meisten zu reizen. In knapp zwei Wochen hole ihn ab, Donnerstag, den 16. März.

Danke für die Blumen, die du mir für Marly mitgegeben hast. Sie hat sich sehr darüber gefreut. Dein Garten würde in ein Hochglanzmagazin über das englische Landleben passen. Bis bald – James

(15. April 2017 – Fortsetzung. Die vorherigen Seiten wurden NICHT abgeschickt)

Die Blumen waren geköpft, und zwar alle, wie sie da waren. Jede Blüte, jede Knospe, einfach abgeschnitten. Als Harry heute Morgen mit dem Hund Gassi gehen wollte, kam er gleich wieder zurück ins Haus gerannt und hat mich geholt. Draußen war alles grün, ein eintöniger Dschungel, und die Blüten, die auf der Erde lagen, sahen aus wie verstreutes Zuckerwerk. Wir haben sie aufgesammelt, eine nach der anderen, und in die Mülltonne geworfen. Ohne Stiele kann man sie nicht mal ins Wasser stellen. Ich fühlte mich wie betäubt. Hilflos und ausgeliefert.

Mein Nachbar Theodore, der selbst Hobbygärtner ist, kam sofort rüber und hat sich das Massaker angesehen. Als Harry und Theodore mich wegen des Vorfalls später in der Küche ausgefragt haben, musste ich mit den Drohbriefen von »DM« herausrücken. Weil es schon eine ganze Weile her ist, seit ich den letzten bekommen habe, hatte ich gehofft, die Sache wäre vielleicht ausgestanden. Ich habe ihnen erklärt, dass mich jemand auf dem Kieker hat, der mich noch aus meiner Zeit bei Gericht kennt, aber ich konnte es nicht über mich bringen, ihnen die Briefe zu zeigen, sondern habe behauptet, ich hätte sie weggeworfen (was natürlich nicht stimmt). Theodore wollte die Polizei rufen, aber das habe ich nicht zugelassen. Blumen zu köpfen ist kein Verbrechen; wir haben erst April, da können noch viele Stauden wiederkommen. Was habe ich denn für Beweise außer den Briefen, die zu zeigen ich mich schäme?

Harry, mein Hausgast, ist da anders gestrickt. Er hat das

Glück, dass ihm vornehme Zurückhaltung und damit jegliche Neigung zur Selbstzensur abgehen. Am Abend hat er mir weiter Löcher in den Bauch gefragt. Ihm gegenüber kann ich offener sein, denn wir sind uns ähnlich. Uns verbindet ein diskretes Vertrauensverhältnis. Also habe ich ihm die Briefe gezeigt. Nachdem er sie gründlich gelesen hatte, fragte er als Erstes, ob ich wisse, wer DM sei. Ich habe geantwortet, dass ich es mir denken könne. Mir sind nur einige wenige Gerichtsverfahren in Erinnerung geblieben, darunter ganz besonders einer – ach, Pferdchen. Könnte ich doch nur die Zeit zurückdrehen, was würde ich nicht alles anders machen. Ich habe so viel Schlimmes angerichtet. Harry sah mich eine ganze Weile prüfend an, dann stand er auf und brachte mir ein Glas Wasser. Aus der Schublade unter dem Telefon holte er Zettel und Stift, legte sie vor mich auf den Tisch. Da schrieb ich den Namen und das Prozessdatum auf, und er fragte, was genau ich bräuchte. Enzo Martinelli. Ich sehe ihn immer noch vor mir. Eine Adresse würde reichen, sagte ich. Dann ging ich zu Bett. Am nächsten Morgen hatte er mir eine Liste mit Optionen herausgesucht.

Ach, Pferdchen.

AN: sybilvanantwerp@aol.com
VON: debbakescakes@yahoo.com
DATUM: 28.04.2017, 08:10
BETREFF: Ihre Position im Gartenverein

Guten Tag, Sybil,

angesichts der Tatsache, dass Sie nicht nur die letzten drei Treffen des Severn River Gartenvereins versäumt haben, sondern darüber hinaus auch die Vorstandssitzung, die der letzten Mitgliederversammlung voranging, hat der Vorstand beschlossen, Ihnen den Posten der Schriftführerin mit sofortiger Wirkung zu entziehen. Als Beisitzerin, zu deren Tätigkeitsbereich die ordnungsgemäße Verteilung der Namensschilder gehört, bin ich natürlich mit meinen eigenen Aufgaben ausgelastet, aber ich habe mich trotzdem angeboten, Ihre Amtsgeschäfte weiterzuführen. Bitte schicken Sie mir deshalb umgehend die Excel-Tabelle mit der aktuellen Mitgliederliste. Sobald Ihnen das neue Namensschild für einfache Mitglieder, das ich Ihnen bestellen werde, zugegangen ist, können Sie das goldumrahmte Schild mit Ihrem ehemaligen Titel »Schriftführerin« entsorgen.

Mit freundlichen Grüßen,
Debbie Banks

AN: grandmaalicelivingston@yahoo.com

VON: sybilvanantwerp@aol.com

DATUM: 28.04.2017, 10:49

BETREFF: Geschasst

Alice,

das musste ja so kommen. Im Rückblick ist mir das klar. Debbie Banks ist eine Person, mit der man sich besser nicht anlegt. Versucht sie nicht schon seit Jahren, mir etwas am Zeug zu flicken? Jetzt ist es ihr gelungen, aber mir ist es schnurz. Sie kann meinen Posten gern haben. Es tut mir nicht leid, dass ich die Treffen versäumt habe. Wie du weißt, habe ich seit dem Herbst einen Hausgast, und die Sitzungen unseres Vereins finden immer am frühen Abend statt, wenn die Fische am besten beißen. Mein Gast geht vor dem Abendessen gern angeln, und, ehrlich gesagt, macht mir seine Gesellschaft viel mehr Freude als die Vereinssitzungen, die zu bloßem Geschnatter verkommen sind, seit sie von Kuchen futternden Klatschtanten überrannt werden, die sich lieber über ihre verflossenen Ehemänner sowie über Arthrose- oder Verdauungsprobleme austauschen als über Tipps zur Gartenpflege. Ich hoffe, du fühlst dich nicht verpflichtet, aus Loyalität zu mir deinen Schatzmeister-Posten aufzugeben. Bleib! Du hast ja immerhin Mary dabei. Wenn ich eine Schwiegertochter im Verein hätte, würde ich wahrscheinlich eifriger mitmachen. (Oder auch nicht, aber wenn meine Tochter in der Nähe wohnte, würde ich ganz gewiss jede Chance nutzen, Zeit mit ihr zu verbringen.)

Sybil

Sybil van Antwerp
17 Farney Road
Arnold, MD 21012

16.5.2017

Liebe Sybil,
ich habe schon lange nichts mehr von Dir gehört, weder per Brief noch per Telefon – und sogar dann war der Kontakt nur flüchtig. Mit Harry als »Untermieter« hast Du natürlich viel zu tun, noch dazu den Ärger mit dem Gartenverein, aber mein Leben ist so arm an Abwechslung! Ich vermisse unsere Korrespondenz. Ist alles in Ordnung?

Paul wird in der ersten Juniwoche am Rücken operiert, und so bang mir davor ist, so gern würde ich auch die Zeit vorandrehen, damit wir es hinter uns haben. Die Genesung wird ein Kampf werden, aber auf die Dauer sollte die OP ihm – zumindest theoretisch – einiges von seinem Leidensdruck nehmen. Weil mir die häusliche Pflege des Rekonvaleszenten körperlich alles abverlangen dürfte, denke ich immer öfter daran, Lars vielleicht doch in ein Pflegeheim zu geben. Vom ständigen Heben – Paul – ist meine rechte Schulter stark überstrapaziert, und der Arzt meint, ich brauche Spritzen gegen meine Kreuzschmerzen. Jedenfalls habe ich mir kürzlich einen Ruck gegeben und Greenmont Village besichtigt. Die Heimleiterin scheint eine sehr kompetente und zugewandte Frau zu sein. Sie kann gar nicht glauben, dass ich nicht schon längst Maßnahmen ergriffen habe, aber das sagen ja alle. Als Außenstehende würde ich auch nicht zögern, zu einem Heimplatz zu raten, aber für jemanden, der mittendrin steht, sieht die Sache anders aus. Es ist so seltsam, wir zwei hier (Lars und ich), mit all den Erinnerungen, die uns verbinden. Auch wenn er von außen bestimmt wie ein seniler Tattergreis wirkt, ist er immer noch mein Lebensgefährte. Ihn in ein Heim zu stecken käme mir vor, als würde ich ihn verraten, ihn aufgeben.

Was gibt es sonst noch? Du hörst bestimmt gern, dass ich dabei bin, Kleiderschrank und Schubladen auszumisten. Ich rangiere alles aus, was ich nie mehr anziehen werde, bringe es zur Kleiderkammer. Dafür habe ich mir letzte Woche, als ich die Pflegerin den ganzen Tag im Haus hatte, aber auch etwas Gutes getan. Ich bin zu Nordstrom gefahren, eine Strecke von einer Stunde. Eine nette Verkäuferin hat mich beim Kauf von zwei Stoffhosen, einer Jeans und einem neuen Kleid beraten. Dazu kamen dann noch schicke Turnschuhe, die man wie Straßenschuhe trägt und nicht beim Sport. Der Shoppingtrip hat großen Spaß gemacht.

Hast Du eigentlich mal eine Rückmeldung von Deiner Verwandtschaft in Schottland bekommen? Und wie lassen sich denn die Dinge mit Mick so an? Ich lese gerade »Die Stadt in den Fluten« von Sue Miller. Was liest Du?

Alles Liebe,

Rosalie

29.5.2017

Liebe Sybil,

Happy Birthday! Ich hoffe, Sie können den Tag sorgenfrei genießen. Ich mache mir Gedanken um Sie und wünschte mir, Sie würden mich einen Detektiv engagieren lassen. Auf jeden Fall werde ich die Augen offen halten. Ich stehe zu meinem Wort, und nun will ich Ihnen erzählen, warum dieses Datum so bedeutsam für mich ist, auch wenn sich nicht oft ein Anlass ergibt, auf die Geschichte zurückzukommen. Sie haben einmal gesagt, dass Ihnen das Schreiben gelegentlich leichter fällt als das Sprechen. Was am 29. Mai 1941 geschah, erfüllt mich mit Trauer und Scham, auch wenn ich im Laufe der Jahre feststellen musste, dass ich mit diesen Gefühlen, diesem Erleben leider nicht allein dastehe. Schreckliche Dinge geschehen. Wir treffen unsere Entscheidungen. Man kann die Zeit nicht zurückdrehen. Das Gute, das aus dem Schlechten erwächst, kann unerträglich sein.

Mein Vater wollte den Ernst der Lage für die Juden nicht wahrhaben, obgleich das Menetekel längst an die Wand geschrieben stand. Bei Tisch durfte nicht darüber gesprochen werden. Während der Rest des Dorfes in düsteres Schweigen verfiel, lachte er zu laut. Er wollte nicht akzeptieren, was es hieß, in der Nazizeit Jude zu sein, doch dann verschwand plötzlich ein Mann, mit dem Vater geschäftlich zu tun hatte, ein gewisser Levi Holtz. Er war ebenfalls Jude. Eines Tages tauchte er einfach nicht auf, als Vater mit ihm zu einer Besprechung für ein Bauprojekt verabredet war. Vater rief bei ihm an, und die Haushälterin sagte ihm, dass sie, als sie am

Morgen zur Arbeit gekommen war, niemanden mehr angetroffen hätte, bis auf den Hund, der in der Speisekammer eingesperrt war. Da konnte Vater die Augen nicht mehr vor der Wahrheit verschließen. Er schritt sogleich zur Tat. Mit ein paar Anrufen organisierte er unsere Flucht aus Deutschland, Ende Mai. Er kam mit allen Menschen gut aus, war immer zuvorkommend und hilfsbereit. Als gesetzestreuer Mann hielt er sich an die neuen Regeln und hoffte, uns so vor Übergriffen zu schützen. Er hatte in der Umgebung viele Häuser gebaut und war überall beliebt, auch deshalb, weil er sich nie mit jemandem angelegt hat. Das hat er mir ebenfalls beigebracht. Das zu sagen, was die Leute hören wollen, und nicht unbedingt das, was wahr ist. Die meisten behaupten zwar, dass es ihnen um die Wahrheit geht, aber wenn man ihnen tatsächlich damit kommt, drehen sie einem das Wort im Mund herum, dass man sich daran verbrennt. Dieser Rat, den Vater mir und meinem Bruder gab … Diese Lektion gefiel mir gar nicht, denn Mutter hatte uns das Gegenteil gelehrt: Wenn wir nicht stets die Wahrheit sagen, haben wir nichts. Und sind wir nichts.

Wie gesagt, als Holtz verschwand, organisierte Vater unsere Flucht für den 29. Mai. In aller Frühe, vielleicht so gegen vier, hielt ein Wagen vor unserem Haus. Wir hatten zwei Koffer und ein paar kleinere Taschen. Vater sperrte die Tür ab, als würden wir nur in die Ferien fahren, aber weil ich gesehen hatte, wie Mutter ein paar merkwürdige Sachen eingepackt hatte, unsere Geburtsurkunden zum Beispiel und ein Medaillon von ihrer Schwester, das sie niemals trug, konnten sie uns nichts vormachen. Mein Bruder, meine Mutter, mein Vater und ich stiegen ein, der Wagen fuhr los. Über allem lag erst noch der klamme Morgennebel, doch dann brach allmählich die Sonne durch. Die Fahrt verlief schweigend. Am Steuer saß eine junge Frau, jünger als meine Mutter, die ich im ersten Augenblick für einen Mann hielt, weil sie kurze Haare hatte und eine Schiebermütze trug. Mutter war damals einunddreißig. Über kleine Nebenstraßen, auf denen ich noch nie unterwegs gewesen war, ging es aus der Stadt hinaus. Das Gelände wurde immer bergiger. Vor einem Haus an einem See hielt die Fahrerin schließlich an. Ich sah auch eine Mühle und einen zweiten Wagen mit laufendem Motor. Was dann geschah: Wir stiegen alle aus, auch der Fahrer des anderen Wagens. Er sah erst uns und dann die junge Frau an, die uns abgeliefert hatte. Einen Erwachsenen und ein Kind würde er mitnehmen, sagte er, kein Gepäck. Vater war betrogen worden. Er hatte für uns vier bezahlt, aber nachdem das Geld ein paarmal von Hand zu Hand gegangen war, reichte es nur noch für zwei. Ich bin jetzt 81, ein alter Mann, aber wenn ich zurückblicke, war das der schlimmste Moment meines Lebens – und ich war damals noch keine sechs Jahre alt. Vater konnte es nicht glauben, er fing an zu weinen, flehte den Mann an, uns alle mitzunehmen, aber der blieb hart: ein Erwachsener und ein Kind. Wir dürften keine Zeit verlieren und müssten gleich weiter. Da sank Mutter zu Boden, sie krallte sich an den Fahrer und bestürmte ihn, meinen Bruder und mich mitzunehmen. Mir als kleinem Jungen war es peinlich, meine Mutter im Staub kauern zu sehen wie ein Tier, so aufgelöst, die Bluse aus dem Rock gerutscht. Viele Jahre war dieser Mann für mich schlimmer als der Teufel – bis ich selbst verheiratet war und eine Tochter hatte.

Von da an hasste ich ihn zwar immer noch, aber ich konnte ihn auch endlich verstehen. Wie vielen Menschen er wohl zur Flucht verholfen hat? Ich kenne weder seinen Namen, noch weiß ich sonst etwas über ihn. Er wiederholte, ein Erwachsener und ein Kind, schnell, schnell, sonst wäre er weg. Mutter raffte sich von der Erde auf und atmete tief durch, nahm ein paar Sachen aus der Reisetasche, steckte sie ein und schob mich in den Wagen. Obwohl ich begriff, was das bedeutete, sträubte ich mich nicht, denn ich wollte ja davonkommen. Eine Frau saß auf dem Beifahrersitz, ein junges Mädchen mit ondulierten Haaren auf der Rückbank. Mutter gab Vater und meinem Bruder, der fünf Jahre älter war als ich, einen Abschiedskuss und stieg schweigend zu mir in den Wagen. Ihre Haare waren zerwühlt, die weiße Bluse dreckig. Mein Bruder stand neben unserem Vater und der jungen Frau, die wie ein Junge aussah. Er stand vollkommen still und reglos da, aber mein Vater taumelte noch ein paar Schritte hinter uns her. Mutter starrte die ganze Fahrt über aus dem Fenster, Stunde um Stunde. Wir wechselten den Wagen. Wir sprachen kein Wort. Wir schafften es in die Schweiz. Mein Vater und mein Bruder wurden ins Lager gebracht und ermordet. Sie hießen beide Johann. Mutter war eine schöne, ehrliche, lebensfrohe Frau gewesen, doch das war alles ausgelöscht. Ich wünschte, ich hätte meinem Bruder den Platz im Wagen überlassen. Aber ich war noch ein Kind. Ich musste erst noch lernen, wie abgrundtief böse der Mensch sein kann.

Sie hatten ganz recht, als Sie sagten, dass es manchmal einfacher ist, über etwas Schweres zu schreiben statt zu sprechen.

Der 29. Mai ist für mich ein Tag der Trauer. In Gedenken an Bruder und Vater hole ich Blumen aus dem Garten und stelle sie in die Vase, aber zur Feier Ihres Geburtstags binde ich auch einen Rosenstrauß, und dabei geht mir das Herz auf. Ich bin froh, dass wir uns in den letzten Jahren angefreundet haben. Ich hatte mich schon fast mit dem Gedanken abgefunden, das Leben hielte keine Überraschungen mehr für mich bereit.

Tracey sagt, dieser Kuchen ist der beste, den es in ihrer Bäckerei zu kaufen gibt, ebenso gut zum Frühstück wie zum Nachtisch. Hoffentlich schmeckt er Ihnen.

Ihr Theodore

Felix Stone
7 Rue de la Papillon
84220 Gordes
FRANKREICH

31. Mai 2017

Lieber Felix,
Harry ist ausgezogen, und ich weiß gar nicht, was ich früher mit meiner Zeit angefangen habe. Womit habe ich die Tage herumgebracht? Mit Lesen, Briefeschreiben? War das alles? Ich hatte mich schon darauf gefreut, mein geordnetes Leben wiederzuhaben, aber seit er nun wirklich nicht mehr da ist, fühlt sich die Ruhe nach Einsamkeit an, und das war vorher nicht so. Zumindest war ich mir dessen nicht bewusst. Auf dem Esstisch liegt ein halbfertiges 2000-Teile-Puzzle, aber ohne Harry macht es mir keinen Spaß mehr.

Anderes Thema: Mick Watts hat mich schon wieder nach Texas eingeladen, und weil mir keine Ausreden mehr einfallen, habe ich zugesagt. Ich reise am 16. Juni und bleibe eine Woche. Vor dem Fliegen graut es mir, aber Trudy und Millie (die von Mick schwärmen, obwohl sie ihm ja nie begegnet sind) helfen mir packen und bringen mich zum Flughafen. Es ist ein Direktflug von Baltimore nach Houston, wo Mick mich dann abholt. Ich verstehe es nicht, Felix. Warum will der Mann mich unbedingt bei sich haben, einen alten Knochen wie mich? Ich könnte mir vorstellen, dass sich die (jüngeren) Frauen um so einen gut situierten Junggesellen doch regelrecht reißen würden.

Bitte schick mir Deine Reisedaten für November, damit ich sie mit meinen Terminen abgleichen kann. Selbstverständlich leihe ich Dir mein Auto, ich fahre sowieso kaum noch selbst. Meistens lasse ich mich von meinen Freundinnen oder Theodore chauffieren.

Alles Liebe von Deiner
(78-jährigen) Schwester,

Syb

Rosalie van Antwerp
33 Orange Lane
Goshen, CT 06756

5. Juni 2017

Hallo, Rosalie, ich melde mich, weil ich weiß, dass Paul am Freitag operiert wird. Hoffentlich hast Du Dich gut darauf vorbereitet und Dir für die Zeit danach Hilfe bei der Pflege organisiert. Hier die Antworten auf Deine Fragen: Harry ist ausgezogen, von der DNA-Verwandtschaft in Schottland habe ich noch nichts gehört, und mit Mick Watts läuft alles bestens. Ich lese »Die Fahrt zum Leuchtturm« von Virginia Woolf.

Außerdem wolltest Du noch wissen, »ob alles in Ordnung ist«. Nein, ganz und gar nicht. Ich komme einfach nicht darüber weg, dass Du, meine beste Freundin, der Mensch, der mir am nächsten steht, mich hintergehst, indem Du meine Tochter bei Dir aufnimmst, die ich, wenn es hochkommt, einmal im Jahr zu sehen kriege, und es mir verschweigst. Wie demütigend, dass Ihr es für nötig haltet, Euch hinter meinem Rücken zu treffen. Wie schön für Dich, dass Du so eine enge Beziehung zu Fiona hast, so ein tiefes Vertrauensverhältnis. Ein solches Privileg kann ich mir im Traum nicht vorstellen, aber es klingt WUNDERBAR. Was für ein hinreißendes Bild, Ihr beide, in trauter Zweisamkeit auf Deinem Sofa, und sie schüttet Dir das Herz aus, wie ich als Mutter auf ganzer Linie versagt habe, wie froh und glücklich sie ist, Dich als Ersatzmutter zu haben. Ich darf gar nicht daran denken, wie arm Fiona doch ohne Dich dran wäre, Rosalie.

Du und ich, wir haben unsere ehrliche, streitbare Freundschaft fast sechzig Jahre lang aufrechterhalten, eine Freundschaft, die mir immer sehr wertvoll gewesen ist. Alles Gute für Paul nächste Woche. Hoffentlich geht bei ihm alles nach Plan.

Sybil

Postskriptum: Bis zu dem Brief, in dem Du mir Euer heimliches Stelldichein gebeichtet hast, wusste ich nichts von Fionas Kinderwunschbehandlung und den Fehlgeburten, danke also für die Info.

Sybil van Antwerp Stone
17 Farney Road
Arnold
MD 21012
USA

11. Juni 2017

Ich grüße Sie, Sybil!

Ende April erreichte mich der Brief, den Sie mir im Januar geschrieben haben. Nachdem er zunächst an eine alte Adresse gegangen war, hat er danach wohl noch alle möglichen Umwege genommen, bis er schließlich reichlich lädiert bei mir ankam. Die ersten Tage habe ich niemandem etwas davon gesagt. Ich habe ihn immer und immer wieder gelesen, bis das Papier weich und abgegriffen war, weil ich es einfach nicht fassen konnte. An Kindred hatte ich mich gewandt, um etwas über die Familie meines amerikanischen Vaters zu erfahren, von dem ich sehr wenig weiß. Weil der DNA-Test in der ersten Zeit gratis war, habe ich ihn, ohne groß darüber nachzudenken, einfach gemacht. Peinlich, peinlich. Wie dumm kann man sein? Bald danach habe ich meine Finanzen durchforstet, weil ich sparen und unnötige Kosten zurückschrauben wollte. (Über meine Abstammung väterlicherseits hatte ich bis dahin bereits alles Wissenswerte erfahren.) Ich habe mir die Ahnengalerie ausgedruckt und den Account stillgelegt. Ich habe keinen Gedanken mehr an Kindred verschwendet, bis ich Ihren Brief las.

Da ich mich als Botanikerin mit der Genetik auskenne, hielt ich Ihren Brief zunächst für einen mutwilligen Streich. Eine 49 %ige DNA-Übereinstimmung ist aberwitzig hoch. Und wie Sie mir einfach so vom Himmel fielen … Vollkommen unfassbar. Andererseits war da diese elegante Handschrift auf edlem Briefpapier, waren da die Namen Ihrer Kinder. Wie soll ich es anders ausdrücken? Ich habe Ihnen geglaubt. Nachdem ich Ihren Brief – Wochen später – meinem Bruder gezeigt hatte, der bei uns im Dorf den Pub und eine Eisenwarenhandlung betreibt, mussten wir die Sache erst einmal ein bisschen verdauen. Dann war ich im Sommer unten in Glasgow, um ein Ferienseminar an der Uni zu geben, und hatte den Brief die ganze Zeit im Hinterkopf. Jetzt bin ich wieder zu Hause und habe mir vorgenommen, Ihnen gleich als Erstes zurückzuschreiben.

Ich bin im Oktober 1943 geboren, mein Bruder Declan ein Jahr später. John und Douglas, die Zwillinge, sind Jahrgang 1948. Könnten Sie mir, wenn es keine Umstände macht, vielleicht eine Kopie der Nachricht über unsere DNA-Übereinstimmung zusenden? Bitte fassen Sie es nicht als Beleidigung auf, ich habe einfach das Bedürfnis, es mit eigenen Augen zu sehen.

Wenn Sie so nett sein wollen, bitte an meine korrekte Adresse:

Hattie Gleason
Bodney Cottage
Fassfern
Fort William PH33 7NP
Scotland

Entschuldigen Sie, dass ich Sie so lange habe warten lassen, nächstes Mal schreibe ich schneller zurück. Hoffentlich bestrafen Sie mich nicht, indem Sie sich mit Ihrer Antwort ebenfalls sechs Monate Zeit lassen. Wie heißt es so schön? Ich sitze wie auf Kohlen. Sie haben eine Tür aufgestoßen, Sybil, eine Tür zu unendlichen Möglichkeiten.

Mit herzlichen Grüßen,

Hattie

AN: MansourBas850@hotmail.com

VON: sybilvanantwerp@aol.com

DATUM: 26.06.2017, 10:15

BETREFF: SIE HAT GESCHRIEBEN

Lieber Basam, Hattie Gleason hat sich ENDLICH gemeldet. Ist das zu fassen? Der Brief traf am selben Tag bei mir zu Hause ein wie ich. (Ich war eine Woche zu Besuch bei einem Bekannten in Texas). Sie ist Botanikerin und lebt in Schottland. Sie hat drei Brüder, die Declan, John und Douglas heißen. Sie ist vier Jahre jünger als ich. Sie möchte eine Kopie des DNA-Ergebnisses sehen. (Ist ja klar; es war DUMM von mir, es nicht beizufügen, aber vielleicht war mir auch nicht ganz wohl dabei, etwas so Persönliches in die Welt hinauszuschicken. Das werde ich jetzt umgehend nachholen. Die darin enthaltenen Informationen hat sie sowieso schon – meinen Namen und das Geburtsdatum. In den langen Monaten bis zu ihrem Antwortbrief habe ich mir natürlich vorgestellt, was für ein Schock es für sie gewesen sein muss. Für mich ja auch! Auf einen Schock dieser Art ist wohl niemand unbedingt erpicht. Vielleicht hatte sie den Brief verbrannt oder in den Müll geworfen, weil sie an eine Betrugsmasche glaubte. In Wahrheit hielt sie ihn für einen »mutwilligen Streich«.) Sie findet meine Handschrift elegant, womit sie völlig recht hat. Schade, dass wir beide immer nur elektronisch korrespondieren, weshalb Sie meine Schrift überhaupt nicht kennen. Ich fürchte fast, beim Verfassen von E-Mails bin ich nachlässiger als beim Briefeschreiben. Diesem Gedanken muss ich ein andermal auf den Grund gehen.

Ich bin ganz aus dem Häuschen, glücklich, nervös und aufgedreht. Es wird wohl langsam Zeit, meinen Bruder Felix einzuweihen. Oder auch nicht. Meine Freundinnen? Nein. Die wollen mir dann bei jedem Brief über die Schulter sehen. Vielleicht erzähle ich es meinem Nachbarn. Er ist ein einfühlsamer Mensch, ein guter Zuhörer.
Lassen Sie mich wissen, wie es Ihnen geht.

Sybil

Ms Sybil van Antwerp
17 Farney Rd.
Arnold, MD 21012

18.07.2017

Liebe Ms van Antwerp,
diesen Monat kommt ein Film ins Kino, von dem ich schon den Trailer gesehen habe. Dabei musste ich an Sie denken. Es geht um eine alte Frau, die allein lebt, wie eine Einsiedlerin. Eine verschrobene, ruppige Person. Es stellt sich heraus, dass sie früher die Privatsekretärin eines Präsidenten der Vereinigten Staaten war (ich weiß nicht, ob in dem Film ein echter früherer Präsident gemeint ist, Kennedy zum Beispiel, oder ob er erfunden ist) und dann sieht es auch noch so aus, als ob sie womöglich eine russische Spionin war.

Wie aufregend, dass Hattie Gleason Ihnen geschrieben hat. Haben Sie eigentlich den Brief an Dezi Martinelli abgeschickt? Und wenn ja, hat er Ihnen geantwortet? Hat Melissa Genet Sie als Gasthörerin für ein Literaturseminar zugelassen?

Mein Dad hat den Brief eingerahmt, den George Lucas mir geschickt hat. Er steht jetzt auf meinem Schreibtisch.

Beste Grüße,

Harry Landy

Mr Harry Landy
98 Dumbarton St. NW
Washington, DC 20007

1. August 2017

Lieber Harry,
danke für Deinen Brief. Der Film klingt interessant. Aus dem Brief, zu dem Du mir geraten hast, ist noch nichts geworden. Ich schreibe Dir außer der Reihe, doch wie es scheint, siehst Du es auch nicht mehr so eng mit unserer genau getakteten Korrespondenz. Das kommt mir sehr zustatten, denn heute muss ich Dir schreiben, so oder so. Nächsten Donnerstag, am 10. August, hole ich Dich ab, und dann fahren wir zusammen zu Melissa Genet. Bitte sage Deinem Vater, dass ich Dich ins Smithsonian und zum Lunch einladen möchte, zum Abschied, bevor Du ins Studentenleben aufbrichst. Hoffentlich hast Du nicht das Gefühl, dass ich Dich ausnutze, obwohl genau das wahrscheinlich der Fall ist. Ich erwarte Dich um Punkt 9 Uhr vor Eurem Haus. Bitte sei dann abmarschbereit, aber nicht in Trainingshosen oder einem T-Shirt mit Bildern drauf. Und vergiss bitte nicht, Dir die Haare zu kämmen und die Zähne zu putzen, Harry.

Bis dann. Kein Wort zu Deinem Vater!

Ms van Antwerp

Postskriptum: Meine Sehkraft lässt nach. Sieht man es meiner Schrift an?

Sybil van Antwerp
17 Farney Road
Arnold, MD 21012

20.8.2017

Ach, Sybil, ich habe Dir so viel zu sagen, und das werde ich auch tun, selbst wenn es bedeutet, dass ich dann womöglich ewig nichts mehr von Dir höre. Der Juli und der August waren sehr stressig, was mit ein Grund dafür ist, dass ich noch nicht auf Deinen (bösen) Brief geantwortet habe, aber ich brauchte auch Zeit, um mir zu überlegen, was ich Dir unbedingt antworten muss.

Offensichtlich bist Du immer noch wütend, dass Fiona mich besucht hat, obwohl Du behauptet hast, alles wäre gut. Ich wollte Dich erst mal in Ruhe darüber hinwegkommen lassen, aber das hätte ich mir anscheinend sparen können. Ich habe mich bereits für die Geheimnistuerei entschuldigt, und es war mir ernst damit. Noch einmal entschuldige ich mich nicht. Schon gar nicht für Dinge, die ich ohne zu zögern wieder tun würde.

Als Fiona mich an Weihnachten nach Daans Tod besucht hat, ging es ihr sehr schlecht. Sie sah furchtbar aus, hohle Wangen, graue Augen, mattes Haar, rausgewachsener Ansatz. Kaum wiederzuerkennen. Als sie mich sah, ist sie regelrecht zusammengebrochen. Ich dachte, es sei etwas Furchtbares passiert, Walt hätte sie betrogen, oder sie hätte Geld veruntreut. Ein Ereignis von solcher Tragweite, dass es ihr

Leben zerstört hatte. So wirkte sie auf mich. Wie gesagt, ich wusste nichts von ihrem Besuch, bis sie bei mir vor der Tür stand. Es ist nicht so, dass Fiona und ich regelmäßig miteinander telefonieren oder uns treffen. Und es fuchst mich ungemein, dass ich das extra betonen muss, doch momentan scheint es wohl nicht anders zu gehen. Ab und zu bekomme ich eine E-Mail oder SMS von ihr und sie von mir, und ich schicke ihr natürlich Geburtstags- und Weihnachtskarten, aber am Telefon sprechen wir uns nur selten. Als sie bei mir auftauchte, hatte ich lange nichts mehr von ihr gehört. Ich glaube, um Daans Beerdigung herum gab es ein paar SMS, aber mehr auch nicht. Es war ein Schock, als sie so plötzlich vor mir stand. (Ich hatte sie mehr als fünf Jahre nicht gesehen.) Und dann in diesem Zustand! Ich weiß nicht, ob Du Dir darüber im Klaren bist, wie sehr Daans Tod Fiona aus der Bahn geworfen hat, und nach Deinem letzten Brief zögere ich natürlich, Dir etwas anzuvertrauen, was Du noch nicht über sie weißt, aber so viel kann ich sagen: Sie war in tiefer, tiefer Trauer. Ehrlich gesagt, erinnerte mich ihre desolate Verfassung an Dich, nach Gilberts Tod. Sie war von einer unbezähmbaren Trauer erfüllt. Was sie sich von der Seele redete, hatte viel mit ihrer Beziehung zu Dir zu tun. Beziehungsweise mit Eurer nicht vorhandenen Beziehung, Sybil.

Obwohl es nicht an mir ist, es Dir zu sagen, wirst Du es Dir wohl oder übel von mir sagen lassen müssen. Sicher, Fiona war verletzt, dass Du nicht auf Daans Beerdigung warst, aber das war längst nicht alles, womit Du Dir ihren Zorn zugezogen hast. Im Verlauf ihres Besuchs förderte sie immer tiefer liegende Gründe dafür zutage. Du sollst wissen, dass ich fast die ganze Zeit nur zugehört habe. Wenn ich etwas gesagt habe, dann meistens zu Deiner Verteidigung. Trotzdem kann und konnte ich natürlich nicht für Dich sprechen. Selbstredend habe ich Dich in Schutz genommen, Du bist ja meine beste Freundin. Aber ich finde, bei manchen Themen habe ich mich in Zurückhaltung zu üben, insbesondere, was Gilberts Tod angeht, obwohl mir jener Unglückstag in allen schrecklichen Details vor Augen stand, genau wie die schlimme Zeit, die darauf folgte. Immer wieder schoss es mir durch den Kopf, dass Ihr Euch endlich aussprechen müsst. Wenn sie Dir ihre Gefühle offenbart, gehst Du geduldig auf sie ein und hilfst ihr, das Geschehene zu begreifen. Sie ist selbstbezogen? Na und? Waren wir das in dem Alter nicht alle? Und sie hat keine Ahnung, welche Wunden Gilberts Tod Dir geschlagen hat. Sein Verlust und dazu die Scheidung. Du hast es ihr ja nie erzählt! Aus Gründen, die ich nicht ganz verstehe, hast Du Fiona von Dir gestoßen, Sybil. Warum? Eines allerdings ist mir klar, auch wenn Du an der Stelle anscheinend einen blinden Fleck hast: Wenn Du auf Fiona zugehen würdest, könntet Ihr Euch aussöhnen. Sie braucht nicht mich, sondern Dich! Mach Du den ersten Schritt, und sei ihr die Mutter, die sie braucht. Du bist eine wunderbare, interessante Frau, der es nicht an Liebe und Empathie mangelt, aber stur und rechthaberisch bist Du auch. Immer. Ich bin bereit, alles zu opfern, was mich mit Dir, meiner liebsten Freundin, verbindet, wenn ich Dir dafür nur die Augen öffnen kann für das Wertvollste, was Du hast. Du musst den Riss kitten, Sybil. Mach Deinen Frieden mit Fiona.

Nein, ich erwarte nicht, so bald wieder von Dir zu hören, aber vergiss bitte nicht, wie viel Du mir bedeutest. Es tut mir leid, dass ich diejenige sein musste, die Dir von Fionas Fehlgeburten erzählt hat; das war sicher schwer für Dich. Und Pauls OP ist nicht ganz reibungslos verlaufen. Die letzten sechs Wochen waren die Hölle, aber ich glaube, allmählich sehen wir wieder Land.

Rosalie

D. Martinelli
138 South Carrington Street
Hasbrouck Heights, NJ 07604

6. September 2017

Guten Tag, Dezi!
Ich fordere Sie auf, mir klipp und klar zu sagen, was Sie zu sagen haben. Brieflich oder per E-Mail, das überlasse ich Ihnen. Ich hoffe, dass Sie auf mein Angebot eingehen und mich danach ein für alle Mal in Frieden lassen.

Mit freundlichen Grüßen,

Sybil van Antwerp
sybilvanantwerp@aol.com

Felix Stone
7 Rue de la Papillon
84220 Gordes
FRANKREICH

3. Oktober 2017

Lieber Felix,
entschuldige, dass ich mich so lange nicht gemeldet habe. Ich war wohl mit dem Kopf woanders. In letzter Zeit ist es hier ziemlich rundgegangen, aber es war wie immer schön, von Dir zu hören. Ich kann es kaum glauben, dass ich Dir noch nicht von den jüngsten Entwicklungen in Sachen Uni-Seminar berichtet habe. Wenn Du das liest, glaubst Du bestimmt, Deine alte Schwester hätte völlig den Verstand verloren.

Ich kann es nicht anders ausdrücken, Felix: Irgendetwas ist in mich gefahren. Ich habe Harry zum College Park mitgenommen und bin frech wie Oskar in den Fachbereich Neuere Englische Literatur marschiert. Es war Donnerstag, und ich wusste, sie würde vor Ort sein. Harry, der Internet-Fuchs, hatte herausgefunden, dass für 10:30 eine 90-minütige Fakultätssitzung angesetzt war. Du kennst mich, wenn ich mir etwas in den Kopf gesetzt habe. Ich ließ Harry im Wagen warten und bezog vor der Tür zum Konferenzraum Stellung.

Als die Dozenten plaudernd mit ihren Kaffeebechern herausgeschlendert kamen, bemerkte mich niemand. (Das ist der Nachteil, wenn man nur eins sechsundfünfzig misst, aber Du weißt, dass ich innerlich Format habe). Ich sah zwei Dozenten, bei denen ich früher Gasthörerin war, aber von Melissa keine Spur. Weil Harry mir ihr Foto auf der Webseite gezeigt hatte, wusste ich, wie sie aussah. Ich hielt noch eine ganze Weile nach ihr Ausschau, ohne Erfolg. Aber so leicht gebe ich mich noch lange nicht geschlagen! Als sich der Konferenzraum fast ganz geleert hatte, warf ich einen Blick hinein. Und da sah ich sie, Felix. Sie ist noch kleiner als ich! Ich konnte es kaum fassen. Ein winziges Persönchen in schwarzer Hose und einer wunderschönen gelben Strickjacke in einer Kindergröße. (Die dicke Jacke trug sie wohl, weil im ganzen Gebäude wegen der Klimaanlage eine Eiseskälte herrschte. Das machen die Männer ja gern, Frauen im Sommer runterkühlen). Ich blieb hinten stehen und wartete, bis sie ihr Gespräch mit dem letzten Nachzügler beendet hatte. (Eine monströse Erscheinung von Mitte fünfzig mit Hängebauch und roter Visage. Dagegen Melissa, eine attraktive, zierliche Schwarze, vielleicht Anfang vierzig, mit dicken Braids. Fast ein Wunder, dass sie unter dem Gewicht ihrer Haare nicht in die Knie gegangen ist! Es sah ganz so aus, als stauche der Koloss sie von oben herab zusammen, sowohl im wörtlichen als auch im übertragenen Sinne. Man konnte ihr an den Augen ablesen, was sie empfand. Abgrundtiefe Resignation.) Sie hat mich gar nicht bemerkt, auch nicht, als der Mann schon hinausgegangen war, so fix und fertig war das zarte Wesen. Und von einer Sekunde auf die andere war es mit meiner Streitlust nicht mehr weit her.

Mit einem »Entschuldigung« machte ich mich bemerkbar, und sie blickte überrascht auf. Sie trug wunderschöne Ohrringe, Federschmuck. Wie gesagt, eine attraktive Erscheinung, aber müde und ausgelaugt. Ein bisschen Lippenstift hätte Wunder gewirkt. Ich stellte mich vor, plusterte mich, noch immer leicht auf Angriff gepolt, möglichst groß auf, und erklärte ihr, ich sei die Frau, die sich seit zwei Jahren vergeblich um einen Gasthörerplatz bemühe. Sie machte so ein verdattertes Gesicht, dass die Situation auf einmal nur noch komisch war. Während wir uns noch kurz mit Blicken maßen und ich mir ein Schmunzeln verbeißen musste, brachen wir plötzlich gleichzeitig in schallendes Gelächter aus, zwei kleine Frauen, die sich wie zwei Kampfgockel gegenüberstanden. Also fragte ich sie, ob sie Lust auf einen Kaffee habe, und sie meinte, Wein sei ihr lieber. Dagegen hatte ich nichts, und es war ja auch schon Mittag. Aber dann fiel mir Harry wieder ein, der im Wagen auf mich wartete. Sie sagte, ich könne meinen jungen Freund ruhig mitnehmen. Vorher gingen wir noch in ihr Büro (das von Papierstapeln und Büchern überquoll und nur ein einziges Fensterchen hat – und dabei ist sie doch die DEKANIN, zum Kuckuck!), weil sie ihre Sonnenbrille holen und die Strickjacke dalassen wollte. Darunter trug sie ein grünes T-Shirt. Sie hat ganz dünne Ärmchen, kräftig, aber so schrecklich dünn, dass ich sie am liebsten mit nach Hause genommen hätte, um sie aufzupäppeln und ins Bett zu packen, damit sie ihren ganzen Verdruss mal eine Zeit lang vergessen kann. Den Wein haben wir dann in einem Gartencafé in der Nähe des Campus getrunken (Harry hatte eine Cola). Zum Schluss hat sie gesagt, ihretwegen könne ich jede Veranstaltung besuchen, nach der mir der Sinn stehe. Sie habe ihre Autorität wohl an der falschen Stelle ausgespielt. Trotz ihres Alters hat sie es wohl immer noch sehr schwer, sich durchzusetzen, und wird bis heute angefeindet, Felix. Die Leute sind ja so rassistisch und sexistisch. Sie sagt, als Dichterin werde sie sowieso nicht ernst genommen. Ich sei ihr von Anfang an unsympathisch gewesen, weil ich in meinem Antragsschreiben ein Desinteresse an Lyrik erwähnt hätte. (Und es stimmt auch, ich mag Gedichte nicht besonders, aber jetzt kann ich verstehen, dass sie darauf empfindlich reagiert hat.) Ich habe ihr geraten, sich ein dickeres Fell zuzulegen, und ihr von meiner Zeit bei Gericht erzählt, von den Schutzmauern, die ich um mich errichten musste, als einzige Frau in einer Männerdomäne (obwohl man es da als Weiße natürlich weniger schwer hat). Alles in allem war es ein sehr gutes Gespräch. In diesem Semester werde ich ein Seminar über die Brontë-Schwestern besuchen, immer mittwochs um 13 Uhr. Es ist herrlich. Wir lesen »Sturmhöhe«.

Ich habe noch mehr zu berichten. Stell Dir vor, meine Verwandte aus Schottland hat sich endlich gemeldet. Ihr Brief war sehr persönlich, wenn auch nicht gerade überschwänglich. Ich habe ihr zurückgeschrieben. Die Direktorin der Broadneck High School hat mich auf das Podium einer Diskussionsveranstaltung über Politik eingeladen, die in Zusammenarbeit mit einer anderen Highschool irgendwann im Frühjahr hier vor Ort stattfinden soll. Obwohl ich ihr eher ablehnend geantwortet habe, lasse ich mir die Teilnahme doch durch den Kopf gehen. Mick Watts: Ich hatte wirklich eine schöne Woche bei ihm in Texas. Er hat mir vorgeschlagen, mich im Gegenzug demnächst mal in Annapolis besuchen zu kommen – tja, ich weiß nicht so recht. Mick ist ziemlich anstrengend. Gut, ich führe schon so lange ein zurückgezogenes Leben, dass ich im zwischenmenschlichen Bereich etwas aus der Übung bin, aber mein Gott, der Mann ist laut! Und wahnsinnig von sich selbst überzeugt. Zugegeben, ich hatte ihn auch als homophob eingeschätzt, aber als ich Stewart und Dich erwähnt habe, hat er nicht mit der Wimper gezuckt. Die Menschen sind doch immer wieder für eine Überraschung gut.

Ganz liebe Grüße von Deinem
Schwesterherz,

Sybil

Sybil van Antwerp
17 Farney Road
Arnold, MD 21012

21.10.2017

Guten Tag, Ms van Antwerp,
ich weiß nicht, woher Sie wissen, dass die Briefe von mir waren, wo ich doch gar keinen Absender draufgeschrieben hab. Ich hab mir so lange den Kopf da drüber zerbrochen, dass ich halb verrückt geworden bin, aber dann bin ich doch noch drauf gekommen. Die Antwort ist einfach: Sie erinnern sich an mich. Sie haben damit gerechnet, von mir zu hören. Da war ich echt platt.

Ich habe die Briefe noch, die Sie meinem Vater Enzo Martinelli geschickt haben, wie er im Gefängnis saß, verurteilt von Richter Guy Donnelly in Frederick, Maryland. Als ich die Briefe vor x Jahren hinten in einer Schublade gefunden habe, war ich Anfang zwanzig und konnte mir keinen Reim drauf machen. Wer war die Frau, die ihm ins Gefängnis geschrieben hat, und hat er ihr geantwortet? Als ich 2012 den Nachruf auf Richter Donnelly gelesen habe, stand da auch Ihr Name drin. Ich war wie vor den Kopf geschlagen, denn auf einmal hab ich mich wieder an Sie erinnert. Sie kennen das garantiert, dass man bei manchen Erinnerungen nicht genau weiß, ob nicht doch alles nur geträumt ist. Ich hab Sie gegoogelt, und wie ich dann Ihr Foto vor mir hatte, hat sich die eine schreckliche Erinnerung, die ich immer für einen Traum gehalten hatte … Also, da hat sich plötzlich der Schleier gelüftet: Meine Mutter ist mit meinem Bruder und mir mit dem Bus zum Gericht gefahren, weil sie wusste, dass der Richter nicht da sein würde. Sie heißt Florencia. Sie hat gesagt, er wäre dann in der Mittagspause. Woher wusste sie das? Es war ein heißer, sonniger Tag. Ich erinnere mich an den langen Schreibtisch und an das Karnevalsbild, das hinter Ihnen an der Wand hing. Es war mir peinlich, dass meine Mutter geweint hat. Ich hatte sie bis dahin noch nie weinen gesehen, danach dann jahrelang auch nicht mehr. Wir konnten damals die Sprache noch nicht richtig, besonders Mutter hatte ihre Mühe damit. Es war mir peinlich, wie sie über die Wörter gestolpert ist, Englisch mit Italienisch vermischt hat, wie sie Sie angefleht und geweint hat. Sie hat zugegeben, dass mein Vater ~~etwas Falsches getan~~ einen Fehler gemacht hatte! Ich war so stolz auf den Lieferwagen, mit dem er Brot ausgefahren hat; an der Seite stand in großen Buchstaben Pepperidge Farm Bread, und seine Anziehsachen rochen immer nach Hefe. Wenn wir nachts im Bett lagen – mein Bruder und ich haben zusammen in einem kleinen Bett geschlafen, in einer Zimmerecke, die wir uns mit Mäusen und Kakerlaken teilen mussten –, hat er mit dem Lieferwagen andere Fuhren gemacht, für Männer, die ihn für seine Dienste besser bezahlt haben. Natürlich hat er damit gegen seinen Arbeitsvertrag verstoßen, natürlich waren die Sachen, die er nachts ausgefahren hat, nicht immer ganz koscher. Meine Mutter wusste das – sie ist eine kluge Frau; sie hat seine Schuld eingestanden und Sie um Gnade gebeten. Wir besaßen nichts – die Eltern waren mit leeren Taschen aus Italien eingewandert, und mein Vater wollte hier im Land sein Glück machen. Er wollte seiner Familie ein gutes Leben ermöglichen, uns

Kindern Schuluniformen und Nachhilfelehrer bezahlen. Wir sollten später aufs College gehen und uns fein anziehen können. Vater hatte viele Zukunftsträume. Dass er den Lieferwagen für seine eigenen Zwecke benutzt hat, war nicht richtig, aber es ist kein Mensch dabei zu Schaden gekommen, und was er da transportiert hat, wäre sowieso ausgeliefert worden, ob nun von ihm oder von jemand anders. Das war das Argument von meiner Mutter. Vater war keine große Nummer. Mutter hat Ihnen gesagt, dass es unsere Familie zerstören würde, wenn er ins Gefängnis müsste.

Aber Ihre Augen waren kalt und tot. Grausam. Dabei stand ein Foto mit Kindern auf Ihrem Schreibtisch. Das konnte ich nicht verstehen – waren Sie auch Mutter? Mir kamen Sie wie eine böse Hexe vor. So erinnere ich mich an Sie. Aber anscheinend erinnern Sie sich ja auch noch an alles. Ich soll sagen, was ich zu sagen habe? Ich habe Sie mein Leben lang gehasst. In meinen Gedanken sind Sie immer größer geworden, haben sich zu einem riesigen Monster ausgewachsen. Ich war überrascht, als ich gesehen habe, wo und wie Sie wohnen. Ein hübsches Haus, und mit Blick aufs Wasser. Nicht groß, aber bestimmt teuer; ich kenne mich mit Grundstückspreisen aus. Ich habe Sie durch das Fenster am Schreibtisch sitzen gesehen. Wie klein Sie sind. Und Ihre ganzen schönen Sachen, der Briefkasten, der aussieht wie ein Fisch, und der Kranz an der Tür. Ich habe Sie so lange gehasst, und plötzlich waren Sie bloß noch eine kleine alte Frau, und ich stand dumm da. Und weil ich nicht mehr weiterwusste, habe ich Ihre Blumen geköpft. Das hat auch nicht geholfen.

Dezi Martinelli

Sybil van Antwerp
17 Farney Road
Arnold, MD 21012
USA

22. Oktober 2017

Liebe Sybil,
vielen Dank für die Dokumente über unsere DNA-Übereinstimmung. Hoffentlich nehmen Sie es mir nicht übel, aber ich habe einen guten Freund in London angerufen, der Genetiker ist, und ihm die ganze Geschichte erzählt. Ich habe ihm auch die Unterlagen geschickt, damit er sie prüft. Danach erst habe ich meine Brüder eingeweiht. Bei solchen Tests kann man sich anscheinend nie absolut sicher sein, aber mein Freund meinte, da Kindred die Analysen von seriösen Labors machen lasse, gebe es eigentlich keinen Grund, am Ergebnis zu zweifeln. Vermutlich wollte ich mit der ganzen Aktion nur ein bisschen Zeit gewinnen, und dazwischen gibt's ja auch immer noch den Alltag und die Arbeit. Declan, der Bruder, der den Pub betreibt, ist der Hüter unserer Familiengeschichte und bewahrt die Kartons mit den Fotos und Papieren auf. Darin haben wir, nachdem wir von Ihnen wussten, dann natürlich als Erstes nachgeschaut. Weil Dec ein eher misstrauischer, zugeknöpfter Zeitgenosse ist, fiel seine Reaktion auf die Neuigkeit recht verhalten aus. Ich für mein Teil wusste, dass Mum vor mir noch eine Tochter zur Welt gebracht hatte, aber Dec dachte, es wäre eine Totgeburt gewesen. Mir hat Mum immer erzählt, das Kind

sei wenige Tage nach der Geburt gestorben. Es gab keinen Grund, ihr das nicht zu glauben. In Ihrem Brief erwähnten Sie aber auch, dass Sie der DNA-Analyse zufolge amerikanische Ureinwohner unter Ihren Vorfahren haben. Mein Vater war zur Hälfte Crow. So etwas kann wirklich kein Zufall mehr sein.

Unter den Sachen unserer Eltern haben wir ein altes Foto der beiden gefunden (Vater hieß Charlie Thorne und seine Mutter war Crow; sein Vater stammte aus Oregon und war spanischer Abstammung). Auf dem Foto ist meine Mutter schwanger. Mit mir, dachte ich zuerst, aber nachdem Dec und ich uns die Aufnahme genauer angesehen hatten, kamen wir zu dem Schluss, dass das Bild älter sein muss. Auch in einigen Briefen fanden sich Hinweise auf eine Schwangerschaft (Mum schrieb und bekam ständig Briefe). Es könnte also durchaus sein, dass sie zu der Zeit mit Ihnen in anderen Umständen war. Worauf ich auf meine umständliche Art hinauswill: Falls Sie mir durch Ihren Kontaktversuch zu verstehen geben wollten, dass wir Schwestern sind (so komisch sich das auch anhört), kann ich nur sagen, dass Sie höchstwahrscheinlich recht haben (es sei denn, ich habe etwas übersehen und Sie sind eine abgefeimte Betrügerin).

Nachdem ich diese Information nun seit Monaten mit mir herumschleppe, würde ich Ihnen gern mehr erzählen können. Nach meiner Geburt hat Vater sich aus dem Staub gemacht. Er war ein Säufer und ein Spieler, und er hatte nur ein Bein. Nach einem Unfall in seiner Jugend hatte man es ihm abnehmen müssen. Mir wurde erzählt, er sei bösartiger gewesen als eine gereizte Schlange. Ich habe keinerlei Erinnerung an ihn. Jedenfalls kehrte meine Mutter – also jetzt wohl unsere Mutter, unfassbar – nach Schottland zurück, in ihre alte Heimat. Sie nahm ihren Mädchennamen Gleason wieder an, den auch ich trage, statt Thorne. Sie heiratete einen Waliser und bekam mit ihm drei Söhne, Declan, John und Douglas. Er war wie ein leiblicher Vater für mich, und erst als ich wegen des Studiums in eine andere Stadt gezogen bin, hat Mutter mich über die wahren Familienverhältnisse aufgeklärt. Da wurde mir dann klar, warum ich so ein dunkler Typ bin, alle anderen in der Familie dagegen rotblond und sommersprossig. Mum starb 1998 an Lungenkrebs. Sie hat ihr Leben lang geraucht. Über ihre Zeit in den USA, bis sie so Ende zwanzig war, hat sie mir nicht viel erzählt. Bei der Kindred-Webseite bin ich gelandet, weil ich mehr über meinen Vater erfahren wollte. Nach ein paar Monaten bin ich auf seinen Nachruf gestoßen, ein paar Zeilen in einem Lokalblatt in Montana. Demnach hieß er Charles Broderick Thorne, war das älteste von zwei Kindern von David und Mildred Thorne, geboren am 1. September 1917 in Portland, Oregon. Er starb auf furchtbare Weise, nämlich zertrampelt von einer durchgegangenen Rinderherde. Das hat mir all die Jahre nachgehangen. Entsetzlich. Ich glaube nicht, dass Mum nach dem Umzug nach Schottland je wieder von ihm gehört hat.

Wie bringt man einen solchen Brief zu Ende? Dafür gibt es keine Vorlage. Ich sitze nun schon eine ganze Weile hier und weiß nicht, was ich sagen soll, außer dass man mit vierundsiebzig eigentlich denkt, jetzt geht es nach und nach gemächlich dem Ende zu, und dann findet man plötzlich heraus, dass man eine Schwester in Washington, DC, hat. Ich würde wirklich gern mehr über Dich erfahren … Schwester. Was hat sich in Deinem Leben so zugetragen?

Beiliegend die Aufnahme von Mum, auf der sie mit Dir schwanger ist. Habe ich schon gesagt – ich nehme an, Du weißt es nicht –, dass sie Louisa hieß? Ich habe auch ein Weihnachtsfoto von Dec, Douggie, John und mir aus dem letzten oder vorletzten Jahr dazugepackt. Ich freue mich schon sehr auf Deine Antwort.

Hattie

Sybil van Antwerp
17 Farney Rd.
Arnold, MD 21012
USA

15. November 2017

Syb,
ich komme zurück, Stewart hat mich betrogen. Ich habe für den 3. Dezember einen Flug nach Dulles gebucht, weil ich am 2. noch einen Vortrag halten muss. Kannst Du mich abholen? Ich lande am frühen Abend. Wie sehen Deine Weihnachtspläne aus? Hab schon mit Suzanne und Bob gesprochen; sie können mich in ihrem Gästehaus unterbringen. Los Angeles ist mir ein Graus, aber das Klima bekommt mir, und sie wohnen ja sowieso nicht im Stadtzentrum, sondern weiter draußen.

Ich bin ein gebrochener Mann. Siebzehn Jahre – ZACK! – zerstört, einfach so. Jetzt merke ich erst, wie stark Stewart mit allem verflochten war. Mit meiner Arbeit, meinem Alltag, meinen Freundschaften, mit Mahlzeiten, Filmen, Büchern, Spaziergängen, dem Aufwachen am Morgen, dem Kaffeetrinken … Man fragt sich, wozu das alles gut war. Was es bedeutet hat. Auf einmal erscheint alles wie mit einem scheußlichen Schimmelgrün überzogen.

Wie auch immer, auf jeden Fall bis ganz bald,
Felix

Harry Landy
Florence Moore Hall
Stanford University
436 Mayfield Ave.
Stanford, CA 94305

25. November 2017

Lieber Harry,
frohes Thanksgiving. Wie geht es Dir, mein lieber Junge? Ich habe länger nichts mehr von Dir gehört, aber bestimmt verbringst Du im fernen Kalifornien viel Zeit mit Studieren und Freunden. Ist das der Grund? Ich hoffe sehr, dass Du glücklich bist. Dein Vater scheint das zu glauben, doch wie wir beide wissen, neigt er ja auch dazu, alles durch die rosarote Brille zu sehen. Wie kommst Du mit dem Studium voran? Und mit dem Computerspiel, das Du entwickelst? Dein Vater hat mir erzählt, dass sich die Internetleute im Silicon Valley schon dafür interessieren. Habe ich nicht von Anfang an gesagt, dass Du einfach klüger bist als der Rest der idiotischen Menschheit? Und ich freue mich immer, wenn ich recht habe.

Ich schreibe Dir, weil ich Dich um einen Gefallen bitten möchte, nachdem Du Dich im Internet so gut auskennst und Zugang zur Universitätsbibliothek hast: Könntest Du einen CHARLES BRODERICK THORNE für mich recherchieren, geboren am 1. September 1917 in Portland, Oregon? Ich freue mich über alles, was Du über ihn herausbekommst. Der Mann soll von einer Rinderherde totgetrampelt worden sein.

Falls Du bei der Suche Erfolg hast, Harry, schicke mir bitte keine E-Mail mit langen blauen Buchstabenreihen zum Anklicken. Letztes Mal habe ich mich dabei dermaßen im Internet verirrt, dass ich den Computer komplett abschalten musste. Am besten druckst Du alles aus, was Du entdeckst (in möglichst großer Schrift) und lässt es mir per Post zukommen. Tut mir leid, dass ich Dir damit Umstände mache.

Es gibt noch eine Neuigkeit. Im September habe ich Dezi Martinelli geschrieben.

Alles Liebe,

Ms van Antwerp

Ms van Antwerp
17 Farney Rd.
Arnold, MD
21012

23.12.2017

Liebe Ms van Antwerp,
in den Datenbanken und im elektronischen Zeitschriftenbestand der Universität habe ich drei Dokumente gefunden, in denen von dem Charles Broderick Thorne die Rede ist, den Sie vermutlich meinen. Irgendwie scheinen seine Angaben mit denen eines gewissen Charles Broadwater Thorne, der 1921 in Birmingham, Alabama geboren wurde, durcheinandergeraten zu sein, aber ich glaube, ich kann erkennen, welcher welcher ist. Der, nach dem Sie suchen, nannte sich auch Charlie. Ich habe die Artikel ausgedruckt und die Schrift so stark wie möglich vergrößert.

Ich bin am Überlegen, ob ich Sie im Sommer vielleicht besuchen komme. Im Juni/Juli mache ich ein Praktikum, aber ab der ersten Augustwoche bin ich dann wieder zu Hause.

Herzlich,

Harry Landy

P.S. Dad hat recht. Ich bin glücklich. Aber ich glaube, er ist sehr unglücklich, weil Mom wieder in der Klinik ist.

Anlage 1

CHARLES BRODERICK THORNE

Charles Broderick Thorne

Charles B. Thorne, verstorben Montag, den 8. Juli 1959 in Youngsport, Montana, als tragisches Opfer einer Rinderstampede. Charlie Thorne hinterlässt seine Ehefrau Susannah Thorne und die beiden gemeinsamen Söhne Davie (5) und Joe (4). Charlie Thorne, geboren am 1. September 1917 in Portland, Oregon, wird zudem überlebt von seinem Bruder Eugene P. Thorne, wohnhaft in Spokane, WA. Trauerfeier (geschlossener Sarg): Sonntag, den 13. Juli, in der Holy Trinity Methodist Chapel in Dove, dem Wohnort von Mrs Thorne und den Kindern. Keine öffentliche Aufbahrung.

Anlage 2

YOUNGSPORT – PANIK IN RINDERHERDE: DREI TOTE

Youngsport Gazette, Dienstag 9. Juli 1959

Kurz nach 18 Uhr am gestrigen Tag kam es in einer Rinderherde des Ranchers Ulysses Fitzgerald zu einer Stampede. Ausgelöst worden sein soll die Herdenpanik durch ein einziges von einer Klapperschlange erschrecktes Tier. Allerdings sind die Ermittlungen von Sheriff P.B. Tacoma zum Unfallhergang noch nicht abgeschlossen. In wilder Flucht preschten mehr als dreihundert Rinder in südlicher Richtung zum Star Canyon, wo sie drei Viehtreiber niedertrampelten und tödlich verletzten. Bei den Opfern handelt es sich um Howard Valour aus Quebec, Charlie Thorne aus der nahe gelegenen Stadt Dove, Montana, und Peter Nubbin, im Ort als »Skinny Pete« bekannt. Das Vieh wurde zusammengetrieben, vier verendete Tiere beseitigt. Ulysses Fitzgerald verpflichtet sich, die Hinterbliebenen der Getöteten finanziell zu entschädigen.

Anlage 3

Auszug aus der Passagierliste der SS *Adriatic*, White Star Line, New York nach Liverpool

3. Klasse

Abfahrt New York, 30.10.1943

Harland & Wolfe, Belfast

Thomas, Ian & Marie
Thomas, Mark & Sorcha
 mit Kindern Gerard, John, Roisin und Marie
Thorne, Louisa
 mit Kind Henrietta (Ehemann Charles B. Thorne verst.)
Thosburn, Hermit
Tibley, Hamilton

(25. Dez. 2017 – Fortsetzung. Die vorherigen Seiten wurden NICHT abgeschickt)

Weiße Weihnachten! Ich habe seit Jahren keinen Schnee mehr an Weihnachten gesehen. Als ich heute Morgen aufwachte, war alles weiß bestäubt, und während ich hier am Schreibtisch sitze, rieselt es draußen vor dem Fenster noch immer wie Puderzucker herab. Es sieht wunderschön aus.

Natürlich war es Enzos Sohn, ich habe es gleich gewusst. Irgendwie war mir klar, dass es nur Dezi sein konnte. Ich glaube, ich habe all die Jahren auf ihn gewartet. Schon damals habe ich ihm angesehen, dass er eines Tages zurückkommen würde. Er ist wütend auf mich, und wer kann es ihm verdenken? Schon beim Lesen seiner bitterbösen Briefe hatte ich ein Gefühl der Angemessenheit. Und auch der Erleichterung – als hätte ich die Anwürfe längst verdient.

Obwohl man ihnen in der Regel eine überlegene Moral zubilligt, sind Richter auch nur Menschen. Es gab viele Entscheidungen, über die Guy und ich uns endlos den Kopf zerbrochen haben, aber wenn man sich erst festgelegt hat, kann man nur noch hoffen und beten, dass die Entscheidung die richtige ist. Schließlich sind wir nicht allwissend, allsehend wie Gott im Himmel! Wir sind Menschen! Letztendlich ist der Ausgang immer ungewiss. Aber dieser Fall, Enzos Fall, war anders. Diesmal wusste ich gleich, dass wir falschlagen. Noch bevor das Urteil gefallen war.

Ich schaue in den Spiegel und fasse es nicht. Ich bin eine alte Frau. Was war mein Leben, wo ist es hin? Ich erblinde allmählich, und dann? Was soll aus den Briefen werden? Aus all den Briefen? Waren sie womöglich doch nur Zeitverschwendung? Bögen um Bögen von Briefen. Wozu? Wenn ich blind bin, existieren sie für mich nicht mehr. Als gäbe es sie gar nicht. Heißt das dann, dass es sie nie wirklich gegeben hat? Wenn ich das wüsste … Dezi meinte, die komplexesten Zusammenhänge im Leben können nicht auf ein Schwarz-Weiß-Schema reduziert werden. Wie recht er hat!

31. Dezember 2017

Lieber Theodore,

danke für den Weihnachtskuchen. Als ich noch verheiratet war, habe ich Daan immer Küchengeräte zu Weihnachten geschenkt – gute Messer, eine Knoblauchpresse, eine Napfkuchenform –, und wir haben uns einen Spaß daraus gemacht, uns vorzustellen, wie er sich als Rentner aufs Kochen verlegen würde, während ich mich endlich ganz den Büchern und dem Briefeschreiben widmen könnte; froh und glücklich bis an unser Lebensende. Natürlich stand Daan überhaupt nicht gern in der Küche, und wie es aussieht, bleibt mir nicht mehr viel Zeit fürs Lesen und Briefeschreiben. Sie wissen ja, dass ich Probleme mit den Augen habe, aber dass es eine unerbittlich fortschreitende Krankheit ist, die mir die Sehkraft früher oder später gänzlich rauben wird, habe ich Ihnen noch nicht gesagt. Ich weiß es schon eine ganze Weile. Inzwischen brauche ich jeden Morgen länger, bis ich meine Augen scharf gestellt habe, und es gibt Tage, da sehe ich auf dem einen – und manchmal auch auf beiden – überhaupt nichts mehr.

Kommen wir zur Sache. Mir ist aufgefallen, dass sich Ihr Verhalten mir gegenüber merklich abgekühlt hat, seit ich den geplanten Besuch von Mick Watts erwähnt habe. Lassen Sie es mich geradeheraus sagen: Mit meinen 78 Jahren habe ich nicht die Absicht, mich noch einmal zu verheiraten. Ich werde mein Leben auch weiterhin so führen, wie ich es für richtig halte. Wenn das bedeutet, dass ich abwechselnd ein paar Tage mit dem einen und ein paar Tage mit dem anderen

Mann verbringe, ist das meine freie Entscheidung. Falls Sie damit nicht zurechtkommen, legen Sie besser den Rückwärtsgang ein und parken sich woanders. Mick Watts ist ein Freund, und wir haben viele Gemeinsamkeiten. Er ist witzig und clever, wir unterhalten uns blendend, wenn wir zusammen sind. Wenn Sie weiter beleidigt im Schmollwinkel hocken wollen, bitte schön. Aber ohne mich.

Wir verstehen uns? Gut. Dann würde ich Ihnen gern etwas zeigen; es hat mit dem Massaker an meinen Blumen im vorletzten Frühling zu tun. Ich bräuchte in der Sache ein wenig tätige Hilfe. Wir können die Themen Mick und Blumenbeete besprechen, wenn ich am Montag zum Kartenspielen und auf ein paar Gläschen Scotch vorbeikomme. Ich bin froh, wenn ich endlich drei Kreuze hinter 2017 machen kann. Es war ein schwieriges Jahr für mich, aber dennoch muss man nach guter alter Tradition jedes neue Jahr mit Respekt und Haltung begrüßen.

Sybil

Dezi Martinelli
138 South Carrington St.
Hasbrouck Heights, NJ 07604

8. Januar 2018

Lieber Dezi,

vielen Dank für Ihren Brief vom 21.10.2017. Ich weiß nicht, wo ich beginnen soll. Da hilft wohl nur der Sprung ins kalte Wasser: Ja, ich erinnere mich sehr gut an Sie und Ihren Bruder Aldo. Ich erinnere mich an den Tag, als Ihre Mutter Sie ins Büro von Richter Donnelly mitgebracht hat, und ich habe auch noch sämtliche Einzelheiten des Falls parat. Er ist mir all die Jahre deutlich im Gedächtnis geblieben. So aufwühlend Ihr Wutbrief für mich war, so befreiend war er doch auch. Das Alter macht mich milder.

Ich werde blind. Das sage ich nicht, um Mitleid zu heischen. Als ich es vor sieben, acht Jahren von meinem Augenarzt erfuhr, war es ein Gefühl, als erwachte ich plötzlich aus einem langen Traum, einem Traum, der mein ganzes Leben angedauert hatte. Als wäre ich mit einem Mal im wirklichen Leben angekommen, und als liefe mir die Zeit davon. Ich dachte, wenn meine Augen nicht mehr mitmachen, ist alles vorbei. Es mag trivial klingen, aber wegen der Gedanken an mein Ende zog die Vergangenheit noch einmal ganz anders an mir vorüber. Sie müssen wissen, dass auch Sie mir da erschienen sind. Sie, Ihre Mutter, Ihr Bruder und Ihr Vater Enzo.

Etwa vier Wochen, bevor der Fall Ihres Vaters vor Richter Donnelly (und daher auch vor mir) zur Verhandlung kam, starb mein Sohn. Er war acht Jahre alt und das mittlere meiner drei Kinder. Wenn Sie den Tod eines Kindes erlitten haben, seien Sie meines tiefsten Mitgefühls versichert. Wenn nicht, will ich dazu nicht mehr sagen als das: Es gibt keinen größeren Schmerz. Stellen Sie sich den schlimmsten Schmerz vor, tausendfach verstärkt. Zehntausendfach. Dann bekommen Sie vielleicht eine Ahnung davon. Gilbert starb, und zwei Wochen später ging ich wieder arbeiten. In Ihrem Brief schreiben Sie, meine Augen seien kalt und tot und grausam gewesen, als wir uns begegneten, und Sie haben recht. Ich war kalt, tot und grausam. Ob ich eine Mutter war? Das fragte ich mich auch. Und ja, ich war eine böse Hexe. Hätten Sie das damals zu mir gesagt, ich hätte Ihnen sicher zugestimmt. Aus vollem Herzen.

Sie sollen die Wahrheit hören, die ganze Wahrheit: Als Ihre Mutter mit ihren beiden quicklebendigen Söhnen in mein Büro kam und bei Richter Donnelly um Gnade für ihren Mann ersuchen wollte, war ich kalt und grausam. Ich hasste sie, weil sie Sie hatte. Wie sehr Sie mich mit Ihren großen, neugierigen Augen an Gilbert erinnerten. Der Haarwirbel an Ihrem Hinterkopf. Und Ihr Bruder mit den runtergerutschten Söckchen. Ihre Mutter stellte Sie mir vor: »Meine Söhne Dezi und Aldo.« Es war, als hätte sie mir ein Messer in die Brust gestoßen. Sie waren groß und schlaksig, und ich konnte sehen, dass Sie sich kein Wort entgehen ließen. Sie bat um Gnade. Ich gestehe offen ein, was ich dachte: Wenn ich meine Familie nicht zurückhaben kann, warum dann sie? Mir hatte auch niemand Gnade gewährt. Mein Elend machte mich grausam. Als Donnelly aus der Mittagspause kam, fragte er, was die Frau des Angeklagten bei mir gewollt habe, aber ich winkte bloß ab. Ich habe mich nicht für Ihre Mutter eingesetzt, obwohl ich, die ich selbst Mutter war, es hätte tun müssen. Ich wusste, dass er auf mich hörte, und trotzdem legte ich kein gutes Wort für sie ein. Als Guy das Urteil über Ihren Vater sprach, das harte Urteil, das ich erwartet hatte, schwieg ich, ja, ich habe geradezu in meinem Schweigen geschwelgt. Und das tut mir leid.

Das Urteil allerdings verfolgte mich. Die Aussage Ihres Vaters, der Besuch Ihrer Mutter, sie ließen mich nicht mehr los. Ich stand damals neben mir, konnte nicht schlafen, war vor Trauer fast wahnsinnig. Ich habe mich so obsessiv mit Ihrer Familie beschäftigt, als hätte ich mich gleichermaßen schuldig gemacht. Nach einer Weile schrieb ich Ihrem Vater ins Gefängnis, nur ein paar Worte und ein paar Dollar, nichts Persönliches, bloß gute Wünsche. Doch er schrieb mir tatsächlich zurück, einen sehr schönen, ehrlichen Brief. Er war so jung, noch keine dreißig, und doch verständig. Er schrieb, er sei mir nicht böse. Ein nobler, kluger Mensch. Wir haben uns noch ein paarmal geschrieben, und es kamen auch immer ein paar Dollar für den Gefängnisladen mit in den Umschlag. Seine Briefe überraschten mich durch ihre Anschaulichkeit. Obwohl ich auf Distanz geblieben bin, hat er mir von seinem Leben in Bergamo erzählt, dass er sich schon als Junge in Ihre Mutter verliebt hat, und was für ein großes Glück es für ihn sei, zwei Söhne zu haben. Es sei ihm immer nur darum gegangen, für Sie und Ihren Bruder etwas aufzubauen, und er schrieb über seinen Traum vom eigenen Haus, mit einem Gemüsegarten für seine Frau Florencia. Nach dem Gefängnis wollte er Ihren Bruder, Ihre Mutter und Sie aus Italien wieder herüberholen.

Mein letzter Brief an ihn kam zurück; Ihr Vater war entlassen worden. Ich habe mich bei ihm nie richtig dafür entschuldigt, welchen Anteil ich an der Weichenstellung für seinen weiteren Lebensweg hatte, aber ich glaube, er wusste, dass es mir leidtat. Wo ist Ihr Vater jetzt? Ich würde ihm gern noch einmal schreiben und ihn um Verzeihung bitten.

Hochachtungsvoll,

Sybil van Antwerp

Hattie Gleason
Bodney Cottage
Fassfern
Fort William PH33 7NP
Schottland

2. Februar 2018

Liebe Hattie,
danke für Deinen Brief und für die Fotos. Obwohl ich inzwischen wohl Stunden damit zugebracht haben muss, das Bild von Deiner schwangeren Mutter anzuschauen, und Dir nur zustimmen kann, dass wir aller Wahrscheinlichkeit nach verwandt sind, will es mir immer noch nicht ganz in den Kopf. Das Seltsamste ist die Ähnlichkeit mit Dir und mit dem Mann auf dem Foto, meinem – unserem – Vater. Obendrein hat meine Tochter genau die gleiche rotblonde Haarpracht wie unsere Mutter, und ich habe mich immer gefragt, von wem Fiona diese Gene wohl geerbt hat. Höchst erstaunlich. Als mich mein Adoptivbruder über Weihnachten besucht hat, habe ich ihm die ganze Geschichte erzählt. Ich habe ihm auch die Fotos gezeigt, und er war sich auf den ersten Blick sicher, dass Du und ich zu ein und derselben Familie gehören. Ich lege Dir ein Foto von mir bei. Unsere Ähnlichkeit ist unübersehbar.

Nur weiß ich gar nicht so recht, was ich mit all dem anfangen soll. Entschuldige, aber weißt Du, was ich meine? Es ist, als würde ich mit prall gefüllten Taschen vom Einkaufen zurückkommen, aber die Schränke, der Kühlschrank, die

Speisekammer, die Küchentheke sind alle schon voll. Eine Mutter, ein Vater? Ich hatte doch eine Mutter, einen Vater. Geschwister? Ich habe einen Bruder! Deine – Eure – Existenz auch nur zur Kenntnis zu nehmen, kommt mir wie ein Verrat vor! Kein Platz in der Herberge. Wir sind voll belegt, ausgebucht. Gleichzeitig blähte sich ein kleines Detail, das bei aller Winzigkeit ein Leben lang an mir genagt hatte, auf die Größe einer Galaxie auf: das Gefühl, dass etwas fehlt, und die Neugier, zu erfahren, warum meine Mutter mich weggegeben hat. Ich weiß nicht, wie ich damit umgehen soll. Ich habe nicht das Werkzeug, mich dieser Flutwelle von Emotionen zu öffnen.

Mein Leben war geradlinig genug. Ich hatte wunderbare Adoptiveltern. Mutter war mit erst vierundzwanzig Jahren an Gebärmutterhalskrebs erkrankt und konnte nach der Totaloperation keine Kinder mehr bekommen. Deshalb adoptierten meine Eltern mich; später kam dann noch mein Bruder aus einem irischen Waisenhaus dazu. Wir hatten eine sehr schöne Kindheit, besuchten eine Privatschule und das College. Als ich 19 war, kam der Krebs zurück, und diesmal überlebte sie die Erkrankung nicht. Dad war Bankier, erfolgreich, wohlhabend, konservativ, typische amerikanische Mittelschicht eben. Er hat bald wieder geheiratet. Niemand wünscht sich eine Stiefmutter, aber unsere war in Ordnung, und ich war sowieso schon aus dem Haus. Immerhin: Als sich herausstellte, dass Felix schwul ist (er hat sich mit 17 geoutet, lange bevor das allgemein akzeptiert war), haben Vater und seine zweite Frau es ganz lässig aufgenommen, und das halte ich ihr wirklich zugute. Damit hat sie sich meinen Respekt verdient. So etwas hört man sicher nicht alle Tage. Ich nehme an, verglichen mit Deinem Leben und dem Deiner Mutter, muss ich dankbar sein, wie leicht ich es hatte. Ich habe geheiratet, und wir bekamen drei Kinder. Eines starb jung, mir sind nur zwei geblieben. Ihnen gegenüber habe ich als Mutter versagt. Meine Tochter redet kaum noch mit mir. Anscheinend hatte sie mehrere Fehlgeburten, von denen sie mir nichts erzählt hat. Enkelkinder habe ich auch. Mein Mann und ich haben uns scheiden lassen; er ist an Krebs gestorben. Krebs Krebs Krebs.

Ich war Juristin und die persönliche Referentin eines Richters. Richter Guy Donnelly. Ich war so etwas wie eine Kreuzung aus seiner Ehefrau und seinem Gewissen – seine Ratgeberin und graue Eminenz. Das ist wohl das Interessanteste, was es über mich zu berichten gibt, aber Du darfst bitte nicht glauben, dass ich mich damit brüsten will. Die Arbeit hat einen großen Teil meines Lebens ausgemacht, im Guten wie im Schlechten. Mein Beruf hat mir viel bedeutet, doch meine Familie hatte darunter zu leiden, was letztlich dazu geführt hat, dass mein Mann und ich uns getrennt haben. Auch wenn das sicher nicht die einzige Erklärung ist.

Kürzlich hat mein Leben noch einmal eine überraschende Wendung genommen. Vorige Woche hatte ich einen Mann bei mir zu Gast. Er will mich heiraten. Nicht, dass er vor mir auf die Knie gefallen wäre und einen Ring gezückt hätte, nein, das nicht, aber schon seit unserer zweiten Verabredung fängt er immer wieder davon an. Ist das zu fassen? Wie auch immer, ich habe jedenfalls keinerlei Interesse, mich wiederzuverheiraten, und die Sache ist auch deswegen ein bisschen kompliziert, weil ich noch einen anderen Freund habe, meinen Nachbarn – verzeih, ich plaudere und plaudere, dabei kennst Du mich noch nicht mal!

Vielleicht hättest Du Lust, mir etwas mehr von Dir zu erzählen. Ich würde auch gerne mehr über unsere Mutter erfahren. Ein Freund von mir, der sich mit der Recherche im Internet auskennt, hat drei Dokumente über Charlie Thorne ausgegraben, die ich Dir in Kopie beilege. Offenbar haben wir noch zwei Halbbrüder, die Davie und Joe heißen.

Herzliche Grüße,

Sybil

Sybil van Antwerp
17 Farney Road
Arnold, MD 21012

9. April 2018

Liebe Sybil,
es war so schön, von Ihnen zu hören. Und danke für den Gedichtband! Ich kannte Eavan Boland schon, hatte aber noch nicht viel von ihr gelesen. Das erste Gedicht, »Quarantine«, ist atemberaubend.

Mir ist aufgefallen, dass sich Ihre Handschrift verschlechtert hat, und es tut mir leid, dass Ihre Sehkraft nachlässt. Auch ich fürchte mich seit Jahren davor, das Augenlicht zu verlieren. Es wäre ein schwerer Verlust. Wie wunderbar von Ihrem Nachbarn, Ihnen eine Lesehilfe an den Schreibtisch zu montieren. Es klingt alles etwas umständlich, aber das ist es wert. Gut, wenn man so eine hilfsbereite Seele in der Nähe hat! Sie wollten wissen, ob ich noch schreibe. Ja, aber weniger.

Micks Heiratsantrag und die faszinierende Entdeckung einer Schwester in Schottland haben ja in letzter Zeit ganz schön viel Aufregung in Ihr Leben gebracht. Wie soll es mit dem Mann aus Texas weitergehen? Ich kann es kaum erwarten, mehr davon zu hören. Herzlichst,

Joan

Sybil van Antwerp
17 Farney Road
Arnold, MD 21012

29.4.2018

Liebe Ms van Antwerp,
ich habe Ihren Brief gelesen. Er war sehr ausführlich. Ich bin selbst überrascht, dass ich das sage, aber es tut mir leid, dass Ihr Sohn Gilbert gestorben ist. Meine älteste Tochter ist auch bei den Engeln. Sie verließ uns 1992, einen Tag nach ihrer Geburt.

Im Frühjahr 2015 hat mein Sohn eine Überdosis Heroin genommen. Die guten Entzugskliniken sind sehr teuer. Wir haben eine zweite Hypothek auf unser Haus aufnehmen müssen. Er lebt, aber er ist nicht mehr derselbe, und wir sind immer in Sorge. Ich glaube, ich kann Ihre Traurigkeit verstehen.

Eine Sache noch. Ich habe mich nicht klar ausgedrückt. Mein Vater ist tot. Er starb, wie ich fünfzehn war. Es war ein tragischer Tod. Nach seiner Entlassung hat er sich Geld geborgt und ist zu uns nach Italien gekommen. Er war nur noch ein Wrack. Der Schnaps hat ihn elend und krank gemacht. Er wollte meine Mutter nach Amerika mitnehmen, um noch mal von vorne anzufangen, aber sie war wütend und wollte nichts mehr von ihm wissen. Sie hatte es sehr schwer. Mein Vater war ein Verbrecher und sie deswegen das schwarze Schaf in der Familie. Sie ist die zweitälteste von vier Töchtern, und mein Großvater war kein reicher

Mann. Er fand, sie hätte einen Trottel geheiratet. Alle wussten ja, dass sie nach Amerika ausgewandert und ohne meinen Vater wiedergekommen war. Irgendwie wussten alle über alles Bescheid. Wir wohnten bei meiner Nonna am Rand von Bergamo, mein Großvater war da schon tot. Eines Tages stand plötzlich mein Vater vor der Tür. Mamma hat ihn nicht ins Haus gelassen, weil er so zerlumpt und betrunken war. Am selben Abend ist er in eine Bar gegangen, und wie er Stunden später wieder rauskam, hat ihn auf der Straße ein Auto überfahren. Fünf Tage später ist er im Krankenhaus gestorben. Obwohl Papa ein guter Mensch war, hat es so ein böses Ende mit ihm genommen. Ich glaube, das ist der Grund, warum ich so wütend war.

Meine Mutter lebt immer noch in Italien, aber ich bin mit neunzehn wieder zurück übern Teich. Ich habe einen Sandwichladen in Hoboken. Er heißt Nelli's – vielleicht haben Sie was davon gehört, wenn Sie schon mal in der Gegend waren. Meine Salatsoße kriegt man im Nordosten in den meisten Feinkostläden – und im Westen bis rüber nach Ohio.

Beste Grüße,

Dezi Martinelli

AN: sybilvanantwerp@aol.com
VON: MansourBas850@hotmail.com
DATUM: 05.05.2018 01:14 Uhr
BETREFF: Ein Job für mich

Liebe Ms van Antwerp,

wie geht es Ihnen? Was machen Ihre Augen? Schreiben Sie sich noch mit Ihrer leiblichen Schwester?

Zuletzt gemailt haben wir Anfang des Jahres, und es tut mir leid, dass ich mich so lange nicht gemeldet habe. Wir hatten in den letzten Monaten viel auszustehen. Im Februar hatte Zoha in der Schule einen Krampfanfall. Ich war im Büro, wo ich jetzt arbeite, und Kalee war bei der alten Frau, die sie pflegt, und sie konnte nicht weg, weil ich das Auto hatte. Also bin ich nach San Francisco ins Krankenhaus gefahren, und da lag sie, unter Beruhigungsmitteln und an Schläuche angeschlossen. Sie war hingefallen und hatte sich den Kopf aufgeschlagen. Man hatte ihr die schönen Haare halb abrasiert und sie mit vielen Stichen genäht.

Der Grund dafür, dass ich den Bürojob angenommen habe, ist die Krankenversicherung. Sie deckt zwar nicht viel ab, aber wenigstens etwas. Das Gesundheitswesen in den USA ist eine Wissenschaft für sich (bei Kindred war man ausgezeichnet versichert). Zoha musste drei Wochen im Krankenhaus bleiben, wo alle möglichen Tests gemacht wurden, um die Ursache für den Krampfanfall zu finden, aber viel schlauer waren wir hinterher auch nicht. Die Ärzte sagen, es kann jederzeit wieder passieren, man weiß nicht, was der Auslöser ist. Die Behandlungskosten waren enorm.

Zur gleichen Zeit ging es mit Emir in der Schule bergab. Seine Noten wurden schlechter, und die Lehrer haben uns gewarnt, dass er sich mit den falschen Freunden abgibt. Eines Abends, als Kalee und ich noch auf der Arbeit waren, haben die Jungs im Park einen kleinen Baum angesteckt. Emir wurde von der Polizei aufgegriffen. Der Beamte war so nett, den Vorfall nicht aufzunehmen, aber natürlich war es trotzdem furchtbar. So was darf er doch nicht machen. Er bringt Schande über sich, über seine Mutter und mich und über die anderen syrischen Familien, die wir hier kennen. Ich habe ihn bestraft und ihm drei Monate Stubenarrest gegeben (was wir aber kaum kontrollieren können, wenn wir arbeiten sind). Wir sind mit den Kindern hierhergezogen, um sie zu schützen. Damit sie es in Amerika einmal besser haben. Sie sollen nicht wissen, wie das alte Leben aussah, das wir zurückgelassen haben. Es war zu schrecklich. Alles, was ich tue, tue ich zu ihrem Schutz, das ist der Sinn und Zweck jeder Entscheidung, und doch machen wir dauernd etwas falsch.

Das sind alles schlechte Nachrichten, aber ich habe auch etwas Hoffnungsvolles zu berichten. Dale Woodson hat mich zu einem zweiten Vorstellungsgespräch eingeladen, und diesmal waren auch noch drei Kollegen von ihm dabei, und ich glaube, ich bekomme die Stelle. Es war toll, über Themen zu reden, bei denen ich mich auskenne. In einer Mail haben Sie mal geschrieben, dass es sich anfühlt wie Musik, wenn man seinen Platz in der Welt gefunden hat. Daran musste ich denken, als ich Dale Woodson am Tisch gegenübersaß und mich mit ihm über Straßen- und Wegebau unterhalten habe. Wahrscheinlich bin ich ein sehr langweiliger Mensch, aber der Straßen- und Wegebau klingt für mich wie eine Symphonie.

Mit dieser E-Mail möchte ich Ihnen danken, dass Sie mein Leben auf ein neues Gleis gesetzt haben, Ms van Antwerp.

Mit Respekt und tiefer Hochachtung,
Basam Mansour

Felix Stone
c/o Suzanne und Bob Archer
104 Merry Acres Pl.
Verdugo Hills, CA 91042

14. Mai 2018

Felix, liebes Bruderherz,
wie geht es Dir in Los Angeles? Was macht die Arbeit? Hast Du schon Kontakte geknüpft? Nachdem Du nun fast fünf Monate im Lande bist, frage ich mich, ob Du dauerhaft hierbleiben willst. Hast Du inzwischen mit Stewart gesprochen? Versucht er immer noch, sich Dir wieder anzunähern? Wäre es nicht vielleicht doch den Versuch wert, sich zumindest mal anzuhören, was der Mann zu sagen hat? Obwohl Du mir fehlst und es mir viel lieber wäre, wenn Du in meine Nähe ziehen würdest, statt wieder weiter weg, steht für mich fest, dass Du nach Frankreich gehörst.

Von Hattie habe ich länger nichts gehört, obwohl sie eigentlich mit Schreiben an der Reihe wäre. Aber wer kann ihr das verdenken? Es ist ja wirklich eine merkwürdige Situation, in der wir uns befinden. Ich glaube auch, dass sie noch viel arbeitet. Und ich kann mir gut vorstellen, dass diese Geschichte ihrem Umfeld einigermaßen fragwürdig vorkommen wird.

Während ich auf ihre Antwort warte, lese ich alles über Schottland, was ich nur finden kann, und ebenso über den Stamm der Crow-Indianer (Letztes Wort bitte streichen. Es heißt ja jetzt amerikanische Ureinwohner). Mit Theodore

Lübeck war ich sogar im St. John's College bei einem Vortrag über die Vertreibung der Indigenen aus dem Nordwesten. Ich bin gern mit ihm zusammen, vor allem aber brauche ich einen Fahrer. Meine Augen machen nicht mehr mit, Felix, schon gar nicht im Dunkeln. Und die Parkplatzsuche in Annapolis ist sowieso ein Albtraum, lauter Jugendliche, die nicht aufpassen, wo sie hinlaufen.

Außerdem (das Schlimmste habe ich mir für den Schluss aufgehoben) stecke ich hier auf meiner Seite des Kontinents in einem Riesendilemma. Mick Watts war wieder in DC, und diesmal hatte er sich keinen Vorwand einfallen lassen. Er kam extra nach Baltimore geflogen, um mich zum Essen auszuführen, und es war ein wunderbarer Abend, und am Ende hat er mit allen Schikanen um meine Hand angehalten – samt Ring! Wie ich Dir erzählt habe, ist er schon ein paarmal auf das Thema zu sprechen gekommen, aber eher beiläufig, und ich habe jedes Mal dankend abgewinkt, doch diesmal war es anders: er im Anzug, mit dem Ring, vor dem Fenster die funkelnden Hafenlichter, das Steak und die weiße Tischdecke, die Flasche Cabernet. Diesmal hat er mir hochoffiziell einen Antrag gemacht. Er möchte, dass ich zu ihm nach Texas ziehe.

Sicher fragst Du Dich, was ich geantwortet habe. Ja, was wohl? Dass ich es mir überlege. Es ist ja nicht so, als wäre ich Anfang zwanzig und hätte alles noch vor mir, die ganzen Entscheidungen, mit denen zuletzt jeder Lebensweg gepflastert ist. Ich habe meinen Weg längst gefunden. Schwer, sich vorzustellen, dass man plötzlich das Steuer herumreißt und noch einmal etwas Neues anfängt. Ich weiß nicht, ob ich dafür noch die Energie aufbringe, und dabei amüsiere ich mich so gut mit Mick, und man hat ja auch gern einen anderen Menschen um sich. Jemanden, der sich um einen kümmern würde. Mit Mick kann ich so viel lachen. Mit ihm fühle ich mich wie die Frau, die ich war, als ich noch gearbeitet habe. Blitzgescheit, clever, für leichtes Geplänkel ebenso zu haben wie für politische Debatten.

Natürlich ist mir Deine Meinung zu jedem Thema willkommen, aber in dieser Sache bitte ich Dich um besondere Behutsamkeit, denn ich selbst bin so perplex, dass jede Deiner Einschätzungen Spuren hinterlassen könnte, die nicht mehr zu tilgen wären.

Ich freue mich darauf, von Dir zu hören, und würde Dich natürlich jederzeit gern hier bei mir an der Ostküste begrüßen. In den letzten Monaten habe ich nicht viele Briefe geschrieben. Wenn ich am Schreibtisch sitze, fehlt mir die Kraft. Aber keine Sorge. Ich habe beschlossen, die Einladung auf das Podium beim High School Career Festival anzunehmen, das nächste Woche stattfindet.

Doch jetzt genug geschwafelt!

Alles Liebe von Deiner Schwester,

Sybil

Ms van Antwerp
17 Farney Road
Arnold, MD 21012

31.7.2018

Liebe Ms van Antwerp,
vielen Dank für das Buch, das Sie mir geschickt haben. Ich kannte John McGahern gar nicht, überhaupt kaum irische Autoren außer den Klassikern (Joyce, Yeats, Beckett). Nach »Unter Frauen« hab ich dann gleich noch »That They May Face the Rising Sun« gelesen, das mir so gut gefallen hat, dass ich mich gar nicht mehr von Irland trennen mochte und nun mit den Stories von William Trevor begonnen habe – ich lese nur eine pro Woche, damit ich länger etwas davon habe.

Anbei unsere Lehrveranstaltungen im kommenden Semester. Bitte suchen Sie sich einfach aus, was Ihnen zusagt. Hätten Sie vielleicht Lust, in mein Lyrikseminar zu kommen? Nur mal zur Abwechslung? Direkt anschließend könnten Sie dann »Neuere amerikanische Literatur« besuchen, bei einem Professor, der eben erst von der UCLA zu uns gewechselt ist. Er hat auch Roth auf der Lektüreliste stehen. Mögen Sie Roth? Es heißt ja, dass man Roth entweder lieben oder hassen muss. Der Meinung bin ich auch. Aber ich verrate Ihnen noch nicht, zu welcher Fraktion ich gehöre. Jedenfalls könnten Sie mittwochs erst von 11–13 Uhr an meinem Lyrikseminar teilnehmen und – nach der Mittagspause – von 13.45–16 Uhr noch die NAL mitnehmen.

Sie wollten wissen, wie meine Semesterferien waren? Der Juni war komplett für die Tonne; die meiste Zeit habe ich mit der Semesterplanung verplempert und ansonsten an allen Ecken und Enden Löcher gestopft. Meine Schwiegermutter ist gestorben, und unsere letzte Kinderwunschbehandlung war eine Pleite. Aber Anfang Juli haben mein Mann und ich eine Reise nach Lissabon gemacht und es uns zwei Wochen lang richtig gut gehen lassen. Hinterher waren wir noch in Kroatien und Griechenland. Ich lebe, um zu reisen. Ich habe viele Gedichte geschrieben. Das war herrlich und hat mich wieder mit mir selbst versöhnt. Verreisen Sie auch gern?

Und ja! Ich werde das neue Uni-Jahr hoch erhobenen Hauptes in Angriff nehmen und mich von keinem Penisträger mehr einschüchtern lassen. Sie wissen anscheinend ganz genau, wovon Sie reden. Danke für den Rat!

Mit herzlichen Grüßen,

Melissa Genet

University of Maryland,
College Park
College Park, MD

AN: Roy@coastaleyepartners.com
VON: sybilvanantwerp@aol.com
DATUM: 19.08. 2018, 19:33 Uhr
BETREFF: Nachlassen der Sehkraft

Lieber Dr. Jameson,
seit letzter Woche lässt mein Augenlicht auf einmal stark nach.

Herzliche Grüße,
Sybil van Antwerp

AN: sybilvanantwerp@aol.com
VON: Roy@coastaleyepartners.com
BETREFF: Nachlassen der Sehkraft
DATUM: 20.08.2018, 15:48 Uhr

Liebe Sybil,
gut, dass Sie sich gleich gemeldet haben. Ich möchte Ihnen gern für nächste Woche einen Untersuchungstermin anbieten. Genaueres bespricht meine Sprechstundenhilfe dann telefonisch mit Ihnen. Hätten Sie jemanden, der Sie fahren kann?

Roy

AN: Roy@coastaleyepartners.com
VON: sybilvanantwerp@aol.com
BETREFF: Nachlassen der Sehkraft
DATUM: 21.08.2018, 07:03 Uhr

Lieber Dr. Jameson,
ja, bitte! Ein Anruf aus Ihrer Praxis wäre mir sehr viel lieber als eine Terminvereinbarung per E-Mail. Ich kann mich von meinem Nachbarn bringen lassen. Vielen Dank!

Sybil

23.8.2018

Liebe Sybil,
ich habe Ihre Nachricht erhalten (war in Annapolis im Kino). Selbstverständlich fahre ich Sie gern am 4. September zu Ihrem Termin um 9.40 Uhr. Ich war schon etwas in Sorge um Sie. Ich könnte verstehen, wenn Ihnen nicht nach einem Besuch bei mir wäre, aber ich sehe Sie auch nicht mehr im Garten oder spazieren gehen. Und Autos von Besuchern haben ebenfalls länger nicht vor Ihrem Haus geparkt. Wollen wir nach Ihrem Termin zusammen zum Lunch? Sie haben mir noch nicht erzählt, wie es mit Enzos Sohn weitergegangen ist.

Es ist wirklich nicht der Rede wert, dass ich Ihnen gezeigt habe, wie man die Schrift auf dem Bildschirm größer stellen kann. Mir hat es meine Tochter gezeigt, und ich hatte es ruck, zuck kapiert. Ich freue mich doch immer, wenn ich Ihnen helfen kann. Und wofür hat man schließlich Nachbarn?

Und wo ich gerade bei meiner Tochter bin … Ich habe mich entschlossen, die Deutschlandreise mit ihr zu machen. Es wäre unsinnig, noch länger zu warten. Sie möchte sehen, woher ihre Mutter und ich herkommen, und die Gräber ihrer Vorfahren besuchen. Es scheint ihr wichtig zu sein, deshalb tue ich ihr den Gefallen. Ich bin dann einen Monat weg, in ein paar Wochen geht es los. Es scheint ein warmer Herbst zu werden, und da wollte ich Sie bitten, meine Rosen zu gießen. Den Gießplan bringe ich Ihnen gern noch vorbei. Für die Zeit der Reise lasse ich meine Post zwischenlagern.

Sie haben mir noch nicht gesagt, ob Sie Micks Antrag angenommen haben. Ich freue mich für Sie. Sie scheinen sehr glücklich mit ihm zu sein.

Ihr Freund,

Theodore Lübeck

Fiona van Antwerp-Beaumont
2 Hamilton Terrace
London SE28 8JF
United Kingdom

17. September 2018

Liebe Fiona,
seit unserem unglückseligen Telefongespräch sind nun einige Tage vergangen. Ich habe über Deine Vorwürfe nachgedacht und über die schroffen Worte, die auf beiden Seiten gefallen sind. Ich war zu der Zeit nicht gut zurecht und habe bestimmt Sachen gesagt, die ich so nicht gemeint habe. Vielleicht wäre es besser, Dich anzurufen, aber ich kann mich nun einmal besser mit Stift und Papier ausdrücken (auch wenn ich, wie Du ja jetzt weißt, wegen meiner fortschreitenden Blindheit nicht mehr sehr viel länger werde schreiben können). Heute sehe ich etwas weniger verschwommen. Obwohl ich weiß, was gesagt werden muss, ist es schwierig, einen Anfang zu finden.

Du meintest, dass ich Deiner Art zu leben kritisch gegenüberstehe, und dass Du (zusammen mit Walt und den Kindern) alles anders machen möchtest als ich. Das hat mich sehr verletzt. Als Du davon angefangen hast, dass ich Deine Berufswahl missbillige, war ich wirklich verblüfft. Auch wenn ich angenommen hatte, Du würdest in Richtung Medizin gehen, nachdem Du während Deiner College-Zeit immer davon geredet hattest, und ich etwas Zeit brauchte, um Deinen Schwenk zur Architektur nachzuvollziehen, bin ich doch unendlich stolz auf die Karriere, die Du Dir aufgebaut hast. Noch mehr verletzt hat mich Deine Antwort, als ich darauf zu sprechen kam, dass ich erst durch Tante Rosalie von Deinen Fehlgeburten erfahren habe: Du wüsstest nicht, wie Du Dich mir anvertrauen sollst, weil ich immer so distanziert bin. Auf meinen Einwand, Du hättest mir nie gezeigt, dass Du mich brauchst, sagtest Du, ich hätte Dir beigebracht, mich nicht zu brauchen. Stell Dir doch mal vor, was für ein Gefühl es wäre, wenn Deine Frannie Dir eines Tages so etwas an den Kopf werfen würde. Schrecklich.

Wäre ich meinem Instinkt gefolgt, hätte ich Dir sofort Kontra gegeben, Deine Anschuldigungen entkräftet, Dir die erdrückenden Beweise vorgehalten, dass Du unrecht hast. Doch ich habe abgewartet, erst einmal tief durchgeatmet. Zu meiner eigenen Überraschung habe ich zuletzt auf jegliche Rechtfertigung verzichtet. Dafür möchte Dir jetzt eine Geschichte über mich erzählen.

Als ich ein Kind war, haben mir Deine Großeltern irgendwann eröffnet, dass ich adoptiert bin. Eines Tages kam Dein Opa von der Arbeit nach Hause, wir setzten uns, was höchst ungewöhnlich war, in die gute Stube, und sie haben mir alles erklärt. Dann gab es statt Abendbrot einen Eisbecher, als Trostpflaster. Natürlich war es schwer für mich, aber ich war als kleines Mädchen auch ein kleiner Sonderling (sehr ernst, ohne Freundinnen, von den anderen Kindern oft ausgegrenzt) und konnte ein richtiger Sturkopf sein, wenn ich mich in etwas verbissen hatte. Von dem Tag an hatte ich mein Thema gefunden. Du weißt ja, dass ich die Dinge gern in Schwarz und Weiß einteile. Ich bin eine Verfechterin fester Regeln. Ich lebe gern in einer Welt, die nach klaren Richtlinien und Gesetzen funktioniert. Ich glaube, adoptiert zu sein, gab mir als Kind das Gefühl, nicht richtig ins System zu passen. Ich habe es keiner Menschenseele erzählt.

Weil meine Eltern wussten, wie sehr mich die Geschichte belastet hat, gaben sie mir Jahre später einen Brief, den meine leibliche Mutter geschrieben hatte, bevor sie mich weggab, und diese paar Zeilen im hellrosa Umschlag gerieten mir zur Obsession. Ich bewahrte den Brief in einem Holzkästchen unter meinem Bett auf. Monatelang las ich ihn jeden Abend vor dem Einschlafen. Ich studierte die Handschrift genau. Ich versuchte, zwischen den Zeilen zu lesen, um irgendeinen bisher übersehenen Hinweis zu finden. Es war quälend. Zwar behielt ich es für mich, aber ich sehnte mich verzweifelt nach meiner leiblichen Mutter. Wie ich durch die Kindred-Mitgliedschaft, die Dein Bruder mir vor Jahren zu Weihnachten geschenkt hat, erfuhr, hieß sie Louisa. Ich lege Dir den Brief bei. Bitte heb ihn gut auf.

Ich fing mit dem Briefeschreiben an, weil ja offenbar auch meine leibliche Mutter (die für mich als Kind meine »richtige« Mutter war) Briefe geschrieben hatte. Während ich mich an diesen Gedanken klammerte, fand ich in den Briefen ein überraschendes Ventil. Ich konnte mit jedem Menschen korrespondieren. Wenn ich alles gründlich durchdachte und zuerst ins Unreine schrieb, konnte ich mich haargenau so ausdrücken, wie ich wollte. Schreiben fiel mir um einiges leichter, als mit Leuten zu sprechen. Ich war so unsicher, fühlte mich immer so anders. Am Telefon neulich hast Du gemeint, ich könne tiefer gehende Beziehungen vielleicht nur per Brief unterhalten, und auch darüber habe ich nachgedacht. Von Jugend an fand ich im Briefeschreiben einen Halt, der mir das Leben leichter gemacht hat. Daran hat sich bis heute nichts geändert. Und doch frage ich mich, ob ich nicht dadurch, dass ich die tiefsten Freundschaften meines Lebens auf Papier geführt habe, seit meiner Kindheit zu anderen Menschen auf Distanz gegangen bin. Sicher haben mich die Briefe auch abgepuffert, sind sie ein Kraftfeld gewesen, das mich – genau wie die Juristerei – vor dem direkten Kontakt mit der Menschheit bewahrt hat. Obwohl ich daran im Nachhinein nichts ändern wollte, wünsche ich mir jetzt, im Alter, mehr Nähe. Tatsächlich mehr Nähe. Was ich seit Eurem Vater nicht mehr gekannt habe.

Euren Dad kennenzulernen war DIE große Überraschung meines Lebens. Davon hatte ich noch nicht mal geträumt. Ich dachte, ich bräuchte jemanden, der mich erträglich fände, aber er fand mich wunderbar! Und ich ihn erst recht. Bei ihm fühlte ich mich nie »anders«. Er schenkte mir eine Familie – ich hatte dem Schicksal, das ich mir zugedacht hatte, ein Schnippchen geschlagen. Dank ihm lernte ich, mich anderen zu öffnen, was völlig neu für mich war. Ich habe es als Heilung empfunden. Er fand mich wunderbar, und dafür werde ich ihn immer lieben.

Als Du zur Welt kamst, war ich voller Angst. Mit den beiden Jungs kam ich zurecht – sie waren wie zwei Fremdkörper für mich. Aber Du, ein Mädchen? Was, wenn ich Dich nicht verstehen könnte? Ich hatte noch immer nicht richtig in die Welt hineingefunden. Was, wenn ich nicht wüsste, wie ich Dir eine Mutter sein sollte? Ich hatte einfach nur Angst. Ich hatte die ganze Zeit Angst, etwas zu verlieren oder kaputt zu machen, und genau das habe ich dann ja auch getan.

Als Gilbert starb, warst Du erst vier. Sein Tod … hat mir den Boden unter den Füßen weggerissen. Ich ~~konnte nicht~~ hatte mich bemüht, alles richtig zu machen, mich an die Regeln zu halten, mich mit aller Kraft einzufügen, aber es war nicht genug. Weißt Du, wie es sich anfühlt, wenn Deine schlimmste Befürchtung wahr wird, Fiona? Wenn Dein Angsttraum zur Realität wird? Hoffentlich wirst Du das nie erfahren müssen. Ich konnte es nicht begreifen. Das Leben, das ich mir aufgebaut hatte, war nicht tragfähig genug; die Naturgesetze waren zu brachial, um von mir gebrochen zu werden. ~~Es war~~ Ich ertrug es nicht, und indem ich mich gegen den Schmerz stählte, hielt ich Dich immer mehr auf Abstand, denn was, wenn ich Dich auch noch verlor? Dich – oder Bruce? Ich zog mich von Dir zurück. Je weniger ich fühlte, desto weniger schwer würde es werden, WENN meine Ängste sich erneut bewahrheiteten. Ich bin wohl nie darüber hinweggekommen und weiß nicht einmal, wie das gehen soll.

Fiona, ich fasse hier in Worte, was ich noch nie im Leben ausgesprochen habe. Adoptiert zu sein, Gilberts Tod, das Ende meiner Ehe. Ich habe mich immer irgendwie verkehrt gefühlt. Als würde ich mich verstellen, schauspielern, die Tochter, Ehefrau und Mutter nur mimen. Ich wollte das alles sein, und ich war es wohl auch, aber ich habe es mir nicht richtig abgenommen, und dann ging so vieles schief. Der Tod Deines Bruders hat mich zerbrochen, und ich bin nie wieder heil geworden. Wie es scheint, war Dad weiterhin fähig zu lieben, ich aber konnte es nicht. Trauer (die schlimmste Trauer der Welt) ist wie … Was? Was passiert da mit einem? Ich habe immer das Gefühl gehabt, als trüge ich einen Schrei in mir. Zwar hat er sich mit der Zeit abgeschwächt, aber verschwunden ist er bis heute nicht. Ob ich durchs Haus gehe oder im Garten buddele, beim Einkaufen bin oder am Schreibtisch sitze, ständig habe ich das Schreien im Kopf, wie Sirenengeheul im Krieg.

Wenn ich auf mein Leben als Mutter zurückblicke, komme ich mir wie eine Versagerin vor, aber wenn ich andererseits Dich und Deinen Bruder ansehe … Ihr habt beide ein erfülltes, gutes Leben. Fiona, es tut mir leid, dass ich Dich nicht an mich herangelassen und Dir beigebracht habe, mich nicht zu brauchen. Es tut mir leid, dass ich so verbittert auf Deinen Besuch bei Rosalie reagiert habe und es Dich habe spüren lassen. Es tut mir leid, dass ich Dir nicht gesagt habe, dass ich blind werde. Es tut mir leid, dass ich nicht gut genug war. Du siehst in mir natürlich nur die Mutter, aber vergiss bitte nicht, im Herzen bin ich auch bloß ein kleines Mädchen.

Seit einiger Zeit stehe ich mit dem Sohn eines Mannes in Briefkontakt, den Guy und ich vor Jahren ins Gefängnis gebracht haben. Es war ein Fehlurteil, was sich verheerend auf die Familie ausgewirkt hat. Erst kürzlich habe ich erfahren, dass der Mann tot ist, schon vor Jahrzehnten gestorben. Das hat mich in den letzten Monaten stark beschäftigt. Du musst ja denken, dass ich nicht mehr recht bei Trost bin. Ich bin voller Trauer und zutiefst erschöpft. Dieser Brief hat sich zu einem dichten Gestrüpp verworrener Gedanken ausgewachsen, aber ich hoffe, mein unter mühseligem Blinzeln über Stunden zusammengestoppeltes Geschreibsel ergibt für Dich trotzdem einen Sinn.

Ich habe mir eine Pause gegönnt und bin auf ein Schwätzchen zu meinem Nachbarn Mr Lübeck nach draußen gegangen. Bald werde ich Mr Watts eine Antwort auf den Heiratsantrag geben müssen. Ich kann ihn nicht ewig hinhalten. Du hast mir noch nicht gesagt, was Du davon hältst. Was hältst Du davon?

Ich hab Dich lieb,

Mom

Postskriptum: Dein Bruder und Onkel Felix wissen noch nichts von meinen Augenproblemen, aber das hole ich jetzt bald nach. Und ich möchte es Ihnen selbst sagen.

Rosalie van Antwerp
33 Orange Lane
Goshen, CT 60756

18. September 2018

Liebe Rosalie,
ich schreibe Dir, um das lange Schweigen zu beenden. Diese Woche heißt bei mir »Entschuldigungsmarathon«. Du kannst also aufatmen und in satter Selbstzufriedenheit weiterlesen. (Was Dir natürlich niemals einfallen würde. Du bist ja schließlich nicht wie ich.)

Zunächst aber möchte ich Dich fragen … Du hattest doch vor einiger Zeit erwogen, Lars in ein Heim zu geben. Greenmont Village. Hast Du in der Zwischenzeit dahingehend etwas unternommen? Der Gedanke macht mich ganz krank, dass Du die Entscheidung womöglich während der großen – von mir verschuldeten – Funkstille treffen musstest. Was für ein fürchterlicher, fürchterlicher Zwiespalt, in dem Du Dich befunden haben musst oder sogar noch befindest. Du meintest, es fühle sich an wie eine Kapitulation, aber das ist es nicht. Du musst keinem unerreichbaren Ideal entsprechen, Du musst nur versuchen zu überleben, mit den Herausforderungen fertigzuwerden, die Dich fast in die Knie gezwungen haben. So, das wollte ich als Allererstes loswerden.

Mit Fiona ist es zum Eklat gekommen – im Nachhinein betrachtet, nicht anders zu erwarten. Es ist wahr: Hinterher ist man immer schlauer. Wir haben vor ungefähr einer

Woche telefoniert, und als ich ganz beiläufig erwähnt habe, dass wir uns länger nicht mehr gesehen haben, ist sie regelrecht explodiert und hat mich mit einem Hagel an Vorwürfen eingedeckt, als wäre eine Splitterbombe hochgegangen. Im Gegenzug habe ich ihr dann aufs Butterbrot geschmiert, dass ich von ihrem Besuch bei Dir wisse. Der Schuss ging allerdings nach hinten los, weil sie ohnehin schon wusste, dass ich es wusste. Es war schrecklich. Aber während sie mit solcher Vehemenz auf mich eindrosch, fiel mir Dein Brief vom letzten Sommer wieder ein, und zum ersten Mal, seit ich ihn gelesen hatte, fühlte ich mich nicht verletzt, sondern verstanden. Unter Fionas Dauerfeuer wünschte ich mir nur, Du säßest als Ohrenzeugin neben mir in der Küche und machtest mir Mut. Nein, in der Hitze des Gefechts habe ich mich auch nicht vornehm zurückgehalten. Nach dem Telefonat bin ich erst einmal ein paar Tage in mich gegangen. Ich habe viel nachgedacht, Deinen Brief wieder hervorgeholt, und dann war aus meiner Empörung die Luft raus wie aus einem undichten Ballon. Plötzlich sah ich klar. Ich habe Fiona einen langen Brief geschrieben, in erster Linie natürlich, um mich zu entschuldigen, gleichzeitig habe ich darin förmlich mein Innerstes nach außen gekehrt. Seit ich den Brief gestern aufgegeben habe, sitze ich wie auf Kohlen.

Also gut, Rosalie, hier nun der eigentliche Grund, weshalb ich Dir heute schreibe. ES TUT MIR LEID. Ich war Dir zu Unrecht böse. Bitte verzeih mir. Wir haben Monate verloren – ach was, Monate. Ein Jahr oder mehr! So viel Zeit, in der ich Dir nicht anvertraut habe, dass ich blind werde, in der ich bei Deinen schweren Entscheidungen nicht für Dich da war, dabei war alles, was Du über Fiona gesagt hast, nur gut gemeint, doch aus Dickköpfigkeit wollte ich es nicht wahrhaben. Das kann ich nicht wiedergutmachen, aber ich erkenne meinen Irrtum jetzt – in aller Klarheit! Ist das nicht ironisch? Es tut mir so furchtbar leid, Rosalie. Bitte sei wieder gut. Bitte schreib mir und erzähl mir alles. Wie es Dir geht, und Paul, und Lars. Du bist so ein Fels in der Brandung, so ein wunderbarer Mensch, Rosalie. Ich kann nur hoffen, dass Du mich in Gnaden wieder in Dein Herz schließt. Ich schaffe es nicht ohne Dich.

Uff, das hätten wir, Gott sei Dank.

Ich habe noch ein paar Neuigkeiten zu berichten. Mick Watts hat mir einen Heiratsantrag gemacht und will mich nach Texas entführen. Stewart hat Felix betrogen, sie haben sich getrennt. Felix wohnt jetzt in Los Angeles, und es geht ihm gar nicht gut. Nach einem großen Krach mit der Dekanin für Englisch sind wir jetzt dicke Freundinnen, und ich habe mich für ein Lyrikseminar angemeldet. Wenn wir das nächste Mal telefonieren, muss ich Dir auch noch eine komplizierte, üble Geschichte erzählen, die mit einem Gerichtsurteil von Guy in den Siebzigern zu tun hat. Außerdem habe ich schon länger nichts mehr von Hattie Gleason gehört. Das war's.

Schreib mir,

Sybil

Postskriptum: Das Lesen fällt mir zunehmend schwerer. Ich versuche, noch ein letztes Mal durch »Stolz und Vorurteil« zu kommen. Manchmal sehe ich gut genug, um zu schreiben, so wie heute zum Beispiel, aber manchmal ist es fast unmöglich. Als es mit dem Verlust des Augenlichts losging und dann langsam schlimmer wurde, habe ich mir eingebildet, ich würde bis zuletzt mit aller Kraft dagegen ankämpfen wollen. Inzwischen sehe ich das anders. Seit es mich so ungeheuer viel Anstrengung kostet, bin ich fast bereit, mich einfach damit abzufinden. Fast, aber noch nicht ganz! Es ist durchaus möglich, dass ich es mir schon morgen wieder anders überlege; heute allerdings ist mir tatsächlich so zumute.

AN: sybilvanantwerp@aol.com
VON: stewartpbates@gmail.com
DATUM: 02.10.2018 20:08 Uhr
BETREFF: Felix

Liebe Sybil,

ich hoffe, es geht dir gut und du hast viel Freude an deinen Enkeln. Hast du meinen Brief bekommen? Ich nehme an, du bist sauer auf mich, und das ist dein gutes Recht, aber du kennst nicht die ganze Geschichte (selbst Felix kennt sie nicht), und er geht nicht ans Telefon und reagiert nicht auf meine SMS oder E-Mails. Ich würde ja sofort ins Flugzeug steigen, wenn ich bloß wüsste, wo er sich aufhält. Wahrscheinlich glaubst du, dass du deinen Bruder beschützt, indem du dich zwischen uns stellst, aber das ist nicht der Fall. Felix und ich müssen reden. Ich bin mir fast sicher: Wenn wir uns nur aussprechen könnten, wenn ich mich entschuldigen und alles erklären könnte, würde sich alles wieder einrenken.

Passiert ist Folgendes: Ich hatte mich zu eng mit einem Franzosen angefreundet. Das war ein Fehler. Zu der Zeit lief es zwischen Felix und mir nicht rund. Er schrieb an einem langen Essay und kam einfach nicht richtig in die Gänge. Ursprünglich hätte er ihn in einer Anthologie unterbringen können, aber dann, just, als er seine Schreibblockade endlich überwunden hatte, fiel die Finanzierung dafür weg. Er war tief enttäuscht. Du kennst ihn ja. Wenn es mit der Arbeit läuft, ist er gut drauf, und wenn nicht, ist er abweisend, unnahbar, mürrisch. Nachdem ich mir dieses Gebaren monatelang hatte gefallen lassen müssen, reichte es mir. Nach einem Mordskrach brachte er das Thema Heiraten auf, worauf ich ihn daran erinnerte, dass wir uns doch immer gegen die Ehe ausgesprochen hätten.

Etwa zu der Zeit fing es an, dass ich mich ab und zu mit dem anderen Mann auf einen Kaffee, einen Spaziergang oder ein Glas Wein getroffen habe. (Ich kenne ihn von der Arbeit, durch ein gemeinsames Projekt.) Ich will ganz offen sein, Sybil: Es war nicht richtig von mir, aber es hat mir gutgetan. Ich war sauer auf Felix und gekränkt, deshalb habe ich die inneren Warnsignale überhört. Hinter Felix' Rücken habe ich Luc (so hieß er) besser kennengelernt, von meiner Seite aus rein freundschaftlich, wohlgemerkt, aber er hat sich unglückseligerweise in mich verliebt. Im Dezember hat Felix zufällig eine Nachricht von ihm auf meinem Handy gefunden. Es lag auf dem Tisch, als mein Wecker losging, damit ich die Einnahme meiner Medizin nicht vergesse. Felix ist ausgetickt. Ich war und bin in den anderen nicht verliebt, aber Felix hat mir nicht geglaubt. Weil er mich kein Wort zu meiner Verteidigung hat sagen lassen, weiß er bis heute nicht, dass zwischen Luc und mir nichts vorgefallen ist (einmal hat er mich geküsst, aber das habe ich sofort unterbunden). Wie gesagt, Felix glaubt mir nicht. Aus Misstrauen, aus Aberglauben? Keine Ahnung. Ich liebe deinen Bruder, habe ihn immer geliebt, und nach dem Streit wegen der SMS war es mit dem Kontakt zu Luc auch sofort vorbei. Beim Spiel mit dem Feuer habe ich mir die Finger verbrannt, aber dumm bin ich nicht. Ich habe meine Lektion gelernt. Du musst mir helfen, irgendwie wieder an Felix heranzukommen. Bitte, Sybil.

Stewart

Dezi Martinelli
138 South Carrington St.
Hasbrouck Heights, NJ 07604

4. Oktober 2018

Lieber Dezi,
der Tod Ihres Vaters und die Umstände seines Todes erfüllen mich mit Trauer. Mir fehlen die Worte, und ich kann nur sagen: Es tut mir leid.

Ich lege Ihnen einen der Briefe bei, die mir Ihr Vater aus dem Gefängnis geschickt hat. Es hat mich sehr bewegt, mit welchen Worten er zum Ausdruck brachte, wie tief die Liebe zu Ihrem Bruder und Ihnen ging. Wenn Sie möchten, lasse ich Ihnen die übrigen Briefe auch noch zukommen.

Wären Sie willens, mir die Adresse Ihrer Mutter in Italien zu schicken? Ich würde ihr gern schreiben, und zwar recht bald.

Herzlichst,

Sybil van Antwerp

Sybil van Antwerp
17 Farney Road
Arnold, MD 21012
USA

4. November 2018

Liebe Sybil,
es tut mir sehr leid, dass ich so lange nicht geschrieben habe. Vielen Dank für die Artikel über unseren Vater. Die Informationen bedeuten mir sehr viel. Du magst es verrückt finden, aber ich habe etliches an Zeit investiert, um seinen Bruder Eugene ausfindig zu machen. Er war ja um einiges jünger als Charlie. Offenbar lebt er im Norden Kaliforniens in einem Pflegeheim und ist 90 Jahre alt.

Nachdem Du Dir die Zeit dafür genommen hast, möchte ich Dir auch ein bisschen über mich erzählen, obwohl es da nicht sonderlich viel zu berichten gibt. Ich war nie verheiratet und habe keine Kinder. Man könnte wohl sagen, ich habe mein Leben meiner Arbeit gewidmet, meinen Brüdern und der Pflege unserer Mutter. Einmal war ich verliebt, aber es hat nicht sollen sein. So mit etwa Ende dreißig überkam mich kurzzeitig das große Wehklagen, aber das ging vorbei. Ich bin eigentlich ganz zufrieden. Meine Sehkraft lässt langsam nach, eine seltene Erbkrankheit, wie es scheint. Das betrübt mich, weil es meiner Arbeit vorzeitig ein Ende setzen wird. Beim Nachlesen kommt mir das jetzt alles ein bisschen dürftig vor. Ein ruhiges Leben. Natürlich ist das nicht alles gewesen, aber ich weiß nicht recht, wie ich es in Worte fassen soll, und das schlechte Sehen macht das Schreiben so mühsam (wobei es mir immer schon schwergefallen ist). Wäre es nicht viel einfacher, sich am Telefon auszutauschen? Was hältst Du davon? Außerdem hatte ich eine Idee, die Du vielleicht verrückt finden wirst, nämlich, dass Du uns besuchen kommst. Vielleicht könnten die Jungs und ich Dir auf diese Weise die Vergangenheit ein bisschen näherbringen. Ich habe keine Erklärung dafür, warum Mum Dich zur Adoption freigegeben hat, aber es tut mir natürlich leid für Dich. Vielleicht würde es helfen, wenn wir mit Dir über sie sprechen und Dir etwas über ihr Leben erzählen. Momentan ist nicht die richtige Zeit, wo doch schon der lange, dunkle Winter einzieht, aber wie wäre es, wenn Du im Sommer kommst?

Überleg es Dir. Ich würde mich wahnsinnig über Deinen Besuch freuen.

Alles Liebe und Gute,

Deine Schwester Hattie

Florencia Martinelli
84 Via del Porrione
Bergamo 03950
ITALIEN

10. November 2018

Liebe Ms Martinelli,
vor vielen Jahren kamen Sie in Maryland mit Ihren Söhnen in mein Büro und baten um ein mildes Urteil für Ihren Ehemann, Enzo, aber ich habe mich nicht für ihn eingesetzt. Als alte Frau, die ich heute bin, bereue ich einiges in meinem Leben, darunter auch meine damalige Entscheidung. Ein Mensch, den ich sehr geliebt habe, hat einmal zu mir gesagt, es gibt kein Paralleluniversum – kein »was wäre gewesen, wenn«. Ich wünschte sehr, dem wäre nicht so. Nun habe ich von Enzos Tod erfahren und von den Umständen, die dazu führten. Es tut mir unendlich leid, dass meine blinde Bitterkeit so viel Leid über Ihre Familie gebracht hat. Wie gern würde ich auf irgendeine Weise Wiedergutmachung leisten, wohl wissend, dass man die Toten nicht zurückbringen kann.

Es grüßt Sie von Herzen

Sybil van Antwerp
(Frühere persönliche Referentin
von Richter Guy Donnelly)

Mr Larry McMurtry
c/o Buchhandlung Booked Up
216 S. Center St.
Archer City, TX 76351

10. Dezember 2018

Lieber Mr McMurtry,
nachdem ich Ihre Privatadresse nicht herausfinden konnte, hoffe ich, dass mein Brief Sie über Ihren Buchladen erreicht. Wenn ich mich nicht irre, wohnen Sie in Archer City. Ich war einmal in Texas, und zwar in Houston, das ist noch gar nicht so lange her. In meinem Alter ist es nicht sehr wahrscheinlich, dass es mich erneut dorthin verschlägt. Falls aber doch, würde ich Ihrer Buchhandlung einen Besuch abstatten. Ich bewundere Sie seit Jahren und habe mir immer vorgestellt, dass wir, wenn wir uns je begegnet wären, sagen wir auf einer Dinner Party, den ganzen Abend regelrecht aufeinandergehockt hätten.

Soweit ich weiß, mussten Sie sich vor ein paar Jahren einer Herzoperation unterziehen, die gravierende Spätfolgen nach sich gezogen hat. Es tut mir leid, dass Sie so viel durchmachen mussten. Ist es nicht einfach unfassbar, wie viel Mühe das Leben auf die Dauer macht? Davor hat mich keiner gewarnt. Ich wünschte mir, es hätte früher mal jemand zu mir gesagt: »Sybil, es werden immer wieder Schlangen vom Grund des Meeres aufsteigen, um dich zu beißen.« Natürlich habe ich meinen Kindern dergleichen auch nicht gesagt, das wäre mir wohl nie eingefallen.

Ich möchte Ihnen sagen, wie sehr mir »Weg in die Wildnis« gefallen hat. Ich habe es dreimal gelesen. Sicher kennen Sie die Fernsehserie, die darauf basiert. Die habe ich mir auch ein paarmal aus der Bibliothek ausgeliehen und fand sie genauso fabelhaft. Ich habe den Roman kennengelernt, als er für den Pulitzer-Preis nominiert war, weil ich damals noch versucht habe, bei den aktuellen Preisträgern am Ball zu bleiben. Die Lektüre von »Weg in die Wildnis« fiel bei mir in eine Zeit, als ich das Gefühl hatte, alle Menschen um mich herum stünden voll im Saft, während ich selbst mehr und mehr verkümmerte. Die Wirkung, die das Buch auf mich hatte, werde ich nie vergessen. Es war, als förderte es aus meinem tiefsten Inneren die schmerzlichsten Wahrheiten zutage. Anders ausgedrückt: als entsprängen die Geschichte von dem Viehtrieb und die Nebenhandlungen irgendwie aus mir selbst. Hört sich das verrückt für Sie an, oder verstehen Sie – wovon ich eigentlich ausgehe – ganz genau, was ich meine? Ungefähr auf den letzten hundert Seiten dämmert es einem, dass es für die Protagonisten, die einem so ans Herz gewachsen sind, nicht gut ausgehen wird. Im Gegenteil, man muss sich auf ein böses Ende gefasst machen. Man weiß, dass es bevorsteht. So war es jedenfalls bei mir. Ich werde nie vergessen, wie und wo ich dieses Ende erlebt habe. Ich saß im Bett und las, neben mir schlafend mein Mann, der mich bald danach endgültig verließ, und ich dachte, ich halte hier ein Buch über Enttäuschung in Händen. Tiefe, bittere Enttäuschung für alle diese Menschen. Und ich war wütend, erschrocken über Ihre Gnadenlosigkeit, wie Sie Ihren Figuren Schlag um Schlag versetzen, ohne auch nur das leiseste Mitleid – und ohne Ihrer Leserschaft eine Atempause zu gönnen. Für mich war die Lektüre eine Qual, weil Sie mit dem Buch so genau die Erfahrungen trafen, die ich auf meinem eigenen Lebensweg gemacht hatte, und wohl auch, weil ich damals in jedem Roman, den ich las, nach Motiven leiser Hoffnungsfreude suchte.

Wahrscheinlich habe ich Ihnen damals schon geschrieben, und wenn nicht, hatte ich es auf jeden Fall vor. (Wie gesagt, es war eine so schwere Zeit in meinem Leben, dass ich es unter Umständen versäumt habe.) Ende der Neunziger habe ich »Weg in die Wildnis« noch einmal gelesen, als ein weiteres Buch der Reihe herauskam. Letzte Weihnachten stand ich vor meinem Bücherregal – da meine Jahre als Leserin allmählich zur Neige gehen, treffe ich meine Lektüreentscheidung mit Bedacht. Plötzlich hatte ich Lust, Ihr Buch noch einmal zur Hand zu nehmen, und deshalb schreibe ich Ihnen heute.

Ich bin eine alte Frau, und mein Leben war eine seltsame Mischung aus Wunderbarem und Alltäglichem. Als ich den Roman nun zum dritten Mal las, auf die gleichen Emotionen wie früher eingestellt, erlebte ich eine gewaltige Überraschung. Was ich damals als Gnadenlosigkeit empfand, erschien mir jetzt als Mut. Als der Mut, den Figuren etwas anzutun! Sie ihrem Schicksal zu überlassen! Es war mutig, unerträglich und doch so wahr – aber DENNOCH, Mr McMurtry. Aber DENNOCH. Ich fand etwas, was mir, weil ich damals gar nicht erst danach gesucht hatte, entgangen war, was ich aber diesmal zu finden hoffte, ja, mir regelrecht herbeiwünschte (und was ich mir auch für mein eigenes Leben erhoffe): EINE ENORME LEBENSKRAFT. Augustus und Call, vollkommen erfüllt von dem Sinn des

Lebens, in dem sie sich eingerichtet hatten. Diesmal hatte der Text eine ganz neue Bedeutung für mich. Das musste ich Sie wissen lassen. Ja, das ist dann eigentlich auch schon alles. Aber das wollte ich Ihnen unbedingt gesagt haben. Ich weiß nicht, was einen Menschen dazu bringt, Schriftsteller zu werden, keine Ahnung. Aber Sie sollen erfahren, dass Ihr Text, Ihr Werk, Ihre Geschichte, in mir etwas angerührt haben – einen Funken entfacht. Was ich sagen will, ist wohl: Sie haben mich bewegt.

Genießen Sie Ihren ruhigen Lebensabend da unten in Texas! Auch wenn wir beide schon hilflos im Spinnennetz des Alterns zappeln, möchte ich Ihnen einen erfüllten letzten Lebensabschnitt wünschen. Was ich mir wohl ebenfalls erhoffe.

Mit herzlichen Grüßen,

Sybil van Antwerp

Sybil van Antwerp
17 Farney Rd.
Arnold, MD 21012

24.12.2018

Liebe Ms van Antwerp,
vielen Dank für Ihre Zeilen über »Weg in die Wildnis«. Anscheinend war das Buch für sehr viele Menschen von Bedeutung, und zwar in ganz verschiedener Hinsicht, wovon ich vorher überhaupt keine Vorstellung hatte. Ich muss Ihnen sagen, Sie schreiben da etwas, was ich interessant finde, nämlich dass es Mut braucht, meinen Figuren etwas anzutun. Das war interessant.

Sie haben recht, es ist mühsam, durchs Leben zu kommen, aber wir sind immer noch da, also haben wir uns wohl gar nicht so dumm angestellt. Bestimmt sind Sie noch nicht so alt wie ich. Mein Buchladen ist eher so etwas wie eine Bücher<u>stadt</u>. Sollten Sie doch einmal nach Texas kommen, geben Sie mir Bescheid, dann führe ich Sie persönlich herum.

Alles Gute und frohe Weihnachten,

Larry

21. Januar 2019

Lieber Theodore,

danke, dass Sie gestern so lieb waren, meine hohen Sträucher zu beschneiden. Ihre stattliche Körpergröße gereicht Ihnen wirklich zum Vorteil.

Wie ich schon vor ein paar Wochen erwähnte, habe ich mit Mick Schluss gemacht. Er war mir dann doch etwas zu viel des Guten. Wie er mich völlig vereinnahmt hat und unbedingt heiraten wollte. Ein richtiger Heiratstick, und das in unserem Alter! Obendrein ist er auch noch viel älter als ich. Was für eine Erleichterung! Ich wäre in Texas nicht glücklich geworden.

Was gibt es sonst noch Neues? Meinen Flug nach London habe ich gebucht. (Erster Klasse! Geld genug habe ich ja – zum größten Teil nicht selbst erarbeitet. Ich profitiere vom Tod anderer Leute.) Eine Woche besuche ich Fiona. Sie fährt mit mir nach Oxford und nach Yorkshire ins Hochmoor, wo »Sturmhöhe« von Emily Brontë spielt. Von dort aus bringt sie mich nach Fort William in Schottland, wo ich Hattie und ihre Brüder besuchen will. Fiona hat sehr viel Verständnis für meinen Wahn entwickelt. Ende April breche ich auf. Wenn alles gut geht und es mir tatsächlich Spaß macht, wie ein unbeschwertes junges Ding in der Welt herumzugondeln, hätten Sie dann nicht vielleicht auch mal Lust auf eine Reise? Mit mir, meine ich. Ich würde so gerne Paris sehen.

Einstweilen ein weniger verrückter Vorschlag: Es ist Jahre her, seit ich das National Symphony Orchestra zuletzt gehört habe, und nun spielt es Ende Februar die Carmina Burana. Würden Sie mit mir hingehen?

Herzliche Grüße,

Sybil van Antwerp

27.1.2019

Meine liebe Sybil,
wir haben gestern Abend nicht darüber gesprochen, aber Sie sollen es doch wissen: Es wäre mir eine Ehre, Sie nach Paris zu begleiten.

Stets der Ihre,

Theodore

Rosalie van Antwerp
33 Orange Lane
Goshen, CT6756

29.4.2019

Liebe Rosalie,
ich bin dann mal weg! Morgen früh geht es los. Bruce bringt mich nach Washington zum Flughafen. Dann heißt es bis zum Abflug nach London noch ein paar Stunden warten. Ich bin ein Nervenbündel. Aber während ich hier im Haus herumwirbele, muss ich feststellen, dass bereits alles in schönster Ordnung ist. Die Fenster sind geputzt, der Abfluss in der Küche mit kochendem Essigwasser durchgespült. Die Mülleimer sind geleert, die Betten frisch bezogen. Meine erste Auslandsreise, und das mit knapp 80! Ich melde mich …

Syb

Postskriptum: In ein paar Tagen kommt ein schweres Paket bei Dir an. Unsere ganzen Briefe, seit unserer Kindheit. Hoffentlich kannst Du die jahrzehntealte Geschichte wieder zusammenstoppeln. Wer weiß, vielleicht lässt sie sich ja sogar verkaufen. Andererseits hast Du recht: Wen außer uns soll sie überhaupt interessieren? Es dürfte inzwischen ein richtiger Wälzer sein. Theodore musste mir das Paket in der Post auf den Tresen hieven.

Mr Theodore N. Lübeck
11 Farney Road
Arnold, Maryland 21012
USA

11. Mai 2019

Ach, Theodore. Wie kann ich es beschreiben? Ich werde mein Bestes geben, auch wenn mir die unersättlichen Augen fast den Dienst versagen. Sie haben einen Abglanz vom Himmel auf Erden erblickt, und jetzt wollen sie ausruhen. (Heute ist mein erster »sehender« Tag seit einer Woche, also ergreife ich die Gelegenheit zu schreiben.) Wie soll ich mein Entzücken in Worte fassen? Das wenige, das meinen Augen zu sehen vergönnt war? Ich bin zu Hause! Majestätisch erstreckt sich die Landschaft in sanften Wellen bis in endlose Weiten, und der Himmel ist strahlend, voller Leben und Bewegung, die Luft von nie gekannter Frische. All das Grün, die Steine, das Wasser. Meine Schwester ist ganz wunderbar, eine kluge ruhige Frau. Wissen Sie, an wen sie mich am meisten erinnert? An Harry! Ich habe auch noch drei Halbbrüder, und es kommt mir so vor, als hätte ich alle vier Geschwister schon immer gekannt.

Ich weiß nicht, warum ich erst in diesem hohen Alter mit dem Reisen begonnen habe, und nun auch noch fast blind! Aber nein, das stimmt nicht. Natürlich weiß ich es, und ich möchte es Ihnen erzählen. Ich möchte Ihnen etwas erzählen, was ich noch keiner Menschenseele erzählt habe.

Obwohl es besser gewesen wäre. Das sehen Sie dann selbst, wenn Sie lesen, was ich zu sagen habe. Bitte haben Sie Geduld mit mir; meine Handschrift ist so schauderhaft geworden.

Gilbert ist nicht ertrunken, wie ich Ihnen erzählt habe. Ich will Ihnen den wahren Sachverhalt schildern. Wir haben mit den Kindern Urlaub an einem See in Kanada gemacht. Bruce war 10, Gilbert 8, Fiona 4. Wir wohnten in einem hübschen kleinen Holzhaus direkt am Wasser. Es hatte zwei Zimmer mit Verbindungstür, die Kinder schliefen in dem einen, sie teilten sich zwei Einzelbetten, Fiona an Gilly gekuschelt. Daan und ich hatten das Zimmer mit dem Himmelbett, Blick auf den See und offenem Kamin. Rosalie und Lars waren mit von der Partie, Rosalie hochschwanger mit Paul. Die Mahlzeiten wurden gebracht, sie waren im Preis inbegriffen. Um der furchtbaren Julihitze zu entkommen, waren wir mit dem Zug rauf nach Kanada gefahren. Wissen Sie noch, wie schön das Reisen per Bahn früher war? Unser Ferienquartier lag an einem kleinen See – Lac Saint Pierre, im französischen Teil, aber Daan konnte ja für uns übersetzen. Wenn ich mir um ein Kind Sorgen machte, dann um Fiona, mein Nesthäkchen, das einzige Mädchen, die Jungs dagegen waren so selbstständig, dass sie mir, seit Fi auf der Welt war, fast schon erwachsen vorkamen. An jenem Nachmittag waren Daan und Bruce im Haus und spielten Schach, Fiona machte ein Mittagsschläfchen. Lars und Rosalie waren mit dem Kanu zu einer kleinen Insel gepaddelt. Die einzigen Menschen unten am Seeufer waren Gilly und ich. Ich war schon die ganze Woche ein bisschen geistesabwesend. Daan und ich hatten uns vor dem Urlaub dauernd darum gekabbelt, wessen Karriere in Zukunft Vorrang haben sollte. Weil es ihm gar nicht gefiel, dass ich während unseres heiligen Familienurlaubs an meinen Akten arbeiten wollte, die ich aus dem Büro mitgebracht hatte, holte ich sie immer nur heimlich hervor, wenn er es nicht mitbekam. Gilly und ich saßen unten am Steg, ich mit einer Akte und er mit seiner Angel, aber nach einer Weile wollte er ins Wasser. Er hatte sich lange in Geduld gefasst. (Gilbert war ein lieber Junge. Niemals nachtragend, alles andere als fordernd. Zu gut zu mir …) Ja, er war sehr geduldig, aber irgendwann reichte es ihm auch, und er fing an zu quengeln. Er brauchte Bewegung, war ein sportliches, lebhaftes Kind. Das Stillsitzen lag ihm gar nicht. Ich aber war in meinen Fall vertieft, machte mir Notizen, habe den Jungen überhaupt nicht beachtet. Ich weiß noch, es ging um einen Raubüberfall. Immer wieder bat er mich, mit ihm schwimmen zu gehen, aber ich fühlte mich gestört und war gereizt, weil ich einfach ein bisschen Zeit für mich haben wollte. Ich habe ihm eine Abfuhr erteilt, er solle mich in Ruhe lassen, ich müsse erst die Akte lesen. So etwas in der Art. Und laut geworden bin ich sicherlich auch. Mir wird immer noch ganz anders, wenn ich bloß daran denke, Theodore. Schließlich meinte er, wenn ich schon nicht mit ihm schwimmen wolle, solle ich mir wenigstens seine Kunstsprünge ansehen und ihm Punkte dafür geben. Ich winkte nur ab, sollte er doch springen, solange er mich arbeiten ließ. Rings um den Steg war der See tief und frei von Steinen, doch man hatte uns gewarnt, niemals vom Ufer aus hineinzuspringen, wegen der Untiefen dort sei es zu gefährlich, und das hatten wir auch den Kindern eingeschärft. Aber Gilbert kannte keine Angst, scheute kein Risiko, und vielleicht wollte er mich auch dafür bestrafen, dass ich ihn ignoriert hatte. Ich bekam jedenfalls überhaupt nicht mit, wie er den Steg verließ und etwa fünf Meter weiter auf einen Uferfelsen kletterte. Ich hörte ihn rufen, am Ende des Stegs, wie ich dachte. Nein, Theodore, eigentlich dachte ich gar nicht an ihn, ich war bloß ärgerlich, und er rief: ACHTUNG. Achtung, ich springe, Mom. Ich wünschte, ich könnte mich erinnern, aber ab hier verschwimmt alles, und der Erinnerungsfaden verliert sich. Nur eines steht fest, Theodore. Ohne aufzublicken, sagte ich: DANN SPRING, PFERDCHEN. SPRING! Das war mein Spitzname für ihn. Wir haben immer begeistert zusammen Galopprennen geguckt. Secretariat hatte einen Monat zuvor die Triple Crown gewonnen. Pferdchen, das war mein Name für ihn, meinen staksigen, schlaksigen Jungen. Mein Kind.

Manchmal stelle ich es mir vor, wie er pfeilschnell in den Sommerhimmel abhebt, um dann senkrecht in den See einzutauchen. Hände Arme Rumpf Beine gestreckte Füße Zehen Zehennägel. Ich habe es nicht gesehen, aber ich stelle es mir vor. Wo er die Wasseroberfläche durchstieß, war ein Felsensims. Er brach sich das Genick und tauchte nicht wieder auf, Theodore. Ich habe gar nicht gleich gemerkt, dass er nicht mehr da war. So ist Gilbert gestorben, und es tut mir so unendlich leid. Ich muss den Füller kurz beiseitelegen.

Daan habe ich es nie erzählt. Ich habe es oft versucht. Ich wollte es, aber jetzt ist er tot. Daran ist unsere Ehe zerbrochen, da bin ich mir sicher. Ich habe mich immer gefragt, ob Rosalie es weiß. Vielleicht nicht die Einzelheiten, aber meinen Anteil daran. Ich hatte immer das Gefühl, dass sie Bescheid weiß.

Das war das Ende von vielem, unter anderem auch von meiner Reiselust. Keine Reisen mehr, nie wieder. Man sah ja, was dabei herauskam, wenn man Sybil auf die Welt losließ – ein totes Kind. Mein zweiter Sohn, aus dem Leben gerissen. Sie können sich das Nachspiel vorstellen: Trauer und Schuld in Endlosschleife, die nächsten vierzig Jahre lang. Vermutlich ist es auch der Grund, warum ich unentwegt Briefe schreibe. Diesen Brief zu schreiben, ist mir unendlich schwergefallen, sicher auch wegen meiner Augen, aber in erster Linie, weil es eine furchtbare Geschichte ist. Erfunden wäre sie viel besser, aber leider ist sie wahr, und ich wollte sie unbedingt einmal niederschreiben, bevor ich gar nicht mehr schreiben kann. Ich hatte mein Leben lang Angst, aber jetzt versuche ich, darüber wegzukommen. Was habe ich denn schließlich noch zu befürchten? Verluste? Ich habe das Höchste verloren. Den Tod? Dem sehe ich gefasst entgegen. Ich versuche, meine Dämonen auszutreiben und auf Papier zu bannen. Dieser ist der letzte.

Neulich habe ich meiner Tochter gesagt, dass die Trauer seit Jahrzehnten ein unerträgliches Geräusch in meinem Kopf sei. Seit ich Ihnen diesen Brief schreibe, stelle ich zu meiner Überraschung fest, dass es endlich, endlich verstummt ist.

Ich muss gerade an ein Zitat von meiner Freundin Joan Didion denken. Es stammt aus dem letzten Essay im »Weißen Album«: »Was ich mir geschaffen habe, ist persönlich, aber nicht gerade ein Frieden.« Und weiter unten: »Die meisten von uns leben weniger theatralisch, bleiben aber doch die Überlebenden einer merkwürdigen, nach innen gerichteten Zeit.« Für mich ist es das Wahrhaftigste, das ich je gelesen habe.

Das Wesen eines Menschen kann wohl kein anderer je vollständig ergründen, aber bei Ihnen habe ich das Gefühl, Sie haben sehr viel tiefer gegraben als die meisten. Ich habe ein bisschen gebraucht, um zu erkennen, was mir unsere Freundschaft bedeutet: das Heimkommen aus der Kälte nach einer einsamen Wanderung, wo ein wärmendes Feuer und ein gedeckter Tisch warten. Dafür danke ich Dir, Theodore.

Hattie sagt, ich kann so lange bei ihr bleiben, wie ich will. Sie wohnt in einem wunderhübschen Cottage an einem kleinen See (die hier »Loch« heißen), und sie hat jede Menge Platz. Wäre es verrückt, wenn ich fragen würde, ob Du nicht vielleicht für ein paar Wochen nach Schottland kommen möchtest? Die Kühe hier sehen aus wie aus einer anderen Welt, wie Chewbacca aus den Star-Wars-Filmen, die wir uns wegen Harry angucken mussten. Die muss man mit eigenen Augen gesehen haben. Außerdem überlege ich gerade, ob es nicht sinnvoll wäre, wenn Du bei mir einziehst, wenn ich wieder im Lande bin. Warum nicht? Schon allein wegen meiner Augen brauche ich jemanden an meiner Seite. Das ist vielleicht ein bisschen vorwitzig von mir, aber Du hast selbst gesagt, dass Dir Dein Haus nicht so ungeheuer viel bedeutet, und bei mir hat man immerhin den schönen Blick auf die Bäume in der Bucht. Du kannst es Dir ja überlegen. Es ist mir absolut ernst damit. Bruce hat sogar gesagt, wir könnten Dein Haus renovieren und vermieten. Ganz schön clever, was? Und die Miete könnten wir dann auf Reisen verjubeln …

Es wäre schön, Dich hier bei mir zu haben. Wie Du wohl weißt: längst die Deine

Sybil

AN: sybilvanantwerp@aol.com

VON: jameswlandy@gmail.com

DATUM: 15.05.2019, 04:45 Uhr

BETREFF: Harry u. a.

Liebe Sybil,
ich hoffe, du verlebst mit deiner Tochter wunderbare Tage im Vereinigten Königreich. Ich musste in letzter Zeit viel an dich denken, und heute Morgen – es ist Samstag – komme ich endlich dazu, dir zu schreiben. Ich habe das Lesen für mich entdeckt! Beziehungsweise das Hören von Audiobooks. Gerade habe ich Stieg Larssons Millennium-Trilogie durch. Kennst du die? Ganz großes Kino.
Harry macht im Sommer in New York ein Praktikum bei einer Literaturagentur. Ich hatte ja gehofft, er würde nach Washington kommen, aber er ist fest entschlossen. Marly ist noch in Kalifornien, und ich gehe davon aus, dass sie auch da bleibt. Sie ist immer wieder in Behandlung. Ihre Schwester kümmert sich um sie, und ich zahle die Rechnungen. Die Mädchen sind längst ausgeflogen und machen ihr eigenes Ding. Ich spiele mit dem Gedanken, das Haus zu verkaufen. Es kommt mir sinnlos vor, es zu behalten. Ich gebe ja keine Empfänge. Komm doch mal vorbei, zum Abendessen oder so, wenn du von deiner Reise zurück bist. Ich würde mich freuen!

James

Übrigens, wirklich schade, dass aus dir und Mick Watts nichts geworden ist. Hatte er dir einen Antrag gemacht? Ich habe da was munkeln hören.

(29. Mai 2019 – Fortsetzung. Die vorherigen Seiten wurden NICHT abgeschickt)

Ein letztes Mal nehme ich den Füller zur Hand, mein Schatz. So weit ist es schon mit mir, dass ich nicht mehr gern schreibe, ich bekomme schlimme Kopfschmerzen davon, und meine Hand verkrampft sich, wahrscheinlich wegen der Anstrengung, und vielleicht ist es albern von mir, mich immer wieder an Dich zu wenden, aber es hat sich nie … Ich bin mir nie albern vorgekommen.

Ich habe damals angefangen, Dir zu schreiben, weil ich leben wollte, überleben – und nicht jämmerlich vor die Hunde gehen. Es hat funktioniert. Seitdem bist Du immer bei mir gewesen. Ich habe Bilanz gezogen. Zum ersten Mal, als Daan nach Belgien zurückgegangen ist. Wenn ich Dir schrieb, habe ich mir stets vorgestellt, Du säßest an einem himmlischen Pult und schautest mir über die Schulter. Eine absurde Selbsttäuschung – oder doch nicht? Keine absurde Selbsttäuschung – oder doch?

Ich stelle mir auch vor, wie es wäre, wenn Du hier wärst. Ich habe Deine Persönlichkeit, wie ich sie kannte, bevor Du mir entrissen wurdest, so weit ausgedehnt, wie ich nur konnte – wie wenn man Strudelteig so dünn wie möglich auseinanderzieht, ohne dass er reißt. Ich dehne Dich bis heute aus, stelle Dich mir als Vierundfünfzigjährigen vor. Eines aber habe ich mir nur selten erlaubt, mich an Dich zu erinnern. Wenn ich die Tür zu meinen Erinnerungen einen Spaltbreit öffne, knalle ich sie oft schnell wieder zu. Nun ja. Aber als ich heute Morgen bei meiner Schwester auf der Veranda saß und mit geschlossenen Augen den Vögeln, dem leisen Wind und den grasenden Kühen lauschte, wurde mir eine Erinnerung geschenkt, die ich nicht ausgesperrt habe. Ich ließ sie zu. Ein Herbstnachmittag im Park. Ich machte mit euch Kindern einen Spaziergang, den Berg hinunter, an den Häusern vorbei, die immer größer wurden, je weiter nach unten man kam, und die Straße … wie steil sie war. (Der Heimweg war wahnsinnig anstrengend.) Du bist den Berg immer runtergerannt, so schnell Du nur konntest. Mit Deinen langen Beinen also praktisch geflogen. Richtig wundersam. Damals – Du warst so sechs oder sieben – habe ich mich deswegen längst nicht mehr geängstigt, elegant wie ein Pfeil warst Du, von vollendeter Körperbeherrschung. Unten war ein Fußweg, an der Mauer lang, so schön, und plötzlich bist Du aus dem Schatten der prachtvollen Trauerweide aufgetaucht. Wie im Himmel. Eines Nachmittags waren wir vier wieder dort im Park, und jeder hat sich auf seine Weise beschäftigt. Bruce und Du, Ihr seid auf eine knorrige alte Eiche geklettert, deren armdicke Äste bis fast runter auf die Erde reichten, und Fiona hat im Gras nach vierblättrigen Kleeblättern gesucht oder Blätter im Bach auf die Reise geschickt, einmal hat sie auch aus Zweigen ein Feenhäuschen gebaut, aber ich weiß nicht mehr, ob das an dem Herbsttag war, an den ich denke. Jedenfalls schlief da auf einer Bank eine Obdachlose, in Jacken und Decken gewickelt, ihre Tasche neben sich. Das Gesicht sehe ich immer noch vor mir. Ihr alter Hund hat uns nicht aus den Augen gelassen. Ich hatte die Frau noch nie gesehen, und man begegnete in dieser Gegend sowieso kaum Obdachlosen. Vielleicht hatte sie sich aus ihrem eigentlichen Revier in den Park verirrt, einen schönen Platz gefunden und sich erst einmal ein Weilchen aufs Ohr gelegt. Bruce und Du, Ihr seid bei ihrem Anblick erschrocken, wart minutenlang – oder nur für eine Sekunde – aus Euren Spielen herausgerissen. Und auch danach habt Ihr Euch immer wieder zu ihr umgedreht, und der Hund hat Euch drei die ganze Zeit im Blick behalten. Als wir aufgebrochen sind, um nach Hause zu gehen, hat sich die Frau hingesetzt und den Hund mit kleinen Orangenschnitzen gefüttert. Sie hat uns freundlich nachgewinkt, und ich erinnere mich noch an ihre strahlenden Augen. Erstaunlich, nicht wahr, was für Kleinigkeiten einem wieder einfallen, wenn man es zulässt? Sie trug einen alten roten Skianorak, der vorne einen Riss hatte, aus dem die schmuddelige Wattierung herausquoll. Später am Abend, als Ihr Kinder längst im Bett wart, saß ich noch in meinem Sessel und las, ich glaube, Dad schlief auch schon, es war dunkel, das Feuer war erloschen, es war schon spät. Da kamst Du auf einmal in mein Arbeitszimmer getappt, in Deinem rot gestreiften Pyjama, das Gesicht ganz blass und zerquält. Du konntest nicht schlafen, weil Du ein schlechtes Gewissen hattest. Und als ich Dich gefragt habe, warum, hast Du es mir erzählt. Als ich, nachdem wir aus dem Park gekommen waren, in der Küche das Abendessen vorbereitet habe, bist Du rauf in Dein Zimmer gegangen und hast Dein Sparschwein geknackt (Du hast immer auf irgendetwas gespart). Du hast das Geld gezählt: 43 Dollar, hast Du gesagt. So viele Jahre später, und ich weiß die Zahl bis heute. Du hast gesagt, Dir sei klar, dass Du das Geld eigentlich der Obdachlosen im Park hättest geben müssen, Dich aber nicht überwinden konntest, weil Du Dir lieber das, worauf Du gespart hast, davon kaufen wolltest. Und natürlich habe ich gesagt, das sei in Ordnung, Du bräuchtest Dein Erspartes nicht herzuschenken, aber Du hast mich gar nicht ausreden lassen, nein, es wäre falsch gewesen, ihr das Geld nicht zu bringen, dass es Dich ganz krank mache, es nicht getan zu haben. Du hast Dich erst beruhigt, als ich gesagt habe, wir würden, falls Du es dann noch wolltest, am nächsten Morgen wieder in den Park gehen, dann könntest Du ihr das Geld geben, wenn sie noch da war. Ich dachte, über Nacht würde sich schon alles finden, aber am Morgen bist Du mit einer Handvoll Geld zum Frühstück erschienen und wolltest gleich aufbrechen. Da musste ich wohl oder übel nachgeben. Wir sind den Berg hinuntergegangen, Du mit dem Geld in der Hosentasche. Du bist zwar nicht gerannt, aber Du warst mir immer zwei, drei Schritte voraus. Als wir in den Park kamen, war die Frau nicht mehr da. Natürlich nicht. Ich gebe zu, ich war erleichtert, aber Du? Warst geradezu verzweifelt. Wieder zu Hause, sind wir ins Auto gestiegen und eine ganze Weile herumgefahren, aber von der Frau und ihrem Hund keine Spur. Du hattest ihr Deine ganzen 43 Dollar geben wollen und warst todtraurig. Und als ich mich daran erinnert habe, musste ich weinen. Um so vieles konnte ich nur noch weinen. Keine Sprache reicht aus, um die Tiefe meiner Trauer auszudrücken, um zu beschreiben, wie sehr ich bedauere, was geschehen ist, mein Sohn. Dass es mir leidtut, greift um Längen zu kurz, aber ich denke, das weißt Du. Du hättest es gewusst. Ach, Gilbert.

Ich hatte erwogen, dieses ausufernde Opus von Anfang bis Ende noch einmal durchzulesen, aber das ist nicht nötig, und es würde mir auch allzu schwerfallen. Ich glaube, sehr vieles habe ich mittlerweile vergessen, und das ist gut so.

Als ich anfing, Dir zu schreiben, war mir der Grund dafür gar nicht recht klar. Vielleicht wollte ich, dass Du mich kennst. Natürlich hast Du mir all die Jahre gefehlt, aber ich bin froh um jeden einzelnen Tag, den ich Dich haben durfte. Doch genug jetzt.

In Liebe,

Deine Mutter

Sybil van Antwerp
17 Farney Rd.
Arnold, MD 21012
USA

8.8.2019

Liebe Syb,
sag doch bitte Theodore einen großen Dank dafür, dass er Deine Briefe transkribiert. Ich könnte den Gedanken an ein Ende unserer jahrzehntelangen Korrespondenz nicht ertragen, auch wenn ich zugebe, dass ich jetzt ein bisschen das Gefühl habe, mich zensieren zu müssen. Er macht einen sehr höflichen Eindruck. Stewart schickt ebenfalls liebe Grüße. Sonst gibt's nicht viel Neues zu berichten. Am vierten Juli hatten wir hier in Frankreich unsere jährliche Independence Day Party, ein Riesenbesäufnis und am Ende des Abends der Pool voller Mädels *sans* Badeanzug. Und wir haben uns einen Hund angeschafft, wusstest Du, dass wir das vorhatten? Ein kleines weißes Fellknäuel namens Yvette, ich bin verliebt in sie. Das wärst Du auch, obwohl Du Dir sonst nichts aus Tieren machst.

Und hier die große Neuigkeit: Der Essay über unsere Abenteuer als Amerikaner in Paris, an dem ich so lange gesessen habe, ist bei der *Vogue* untergekommen, was mich sehr beglückt. Erscheint in der Oktoberausgabe.

Apropos Oktober: Ich freu mich schon sehr auf Deinen Besuch. Sybil Stone endlich in Frankreich, da kann ich beruhigt sterben. Halte schon Ausschau nach passenden Restaurants. Ich habe eben erst Eva auf der Party getroffen, und sie hat mir erzählt, dass sie neue Vorhänge angeschafft hat. Ihre Wohnung ist ein Traum. Theodore und Du werdet glauben, die Himmelspforte hätte sich für Euch aufgetan. Würde ich Paris besuchen, würde ich nirgendwo anders wohnen wollen als in Evas Wohnung. Allerdings hat sie mir noch nie zwei Wochen Unterkunft angeboten!

Alles Liebe und Küsschen vom
Hund,

Felix

P.S. Ich muss es wissen. Teilt Ihr Euch jetzt ein Zimmer, oder schläft er im Gästezimmer? (Eine absolut ungehörige Frage von mir … zumal Mr Lübeck Dir ja vorliest.)

19. September 2019

Postkarte aus Paris

Rosalie van Antwerp
33 Orange Lane
Goshen, CT 06756
USA

Rosalie – Grüße aus der Lichterstadt! Ich weiß noch, wie Du in den Siebzigern von Paris geschwärmt hast, und jetzt verstehe ich auch, warum. Theodore und ich genießen unsere Zeit hier. Er war schon öfter in Paris und gibt einen hervorragenden Fremdenführer ab. Wir wohnen in der Nähe der Tuilerien, in einem edel ausgestatteten Apartment mit drei Meter hohen Fenstern, das einer Freundin von Felix gehört. Am meisten hat mich Sainte-Chapelle beeindruckt. Ich saß in der Kirchenbank und weinte. Im Moment läuft alles wieder gut zwischen Stewart und Felix, auch dank Felix' erfolgreichem Artikel in der *Vogue*. Ich habe es mit Hörbüchern versucht, aber ich kann mich nicht lange genug konzentrieren und finde die Kopfhörer fürchterlich. Ich lese also nicht mehr, lasse mir aber manchmal von Theodore vorlesen. Du fehlst mir. Alles Liebe, Sybil

Hallo, Rosalie. Ich passe gut auf sie auf. Die Sehschwäche macht ihr Angst, doch das gibt sie nicht zu. Es betrübt sie, dass sie die Bilder in den Museen nicht mehr erkennen kann, aber den angestrahlten Eiffelturm, den sieht sie. Beste Grüße von T. Lübeck

Sybil van Antwerp
17 Farney Rd.
Arnold, MD 21012

15.12.2019

Liebe Ms van Antwerp,
anbei die erste Fassung meines Romans »Dynastie des Sehens« (danke für die Hilfe bei der Titelsuche). Ohne die Zeit bei Ihnen damals hätte ich wahrscheinlich kein Buch geschrieben. Ich weiß, Sie können es nicht lesen, aber vielleicht kann Theodore es Ihnen ja vorlesen.

Hab Sie sehr lieb,

Harry

Rosalie van Antwerp
33 Orange Lane
Goshen, CT 06756

8. Februar 2020

Liebe Rosalie,
ich denke an Dich, wie immer. Vormittags gehe ich mit den Hunden, nachmittags sitze ich im Garten, lausche dem Wind und genieße den Duft der frischen schottischen Luft. Der Blick hinunter zum Fluss, auf den ich mir in der Farney Road so viel eingebildet habe, ist im Vergleich zur Aussicht hier doch sehr begrenzt. Du glaubst gar nicht, wie schön die Highlands sind. Fiona, Walt und die Kinder haben über Weihnachten zwei wunderbare Wochen bei uns verbracht. Bruce kommt mit seiner Familie im April, Felix und Stewart besuchen uns im Juni. Alle wollen mal drankommen! Ich bin glücklich. Hattie und ich sitzen abends zusammen und erzählen. Manchmal gesellen sich Douggie, Declan und John dazu, und wir reden von früher. Es gibt noch so viel, was wir voneinander wissen müssen! Alle Geschwister mögen Theodore. Er hat mir Deinen Brief vom 20. Januar vorgelesen. Wie traurig, dass es mit Lars zu Ende geht. Es war das einzig Richtige, ihn nach Greenmont zu geben. Ich kann Dir nur zustimmen: Im Herzen sind wir alle noch dreißig – bevor all die Enttäuschungen kamen und das Leben uns so viel mehr Schmerzen beschert hat, als wir jemals erwartet haben. Und doch war es auch magisch. Du fehlst mir. Ende April bin ich zurück, dann besuchen wir Dich, Theodore

und ich. Du bist die Einzige, die mir noch schreibt, dafür danke ich Dir.

Alles Liebe,

Sybil in Schottland

Grüße aus Schottland,
Theodore

Hattie Gleason
Bodney Cottage
Fassfern
Fort William PH33 7NP
Schottland
VEREINIGTES KÖNIGREICH

10. November 2021

Liebste Hattie,
schweren Herzens schreibe ich Dir, um Dir mitzuteilen, dass Deine Schwester Sybil am Dienstagmorgen für immer von uns gegangen ist, am 57. Geburtstag ihres Sohnes Gilbert. Der Arzt sagt, der Tod durch eine Lungenembolie sei mit Sicherheit sehr plötzlich eingetreten. Es tut mir leid, dass Du die traurige Nachricht von mir erfahren musst, aber die Kinder haben mich darum gebeten.

Bestimmt möchtest Du Näheres über die genaueren Umstände wissen. Sie wollte sich in der Küche eine Tasse Tee machen, während ich rüber in meinen Garten gegangen bin, um die Rosen zu schneiden. Als ich nach einer halben Stunde wiederkam, saß sie an ihrem Schreibtisch, der Tee war kalt, und ihr Kopf war auf den Stapel mit dem Briefpapier gesunken, als wäre sie gerade im Begriff gewesen, etwas zu schreiben, ganz so wie früher.

Wenn Fiona und Bruce später Sybils Sachen durchgesehen haben, schicken wir Dir ein paar Dinge als Andenken, die Du vielleicht gerne hättest. Falls Du überlegst zu kommen: Die Trauerfeier findet in zwei Wochen in Annapolis statt, in der Kirche, zu deren Gemeinde Sybil gehört hat, der Church of the Good Shepherd.

Es macht mich so traurig, Hattie, dass ich in ihren letzten Augenblicken nicht bei ihr sein durfte. Ich bin dankbar, dass es uns möglich war, so oft und so lange bei Dir in Schottland zu sein, und es bricht mir das Herz, dass mir nicht mehr Zeit mit unserer Sybil vergönnt war (sicher geht es Dir genauso). Es schmerzt mich, daran zu denken, dass sie zum Schluss allein war, sich womöglich fürchtete, aber vielleicht hätte sie es auch gar nicht anders haben wollen. Erst vor Kurzem sagte sie noch zu mir, ihr Leben sei in diesen letzten Jahren sehr erfüllt gewesen, doch ich bin mir gewiss: Nun ist sie frei.

Ich hoffe, wir sehen uns wieder.

Dein Freund Theodore

P.S. Ich lege das Foto von euch vieren im Pub bei, das Fiona bei ihrem letzten Besuch gemacht hat.

Mr Dezi Martinelli
138 South Carrington St.
Hasbrouck Heights, NJ 07604

25. November 2021

Lieber Mr Martinelli,
mein Name ist Fiona van Antwerp-Beaumont, ich bin die Tochter von Sybil van Antwerp. Wahrscheinlich wissen Sie es noch nicht, es sei denn, Sie haben zufällig ihren Nachruf in der Zeitung gelesen, aber sie ist vor zwei Wochen gestorben. Ihr Tod kam ganz unerwartet, ein Schock für die Familie.

Vor einigen Jahren hat mir meine Mutter erzählt, in welcher Beziehung sie zu Ihnen stand. Dass sie fast schicksalhaft an Sie gebunden war (obwohl sie selbst es wohl niemals so ausgedrückt hätte). Ich hoffe, Sie wissen, wie sehr sie die Entscheidung bereut hat, die solch verhängnisvolle Folgen für Ihre Familie und Sie selbst hatte. Sie stand damals unter dem Eindruck eines großen Unglücks.

Mutter hat testamentarisch verfügt, dass Ihnen aus dem Nachlass eine größere Summe Geldes zugeht. Sie hat ausdrücklich gewollt, dass ich Ihnen schreibe. Ich soll Ihnen sagen, dass das Geld eigentlich von meinem Vater stammt, und sie möchte Sie bitten, es zu verwenden, um Ihrem Sohn die bestmögliche Hilfe zukommen zu lassen. Das ist alles, was ich Ihnen ausrichten soll. Der Scheck liegt bei. Hoffentlich eine freudige Überraschung.

Ich möchte mich bei Ihnen für das Verständnis bedanken, das Sie meiner Mutter entgegengebracht haben. Sie sagte mir, Ihre Vergebung habe eine schwere Last von ihr genommen.

Mit den besten Wünschen,

Fiona van Antwerp-Beaumont

Fiona van Antwerp-Beaumont
2 Hamilton Terrace
London SE28 8JF
UK

15. Januar 2022

Liebe Fiona,
ich hoffe, Walter, den Jungs und Dir geht es gut. Ich komme einigermaßen zurecht, obwohl ich Deine Mutter sehr vermisse, ein Gefühl, das Du nur zu gut kennst.

Als ich den Roman »Rebecca« aus ihrem Bücherregal genommen habe, fand ich darin ein paar Zettel. Sie sehen aus wie der Entwurf für einen Brief an Deinen Vater. Ich lege ihn Dir bei. Ich könnte mir vorstellen, Du hättest ihn gern.

Sybil hat Dir unbedingt noch etwas sagen wollen, aber sie wusste nicht so recht, wie. Schade, dass dafür die Zeit nicht mehr gereicht hat. Falls Du nach der Lektüre des Briefs noch Fragen hast, kann ich sie Dir eventuell beantworten.

Ich freue mich schon sehr auf Euren Besuch im März.

Bis dann,

Theodore

~~Juni 2015 Juli 2015 August 2015~~ September

Lieber Daan,
weißt Du noch, wie ich früher stundenlang am Schreibtisch saß? Ich sitze immer noch da ~~als ob sich nichts verändert hätte~~. Sonst ist nichts mehr, wie es war.

Wenn ich etwas zu sagen hatte, habe ich mich stets um äußerste Präzision bemüht – oder darum, mich wenigstens so präzise auszudrücken, wie es unsere Sprache erlaubt. Mir haben kaum jemals die Worte gefehlt, doch nun, da ich Dir schreiben möchte, ~~weiß ich überhaupt nicht.~~

Endlich habe ich zum Stift gegriffen, aber

seit Wochen denke ich schon daran.

~~Es ist nicht, weil~~

Es tut mir leid, dass Du sterben musst, aber sterben müssen wir alle. Es tut mir leid, dass Du an Krebs stirbst ... das macht es tückischer, obwohl es am Ende sowieso aufs Gleiche hinausläuft. Aber an Krebs sterben heißt, langsam und grausam sterben – ich würde mich lieber vom Tod überrumpeln lassen, ~~überfahren~~ vom Blitz erschlagen oder vom Fallbeil geköpft (ein schnelles Ende; Licht ausgeknipst; auch schlimm, aber nicht qualvoll), doch diese Vorzugsbehandlung ist nur den wenigsten vergönnt.

Ich muss Dir noch etwas ~~gestehen beichten~~ sagen

Ich habe ein Geständnis abzulegen (fand nie den Mut)

(Was hätte Dir dieses Wissen genutzt?)

~~Es war meine Schuld~~ Du hast gesagt, nichts und niemand sei schuld, aber es war meine Schuld

Du hast mir zu Recht die Schuld gegeben, denn

was mich am meisten daran schmerzt, Dich zu verlieren, ist ~~den zu verlieren~~ zu wissen, dass Du der Letzte bist, der meine Erinnerungen an Gilbert teilt und weiß, wer ich war und was ich immer wollte

Der beste Mensch zu sein, der ich nur sein konnte. Aber ich muss Dir sagen

Es gab Zeiten, da habe ich Dich gehasst, aber eigentlich habe ich mich selbst gehasst

Du hast mich geliebt

~~Ich habe mein Bestes gegeben~~ Ich habe mich so angestrengt, eine gute Mutter zu sein, eine gute Staatsbürgerin, eine gute Ehefrau, gut in meiner Arbeit, aber auf allen Gebieten das Ziel verfehlt. Du hast es verdient zu erfahren, dass damals am Lac Saint Pierre

Nicht, dass wir noch viel miteinander gesprochen hätten, aber es will mir trotzdem so scheinen, als wärst Du der einzige Mensch auf der Welt, der mich wirklich kennt, und zu wissen, dass es Dich gibt, ~~ist mir ein Trost~~ war mir immer ein Trost, ein großer Trost, und der wird mir fehlen. Alles, was nur Du wusstest – wer sonst soll meine Erinnerungen und meine Steine bewahren, wenn Du nicht mehr bist? Aber es gibt etwas, was Du nicht weißt

Der Stein, von dem ich nie gesprochen habe

Ein riesiger gigantischer Monsterstein ICH HABE IHM GESAGT, ER SOLL

Es war ~~nicht so sehr Trauer~~ vor allem Selbstgeißelung

eine Schuld, die mich noch jetzt beim Schreiben quält

Verstehst Du? Meine Trauer wurde durch meine Schuld noch verstärkt.

Als unsere Ehe ~~in die Brüche~~ zu Ende ging, war ich nicht mehr in Dich verliebt, aber geliebt habe ich Dich immer.

Daan, ich stehe in Deiner Schuld, weil Du für Fiona und Bruce da warst, als ich nicht in der Lage dazu war. Damit hast Du ~~ihnen~~ auch mir sehr geholfen

Du bist ein guter Mensch, ein guter Vater

Als Du dann am Ende nach Belgien zurückgekehrt bist, habe ich mich nicht gefragt – ich war ja nicht mehr in Dich verliebt – aber du bist gegangen meine Eltern haben mich Dir anvertraut Du bist von mir fortgegangen und mit

Aber wenn Du es gewusst hättest, die Frage habe ich mir immer gestellt, hätte das ~~uns unsere Ehe~~ unser Leben retten UNS RETTEN können

Natürlich kann ich Dir den Brief nicht schicken, den ich Dir gern schicken würde. Selbst wenn ich einen tausend Meilen langen Brief schreiben würde, könnte er den Kosmos der menschlichen Seele nicht erfassen – meiner Seele DIE BRIEFE Seiten um Seiten zu welchem Zweck? Ich kann es nicht sagen. Ich verstehe den Zweck selbst nicht. Es kommt doch nichts dabei heraus, was sind sie denn schon? Bloß Papier mit meinem endlosen Gekritzel, aber das ~~ist nun mal die Art~~ das war meine Art und Weise, Sinn zu erschaffen, wahrscheinlich ~~habe ich mit dem Briefeschreiben~~

Stell Dir vor, ich habe einen DNA-Test machen lassen

Es tut mir leid. Es tut mir so furchtbar, furchtbar leid

Ich werde blind, und das macht mir große Angst. Wenn ich nicht mehr sehen kann, was bleibt mir dann?

Du bist nicht mehr. Ich weiß, ich werde Dich bald wiedersehen.

DANKSAGUNG

Als ich mit der Arbeit an diesem Buch noch kaum über das erste Entwurfsstadium hinausgekommen war, erkrankte der sechsjährige Sohn lieber Freunde schwer und starb wenige Monate später. Die Zeit blieb stehen. Das schreckliche, tragische Geschehen, das sich vom Herbst bis in den Dezember erstreckte und uns jeden Morgen mit dem stets gleichen Gedanken aufwachen ließ, hat mich verändert. In aller Stille habe ich mich in dieser Zeit um Sybil gekümmert, während die überwältigende Trauer unser Leben immer stärker prägte und es bis heute überschattet. Der Tod des kleinen Wade hatte maßgeblichen Anteil an der Entstehung des Romans, und deshalb widme ich ihn auch euch, Nicki und Kent.

Bis zur Veröffentlichung war es, stets den Unbilden des Wetters ausgesetzt, ein langer, steiniger Weg, doch ich musste ihn nicht allein gehen. Im Laufe der Jahre fanden sich immer wieder Menschen, die mich begleitet und mir weitergeholfen haben, zu viele, um sie alle aufzuzählen. Aber einige muss und will ich dennoch nennen.

Mein ewiger Dank gebührt Amy Einhorn, die von dem Buch so begeistert war, dass sie es tatsächlich angekauft hat, und zwar genau in einer Phase, als ich kurz davor stand, die

Schriftstellerei endgültig an den Nagel zu hängen und ein Jurastudium aufzunehmen. Das war nicht nur ein Wendepunkt in meinem Leben, sondern auch der Beginn einer wunderbaren beruflichen Partnerschaft. Ich habe bei der Arbeit noch nie so viel gelacht wie mit Amy und ihren wunderbaren Kolleginnen Lori Kusatzky und Rachel Berkowitz, den anderen klugen Köpfen bei Crown und natürlich Tara Timinsky, Lily Cooper, Vera Thielenhaus und die großartige Regina Rawlinson.

Als mich Jahre zuvor – nach Hunderten von Absagen – meine Agentin Hilary McMahon unter Vertrag genommen hatte, baute sie mich mit dem Satz auf: *Sie haben das Zeug dazu.* Sie hat immer an mich geglaubt, sogar als mir selbst Zweifel kamen. Ihr Vertrauen hat mir einiges von meinem verlorenen Selbstbewusstsein zurückgegeben. Jetzt verbindet uns eine gute Freundschaft. Das war etwas, was ich mir immer erträumt hatte.

Am Trinity College in Dublin hat Carlo Gébler mich unter seine Fittiche genommen und mir seine kostbare Zeit geschenkt. Er steht mir bis heute als Mentor bei, und ich kann gar nicht in Worte fassen, wie wichtig sein Rat für mich ist. Sein unbestechlicher Blick auf den Roman war mir eine unschätzbare Hilfe. Eoin McNamee hat meine Arbeit mit einer Sorgfalt betreut, als wäre sie seine eigene. Von ihnen und von den anderen Lehrenden des Masterstudiengangs »Kreatives Schreiben« – Claire Keegan, Kevin Power und Harry Clifton – sowie von den Freund*innen und Kolleg*innen, die ich in meinen Mitstudierenden fand, habe ich unendlich viel über das Handwerk und die Kunst des Schreibens gelernt. Ich bin ihnen zu großem Dank verpflichtet. Es war wunderbar in Irland, ein perfektes Jahr, das mein Leben auf vielfältige Weise verändert und bereichert hat. Ich bewahre es in mir und blicke erfüllt darauf zurück. Ich habe mein Herz an Irland verloren.

Für ihre Hilfe und Unterstützung danken möchte ich besonders Peggy Kent und Mike Robinson, die mich bei juristischen Fragen beraten haben. Und den ersten Leser*innen Ashley Hill, Margaret Ann Speakman, David Speakman, Tory Dickerson und Francesca Capossela. Mein Dank reicht noch weiter zurück, bis zu Gray Wilson, Kally Punger, Inman Majors, Teri Brennan und der leider verstorbenen Joan Frederick.

So viele Freunde und Freundinnen haben mich jahre-, ja fast schon jahrzehntelang auf dem Weg begleitet, haben meinen Text gelesen, zahllose Entwürfe und Überarbeitungen kommen und gehen sehen, Fehlschläge und Enttäuschungen mit mir getragen. Zu danken wäre hier vor allem Kelly Whitener und Kaili Emmrich, die mich immer wieder aufgebaut und ermutigt haben, und die einzigartige Sorcha Hamilton, auf deren Urteil ich mich stets verlassen konnte. Dank auch an meine Familie, die an die Zukunft geglaubt hat, obwohl wir sie nicht sehen konnten: Meine Eltern Claire und Tim Ficker, meinen Großvater Jack Vellines und meine Schwiegereltern Joyce und Jon Evans – der leider vor dem Erscheinen des Romans verstorben ist. An meine Geschwister Hannah und Kyle, die mir so viel bedeuten.

Meinen wunderbaren Kindern Jack und Mae danke ich ebenfalls, für ihre Geduld und Liebe – und den Zauber, den sie in mein Leben gebracht haben.

Ich weiß nicht, wie ich die langen, schweren Jahre ohne

meinen Mann Mark durchgestanden hätte – Seite an Seite, Schulter an Schulter, ein echter Partner. Wie dankbar ich bin, dass ich dich gefunden habe. Du hältst das Boot auf Kurs. Ich habe alles bekommen, was ich mir jemals gewünscht habe. Jeder Augenblick meines Lebens mit dir war eine Gnade und darum widme ich dieses Buch dir.

Jakobus 1:17

PERSONENVERZEICHNIS

SYBIL VAN ANTWERP, geb. STONE: Jahrgang 1939; zeit ihres Lebens Briefeschreiberin; Juristin, hat ihre (erfolgreiche) Anwaltskarriere aufgegeben, um als persönliche Referentin und Bürovorsteherin für Richter GUY DONNELLY zu arbeiten; geschieden von ihrem Mann DAAN VAN ANTWERP; drei Kinder: FIONA, BRUCE und GILBERT.

FELIX STONE: Sybils Adoptivbruder; unterschiedlicher Herkunft sind beide als Kinder vom selben Paar adoptiert worden; Felix lebt mit seinem Partner Stewart in Frankreich.

FIONA VAN ANTWERP-BEAUMONT: Sybils Tochter; verheiratet mit Walt; Architektin, lebt in London, ist viel beruflich unterwegs; Sybil und sie haben ein eher schwieriges Mutter-Tochter-Verhältnis und sehen sich selten.

BRUCE: Sybils Sohn; Rechtsanwalt; lebt in Alexandria (Virginia); verheiratet, zwei Kinder (Hank und Violet).

DAAN VAN ANTWERP: Exmann von Sybil, ging nach der Scheidung zurück in sein Geburtsland Belgien.

HARRY LANDY: Teenagersohn von Sybils ehemaligem Kollegen und Freund Richter JAMES LANDY a.D.; ein Außenseiter und Nerd mit psychischen Problemen; der junge Mann und Sybil schreiben sich regelmäßig.

ROSALIE VAN ANTWERP, geb. BOYD: Sybils Freundin seit Jugendtagen und Schwägerin; ist verheiratet mit Lars, dem Bruder von DAAN; Lars leidet an Demenz; Rosalies Sohn Paul ist ebenfalls pflegebedürftig.

THEODORE LÜBECK: Sybils (fürsorglicher) Nachbar; stammt aus Deutschland.

DM (DEZI MARTINELLI): anfangs anonymer Briefeschreiber, der Sybil vorwirft, am Auseinanderbrechen seiner Familie mit schuld zu sein.

GUY DONNELLY: War viele Jahre Richter, Sybil hat mit ihm zusammengearbeitet.

MICK WATTS: Pensionär, lebt in Texas; er und Sybil lernen sich auf der Trauerfeier für GUY DONNELLY kennen.

MELISSA GENET: Dekanin der Fakultät für Anglistik an der University of Maryland; will Sybil daran hindern, als (nicht immatrikulierte) Gasthörerin Literaturseminare zu besuchen.

BASAM MANSOUR: Geflüchteter aus Syrien; Mitarbeiter im Kundenservice von Kindred Project, einer Internetfirma, die mithilfe einer DNA-Probe zur ethnischen Herkunft und zu Verwandtschaftsbeziehungen recherchiert.

HENRIETTA (HATTIE) GLEASON: lebt in Schottland, Sybil kommt durch das DNA-Projekt mit ihr in Kontakt.

CAROLINE DOBSEN: Highschool-Schülerin; interviewt für eine Schularbeit in Staatsbürgerkunde Sybil als ehemalige Justizmitarbeiterin.

DR. ROY JAMESON: Sybils Augenarzt.

LIZ DONNELLY: Witwe von Richter GUY DONNELLY.

ALICE: Freundin von Sybil; sie sind Mitglieder im selben Gartenclub.

DEBBIE BANKS: Beisitzerin im Vorstand des Gartenclubs und definitiv keine Freundin von Sybil.

ALEX TOOLE: Journalistin bei der *Baltimore Sun*; hat einen Artikel über Sybil und ihre gemeinsame Tätigkeit mit Richter GUY DONNELLY geschrieben.

SHELLEY: Mitarbeiterin bei Kindred Project.

Ann Patchett, Joan Didion, Kazuo Ishiguro, Diana Gabaldon, Larry McMurtry, George Lucas: Persönlichkeiten, mit denen Sybil korrespondiert.